U0926744

魅丽文化
花火工作室

我的男朋友呀他是草莓味的

My Love is strawberry

周寒舟／著

江苏凤凰文艺出版社
JIANGSU PHOENIX LITERATURE AND ART PUBLISHING, LTD

图书在版编目（CIP）数据

我的男朋友呀，他是草莓味的 / 周寒舟著. — 南京：
江苏凤凰文艺出版社, 2019.4
ISBN 978-7-5594-3448-7

Ⅰ. ①我… Ⅱ. ①周… Ⅲ. ①故事 – 作品集 – 中国 –
当代 Ⅳ. ①I247.81

中国版本图书馆CIP数据核字(2019)第048399号

我的男朋友呀，他是草莓味的

周寒舟 著

责任编辑　张　倩　王　青
特约编辑　喻　戎　吴　龄
装帧设计　苏　荼
责任印制　刘　巍
出版发行　江苏凤凰文艺出版社
　　　　　南京市中央路165号，邮编：210009
网　　址　http://www.jswenyi.com
印　　刷　湖南凌宇纸品有限公司
开　　本　880mm × 1230mm 1/32
印　　张　9
字　　数　277千字
版　　次　2019年4月第1版，2019年4月第1次印刷
书　　号　ISBN 978-7-5594-3448-7
定　　价　38.00元

CONTENTS

目录

CONTENTS

目录

男友草莓味

“以牙还牙，以眼还眼，以嘴当然还嘴了，就亲个一百下吧。”

1

从民政局出来，梁粥粥跟在陆千帆后面，小心翼翼瞄着他的反应。

她从来不觉得自己是好人，可也真没干过什么丧尽天良的事。但是今天，就在刚才，她骗了一位正直善良的好青年跟她登记结婚了。

认真说起来，这也不能算是骗。她不过是别有所图地提了个建议，谁知道这缺心眼的竟真同意了！

“那个……要不，咱们再去离个婚？”梁粥粥小声建议道。

陆千帆停下脚步看她，漂亮的眼睛里看不出什么情绪，语气也一如往常：“你好意思？”

梁粥粥会意，使劲摇了摇头。登记不到半小时就转头去办离婚，他们大概会上社会新闻，成为新一届奇葩网红吧？

“那要不，咱们去吃大餐？”梁粥粥扯出一个笑脸，“好歹是第一次结婚，总得纪念一下。”

陆千帆不同意也不拒绝，迈开腿继续往前走。

梁粥粥赶紧跟上，语气欢快起来：“刚刚照相室的那个姑娘，看见你的时候秒变星星眼。我猜如果咱们再去登记离婚，她肯定立马就扑上来问你要联系方式了。”

“拍照的不是个男的吗？”陆千帆皱眉。

“我说的是后面进来送表格的姑娘。”梁粥粥说，随即幸灾乐祸起来，“她要知道你连她是男是女都没注意，估计要哭出一个太平洋了。”

“她哭不出来。”陆千帆一本正经道。

梁粥粥眨眨眼，无语道：“是个人都知道她哭不出来，知道什么叫‘夸张’吗？”

陆千帆睨她一眼：“那你下次不要说得这么夸张。”

梁粥粥叹了一口气，从包里拿出一盒草莓酸奶，插上吸管塞给他：“你果然还是只适合做一个安静喝酸奶的美男子。”

陆千帆把酸奶的吸管叼在嘴里，配合地点点头：“我本来也不喜欢说话。”

2

说起来，陆千帆算是梁粥粥的救命恩人。

几个月前，陆千帆跟房东约定看房，结果被放了鸽子，准备走人时，却被对门出来的梁粥粥抓住了胳膊。

当时，梁粥粥披头散发，脸色惨白，活脱脱一个女鬼形象。连陆千帆这种波澜不惊的人，都差点惊叫出声。

梁粥粥似乎也知道自己的形象过于吓人，努力露出一个比哭还难看的笑，说：“听说长得好看的人都心善，小哥哥，你能不能送我去医院？我肚子疼得要死。”

说是请求，可梁粥粥像抓救命稻草，双手死死抱着陆千帆的胳膊，根本不容他拒绝。

陆千帆面无表情地点了点头。

他既不心善，也不绅士，只是她身上恰好有一股他喜欢的淡淡草莓味，而他也实在不好意思把胳膊从她手里挣脱出来而已。

到了医院，挂上点滴，梁粥粥才千恩万谢地松开了陆千帆。

陆千帆正准备走，又被医生喊住了。医生说梁粥粥是急性阑尾炎，需要手术，家属得在手术单上签字。

来医院的路上，陆千帆曾说帮梁粥粥通知家人，她没应声。此时他扭头看她，她也只和他大眼瞪小眼，语气带了几分讨好：“小哥哥，‘救人救到底，送佛送到西’，你随便在手术单上签个名字就可以了，我不会赖上你的。”

她说这话时，整个人像煮熟的虾子一样蜷缩在病床上，应该是疼得厉害，她却始终咬着嘴唇，只发出低低的压抑的痛呼声。

陆千帆看着她没说话。他以前见过室友阑尾炎发作时的惨状：一米八的汉子，打篮球撞到腿骨折，都没吭一声，却被腹痛折磨得想满地打滚。

而她究竟是有多能忍？想着，陆千帆叹了一口气。

她如果疼得嗷嗷叫，或者哭得像个孩子惹他厌烦，那他大可硬着心肠扭头走人。可偏偏她克制得很，强撑着，才越发显得楚楚可怜。

他难得起了怜悯之心，低声说：“我叫陆千帆。”

梁粥粥没料到他会自报家门，愣了一下才赶紧说：“我叫梁粥粥，谢谢你。你签完字就可以先走了，把号码写一下放我背包里就行，等我好了，我再好好谢你。”

陆千帆扭头看向她说的背包。

刚刚帮她拿身份证挂号时，他看见里面有牙刷、毛巾等洗漱用品，她是一早就知道需要住院，还是习惯有备无患？

“准备进手术室吧。”护士走过来说。

听了这话，梁粥粥忽然变得紧张起来，看着陆千帆欲言又止了几次。过了半晌，她探着身子去抓陆千帆的手。

陆千帆一动不动，不明白她要做什么。

梁粥粥把心一横，颤声说：“我知道这是个小手术，可是万一、万一……”话说到一半，她又㞞了。

“你想说什么？”陆千帆直接问。

“我想说……我能不能亲你一下？”梁粥粥的眼泪忽然哗啦啦往下流，她边哭边说，“我都还没谈过恋爱，都没跟人接过吻，万一就这么死了也太遗憾了，你就让我亲一下好不好？”

那么能忍痛的人，居然因为这个原因哭得像个孩子。

陆千帆有些无奈。

3

“话说，你当时为什么会亲我？”梁粥粥突然问。

吃完饭出来，梁粥粥有点儿吃撑了，两人就散步回去。

看着走在一侧的陆千帆，想到他除了对架子鼓和草莓表现出狂热以外，对其他任何人和物品永远都是一副不上心的模样，梁粥粥忽然很想知道他为什么会亲她。

她记得自己当时问出口后，陆千帆明显皱了皱眉，一副难以置信又不情愿的样子。谁知最后他会俯身，在她额头落下一吻，很轻，很温柔。

陆千帆扭头，漆黑的眸子静静看着她，轻声说：“不知道。”

他的确不知道。不知道为什么会对她心软，不知道为什么会见不得她哭，更不知道为什么会亲她。

如果别人这么说，梁粥粥肯定不信，可是陆千帆从来不屑说谎。他那双黑白分明、清澈如孩童般的眼睛甚至让人觉得他压根不懂什么是撒谎，他有着这世间最难得的赤子之心。

但很快梁粥粥就不这么想了，只觉得他根本就是缺心眼。因为他想了想，又一脸认真地说：“可能是觉得，那也许是你的遗愿。”

“呵呵。”梁粥粥冷笑，表情狰狞，“你应该庆幸，你长了一张好看到叫人舍不得揍你的脸。”

陆千帆对威胁一无所觉：“男生不能用‘好看’形容。”

梁粥粥翻了个白眼：“还能不能好好散步了？我觉得现在更撑了，回头要是被你气胖了，我跟你没完。”

陆千帆打量她，火上浇油道：“你应该比手术前胖了。”

“陆千帆！”梁粥粥彻底炸了，“你怎么能说女孩胖呢！你这样很不讨人喜欢的好吗！”

然而事实证明，陆千帆在不讨喜这条路上始终占据领跑位置，他再接再厉道：“喜欢和被喜欢都是自然而然的事情，不是讨来的。”

梁粥粥压下心头一口老血，疾步往前。跟一个直男，她能讲什么道理！

“小心！”

陆千帆惊呼一声，揽着梁粥粥的腰把她拉到怀里，躲过了一辆从旁边路口突然冲出来的电动车。

“你没事吧？”陆千帆问。

梁粥粥茫然地摇了摇头，她其实没被电动车惊着，倒是被突然的亲密接触弄得有些手足无措。明明不过是个喜欢草莓酸奶、既不解风情又不会说话的大男孩，手臂却很有力，箍在她腰上，带着惊人的力量和热度，叫人觉得坚实可靠。

尤其他的胸膛也宽阔厚实，脸又清秀帅气……意识到自己在想什么，梁粥粥使劲摇了摇头，在心里自我批评：“分分钟被他气得想上天，又分分钟被他迷得晕头转向，梁粥粥，你有点儿出息好不好！”

见她没事，陆千帆松开手。梁粥粥却一把抓住他的手，和他十指紧握。

陆千帆抬眼看她：“你做什么？”

梁粥粥眨眨眼，不说话。怎么说？说她“色胆包天”还是“情不自禁”？

但她又必须为自己的异常行为找一个合理的解释，想了想，她说：“我现在胃有点儿撑，脑子不够用，你最好还是牵着我，要不然再有个电动车、汽车什么的，我怕你就要新婚丧妻了。”

“别胡说！”陆千帆瞪她一眼，低头看看两人握着的手，牵着她往前走。

因为常年打鼓，陆千帆的手掌起了老茧，摩挲着梁粥粥细嫩的手心，像划在她心上，带起丝丝异样。

梁粥粥忽然希望这条路长一点，再长一点，好叫他一直牵着她走下去。

4

陆千帆和梁粥粥是住在一起的，准确来说，陆千帆是梁粥粥的租客。当然，这租客是梁粥粥费了好大劲儿，死皮赖脸求来的。

这还要从梁粥粥住院时说起。

当时陆千帆是等梁粥粥手术结束出来，麻药褪去清醒后才离开的。但他没有再现身，只是在病房外看了一眼就转身走人了，更没有留下联系号码，明摆着不打算跟梁粥粥再有联系。

可梁粥粥打着不想欠人情的旗号，想办法弄到了陆千帆的手机号，开始了一场漫长的“报恩拉锯战”。

“你都不想知道我怎么有你手机号的吗？”梁粥粥试图勾起陆千帆的好奇心。

陆千帆显然一点都不感兴趣，默不出声。

梁粥粥不再卖关子，老老实实地说：“其实挺简单的，我知道对门最近在出租，那你十有八九是租客。我就在网上搜了对门房主的电话打给他，小小地撒了一个谎，他就把你的号码给我了。”

这回，陆千帆总算接话了，却是说：“撒谎不好。”

似乎从幼儿园毕业后，梁粥粥就没再听过这么一本正经的说教了。她想笑，结果扯到伤口，又疼得厉害。

陆千帆在电话这头听见一声短促的吸气声，不知怎的心也跟着一紧，无奈道：“这有什么好笑的？”

“可是真的很好笑啊。”梁粥粥又想笑了，只能拼命忍着，“我这才真叫笑得肚子疼，你都不安慰我一下吗？”

她不过随口一说，电话那头却半天没出声，她正准备自找台阶下，陆千帆的声音终于传了过来，他说：“你没事吧？”

听到这么清新脱俗的安慰，梁粥粥愣了几秒，然后爆笑出声，这回真撕裂伤口浸出了血。

不过她也因祸得福，陆千帆又来看她，还被她磨着通过了微信好友申请。

成功成为陆千帆的微信好友，梁粥粥觉得自己迈出了胜利的第一步。可事实是，经常是她在微信上说一堆，陆千帆也不见得会回她一个标点符号。

实在不胜其扰，陆千帆也曾表达过不满：“你这样，我很有负担。”

对，他说“负担”，虽然原因只是梁粥粥每天会跟他说晚安。可在陆千帆的认知里，“晚安”是关系亲密的人之间的用词，不是随便就能说的。

由此可见他不太会处理人际关系，因为有太多自我的条条框框，难免与旁人格格不入，显得不好相处。而他也少有倾诉的欲望，面对别人的热情，又总是不知该如何回应，这样冷着冷着，那些怀揣好奇而来的人就悄悄走了。

唯独梁粥粥像狗皮膏药黏过来，还越挫越勇。

陆千帆原以为，等她病好出院，她就不会再打扰他了。可事实是，她是写小说的，时间自由得很，还有空闲操心他什么时候再去看房，说想跟他做邻居。

他本想直接回她“我不想跟你做邻居”，可不知怎么最终也没说出口，还被她骗着去看了她的房子。

最后是怎么被她说动租她房子的，陆千帆记得很清楚。

当时，她委屈巴巴地看着他，说：“你看我自己一个人住，父母都定居国外了，身边一个亲人也没有。你好歹在我的手术单上签过字，据说术后还是有很多问题的。”

陆千帆当时只有一个念头：说好的不赖着我呢？

梁粥粥大概也看出来了，高声说：“我可不是要赖着你，只是想还你人情而已。等你以后找到更合适的房子，你再搬走就好了。”

陆千帆仍不为所动：“我不需要你还，况且当时并不是我主动帮你的。”

梁粥粥又怎会是轻易放弃的人，她狡黠一笑，引诱道：“我会做各种草莓味食物，像草莓蛋糕、草莓酱、草莓干等等，以前一个人住，做多了吃不完，都浪费了，你真的不考虑吗？”

后来梁粥粥最得意的事，就是用草莓把陆千帆骗回了家。

而陆千帆最没出息的事，就是被梁粥粥用草莓骗回了家。

5

回到家，梁粥粥也不撒手，还傻笑个不停，不知道在想什么。

陆千帆说了几声“松手”，她都没反应，他只能自己挣开了。

“你去哪儿？”梁粥粥不满地撇撇嘴。

陆千帆奇怪地看她一眼：“去洗澡啊，你不睡吗？”

原本只是很平常的一句话，梁粥粥却红了脸，低头绞着手指说：“去洗澡啊？那你去吧，好好洗啊。”

她难得有这样扭捏的时候，陆千帆觉得她话里有话，却又想不明白是什么，干脆转身往浴室走。走了两步，忽然他扭头问：“梁粥粥，你是不是以为要一起睡？”

“我没有！”梁粥粥涨红了脸高声反驳，“我这么端庄矜持的人，你这么想我不会不好意思的吗？”

陆千帆用那种一言难尽的眼神看了看她，快步走进浴室。

等他洗完澡出来，梁粥粥也洗过了，穿着一套粉色丝质睡衣，露出细白的胳膊和腿，猫一样窝在沙发上。

客厅的顶灯关了，只留了角落里的两盏壁灯，也许是光线暗，陆千帆竟觉得这时的梁粥粥同平时大大咧咧的模样有些不同，多了几分柔和妩媚。

呆了片刻，直到梁粥粥叫他，陆千帆才回神。等对上她探究的戏谑眼神，他莫名觉得耳热，喉咙也有些发干。

“你洗好了？”梁粥粥明知故问，眼神热切。

她平时没少逗陆千帆，比这更色眯眯的眼神都有过，陆千帆向来不放在心上。可这一回却不知怎么竟有些心慌意乱，他胡乱应了一声，烦躁地抓着毛巾继续擦头发。

梁粥粥也不说话了，就那么似笑非笑地盯着陆千帆，直看得他有些招架不住。

陆千帆恼了，一把把毛巾丢过去，兜头盖住梁粥粥：“有话说话，别这么看我。”

梁粥粥把毛巾往上提了提，正好露出一对会说话的眼睛，笑眯眯地说：“陆千帆，按理来说今晚应该是咱们的洞房花烛夜吧？”

回应她的是陆千帆的一个趔趄。

6

那晚，陆千帆逃了。

面红耳赤，甚是狼狈。

他是架子鼓手，跟乐队在酒吧驻唱，混迹酒吧多年，各种风情美女见得不少：性感火辣的，清纯可爱的……跟她们比，梁粥粥算不上最好看的，调情的手段甚至可以说青涩，可只有她能叫他心慌意乱、手足无措。

陆千帆有些不知道该拿梁粥粥怎么办了。

他从前看着云淡风轻，不过是心冷情淡，从未把谁放在心上。如今他对情爱也不过一知半解，对自己的心思更是不甚清楚，却偏偏遇上梁粥粥这么个厚脸皮的，他哪里是她的对手？

她直率坦诚，又热烈主动，一进再进，逼得他一退再退，眼下似乎已经退无可退了。他头一回生出无法掌控的无力感来，这感觉既叫人恼怒，又叫人欢喜，矛盾得很。

看不明，理不清，陆千帆决定先冷一冷梁粥粥。他开始有意无意躲着她，连她用草莓求和都无动于衷。

梁粥粥欲哭无泪，她要知道陆千帆脸皮这么薄，气性又这么大，那晚肯定不会故意戏弄他。

可不等她求和成功，陆千帆的父亲陆历天就上门了。

“你们俩真结婚了？”陆历天皱眉问道。

梁粥粥心虚地点了点头。

“你这个、你这个……”陆历天似乎找不到合适的词，半晌后才咬牙切齿道，“你这个坏心眼、黑心肝的丫头！你当初怎么答应我的？你说会好好照顾我们家小帆，一定劝他早点回家。结果你……你现在是彻底把他给拐跑了！”

梁粥粥不说话，算是默认。

她第一次见到陆历天，是陆千帆搬过来的第二天。当时陆历天大包小包拿过来好多东西，先把她的冰箱塞满了，又把陆千帆惯用的日常用品都一一摆好，说怕陆千帆在这里吃不好、用不好，简直操碎了心。

见多了“女儿控”，头一回见到“儿子控”，梁粥粥还是觉得很新鲜的。两人聊了很多关于陆千帆的事，梁粥粥跟陆历天再三保证说她会照顾好陆千帆，陆历天才勉强安下心离开。

那天之后陆历天隔三岔五就会来看看，生怕梁粥粥会虐待陆千帆似的。一来二去，两人也算熟悉了，陆历天就托梁粥粥劝劝陆千帆再搬回去。梁粥粥当时满口应下，可结果……

“离婚！现在！立刻！”陆历天指着梁粥粥命令道。

梁粥粥坚决摇头：“我当时问过陆千帆要不要再离个婚，他说不要。”

眼见来硬的不行，陆厉天顿了顿，缓和语气说：“丫头，我是为你好啊。我们小帆虽然长得好，可他就是个打架子鼓的，当然他打得不错，但收入真不算高。你要有点儿追求，不能只看脸，你得想想那些车、房子、包包对不对？小帆这种职业以后很容易落魄的。”

“我不要那些。”梁粥粥说，“如果他以后真落魄了，我养他。”

陆厉天正想再劝，却听见一道疑惑的声音响起：“你养谁？”

两人扭头，就看见拎着袋子进门的陆千帆。

7

“没谁！”

陆厉天和梁粥粥异口同声，对视一眼，又默契地噤了声。

陆千帆看了看两人，没再多问。反正自从搬进来以后，陆厉天时不时就会来找梁粥粥说话，两人之间似乎有他不知道的秘密，他已经习惯了。

说起来，他非要从家里搬出来，就是不希望陆厉天再一心扑在他身上，从而忽略了自己，无论是生活还是爱情。

大概是因为他从小就没有母亲，陆厉天想给他足够的爱，所以这么多年又当爹又当妈的，始终是一个人。可他身边明明有等了他好多年的陈阿姨，他也明明对人家有心，却总是以“儿子还没有成家立业，需要人照顾”为理由一再拒绝。

于是陆千帆搬了出来，想以实际行动证明自己可以照顾自己。可陆厉天似乎不信，只觉得他是闹性子，过一段时间就会回去。

所以当梁粥粥出主意说不如跟她登记结婚，用成家立业来彻底了断陆厉天的借口，让陆厉天不要再一味为他牺牲时，陆千帆没多想就同意了。

“小帆，给架子鼓、草莓、梁粥粥排个先后，你会怎么排？”陆厉天忽然问。他知道自家儿子的性格，一旦做了决定就不会轻易更改，所以他打算叫梁粥粥知难而退。

果然，陆千帆想都没想就把梁粥粥排到了最后。

陆厉天很得意，挑眉看着梁粥粥，意思是：看来你在我儿子心里也没多少地位。

梁粥粥哪里会不明白他的心思，可她原本就没打算一下能占据陆千帆的心，因此并不太在意。想了想，她也问陆千帆："那我和陆伯父同时掉到水里，你会先救谁？"

"你。"陆千帆脱口而出，"我爸会游泳。"

这下轮到梁粥粥得意了，她冲陆厉天吐吐舌头，做了个鬼脸。陆厉天轻哼一声，偏过头不看她。

陆千帆看着两人的互动，觉得这样挺好。

他是比较沉默内敛的人，以前总担心以陆厉天的老小孩儿性格，他会觉得自己太闷、太无趣，偶尔勉强配合他，可结果只是让两人变得更尴尬。现在有了梁粥粥，他完全可以扮演旁观者的角色，他们在闹，他在看，多么理想的状态。

这也是当初他会果断同意跟梁粥粥登记结婚的原因之一。

陆厉天又待了一会儿，准备起身走人。走之前，他把陆千帆叫到屋里，说有话要说。

梁粥粥不知道他们说了些什么，只知道陆厉天再出来时，看她的眼神似乎有些不一样，带了一点点认同的意思。

可无论她怎么问，陆千帆都不肯跟她透露两人说了什么。

8

这天是陆千帆他们乐队主唱陈让的生日，陈让专门邀请了梁粥粥。

梁粥粥到的时候，他们还在台上表演。酒吧光线暗，陆千帆又坐在靠后的位置，但梁粥粥还是一眼就看见了他。

这时的陆千帆，同平时沉默寡言的他判若两人。他充满激情，饱含力量，手与脚完美配合，时而张扬炫技巧，时而低调稳节拍，一下一下打出强有力的节奏，使听的人既感到震撼，又能得到某些情绪被淋漓尽致发泄出来的快感，引人入胜。

梁粥粥曾问过陆千帆为什么会喜欢架子鼓。

他说最初只是因为肢体不协调才去学的，后来却一发不可收拾地爱上了。因为它能唤起他身体里最原始的节奏律动，承载他所有疯狂的念头和沉默的情绪。在密集的鼓点声里，他能看见另一个自己。

梁粥粥在看他，陆千帆也看到了她。

平时他打鼓时，任何人和事都不能打扰到他，他的眼里和心里只有面前的架子鼓。可梁粥粥却能让他在打鼓的时候分心看她，能让他在人群里扫一眼就捕捉到她。她站在那里，随着他的鼓点节奏律动，这种感觉，实在美妙得难以言喻。

他又记起初见时，她突然抓住他的胳膊，他在她身上闻到草莓味。想起似乎在哪本书上看到过这样一句话：当你遇见一个人，在她身上闻到别人闻不到的气味，看见别人看不到的闪光点，那你喜欢上她只是迟早的事，因为她一开始就是你心里特别的存在。

或许，梁粥粥于他而言就是特别的存在。

那天陆历天问他为什么是梁粥粥时，他想了想，最后对陆历天说："我不知道为什么会是她，我只知道如果一定要跟一个人结婚的话，我希望是她。她看着性子活泼，脸皮又厚，按理说应该是个喜欢呼朋唤友，每天咋咋呼呼热热闹闹的人。可其实她习惯独来独往，很少主动跟别人联系，但有人约她时，她又会很开心。

"待在家里时，她有时一整天一句话都不说，只是写作或者发呆，完全当我是空气；有时又会一大早就来敲我的房门，手舞足蹈地讲自己做了多么离奇荒诞的梦……又安静又闹腾，说的大概就是她这样的人。她跟我说结婚的时候，是开玩笑的语气，完全一副为我好的样子，却真的一点也藏不住她的渴望和小心翼翼，她害怕我拒绝，害怕到假装若无其事。

"她也就是表面看着活泼潇洒，其实是缺爱又孤独的人。她心里喜欢什么、想要什么，越渴望越表现得云淡风轻，因为不确定那人、那物到底会不会属于自己。可这样的她，愿意追着我、黏着我，当她一步步来到我面前时，除了接受，我毫无办法。"

陆历天看着他，笑了笑："你从来没有跟我一下子说过这么多话，看来你是真的很喜欢她。"

是了，他喜欢她。

他一早就该明白的，否则就算再喜欢草莓，他也不会租她的房子，他当时只是不忍心拒绝罢了。只是那时的不忍心，到后来早已发酵成了爱意，深入骨髓。

9

一曲结束，陆千帆跳下舞台，朝梁粥粥走过来。他忽然很想抱一抱她，现在，立刻。

可还没走两步，陈让拽住了他，压低声音说："陆大师，求你件事儿呗。"

陆千帆看了他一眼，示意他有话直说。

陈让轻咳一声，难得不好意思地说："我觉得粥粥妹子挺不错的，她之前说自己是单身，现在应该也没男朋友吧？我打算跟她表白。"

陆千帆听他说完，一言不发，只用那双又深又黑的眼睛静静盯着他。

"陆大师，她有没有男朋友给句话啊，这么看着我，我会以为你爱上我了。"陈让贫嘴道。

"没有。"陆千帆吐出两个字。

陈让松了一口气："没有就好，没有就好。那兄弟我就要高歌猛进了。"

"不行。"陆千帆说。

"为什么？"陈让反问，"我们男未婚、女未嫁的，怎么就不行了。我以前是有点……很花心，可我这回是认真的，要不然我也不会选粥粥啊。大家都是熟人，玩玩的话多伤感情。"

"不行。"陆千帆再次说。

陈让骂了句脏话："你倒是说出来为什么呀，你这么半天只给我两个字，还用这么硬邦邦的口气，你当我不会揍你是吧。"

"她是没有男朋友，但是，她结婚了。"

"不可能！她不是个宅女吗？连朋友都没几个，更别说异性朋友了，她能跟谁结？跟鬼还是空气啊？"

"跟我。"陆千帆罕见地勾了勾嘴角，"她是你弟妹。"

陈让震惊地愣在原地："陆大师，你不是不食人间烟火、不近女色吗？你骗我的对不对？肯定是骗我的。"

陆千帆不再理他，快步朝梁粥粥走过去。

半晌后陈让反应过来，带着乐队其他人把陆千帆和梁粥粥给围住了。

“坦白从宽，抗拒从严。”陈让揽着陆千帆的脖子，颇有些咬牙切齿的意味，“前几天粥粥还是我们妹子呢，今儿就变弟妹了，陆大师你动作够快的呀。”

他这一说，其他人也跟着起哄。

键盘手说：“什么叫闷声干大事，今儿我算是知道了。你们是不是先上车后补票了？”

吉他手说：“我全指着你这‘注孤生’的气质衬托我的绅士风度呢，你这一转眼就结婚了，这太不厚道了吧？”

他们都叫陆千帆为“陆大师”，一是说他架子鼓水平高超，有大师水准；二是因为他的大师境界，混迹酒吧多年，身上却没一点不良习气，不抽烟、不喝酒，面对各类型美女的邀约眼都不眨就一概拒绝，洁身自好到令人怀疑。

“别瞎说。”陆千帆嫌弃地掰开陈让的手。

梁粥粥也一脸无辜：“我真没怀孕！”

“真没有？”陈让不死心地问，虽然他对梁粥粥还没喜欢到非卿不可的地步，可就这么被陆千帆截和，他还是有点儿不甘心的，潜意识里认为肯定是有什么不可抗力才让两人这么突然地结婚。

“这几年，一心想追陆大师的美女不在少数，可每一个都碰了一鼻子灰。我都怀疑过陆大师其实是喜欢我们哥几个的。所以我不信，不信你们真结了，要我信的话也行，你们起码得接个吻我看看，要法式热吻。陆大师会吗？”

陈让挑衅地看着陆千帆。他这一提议，其他人也跟着嚷嚷，非要两人接吻。

饶是梁粥粥这样的厚脸皮也禁不住他们闹，一时红了脸，偷偷去看陆千帆的反应。

陆千帆轻咳一声：“这种事不适合在大庭广众下……”

“不亲？不亲的话我们可不认粥粥是弟妹。”陈让半是玩笑半是认真地道。

陆千帆看了他一眼，忽然转身迅速捧起梁粥粥的脸吻了下去。果然男人都是雄性动物，不容别人觊觎自己的所有物。

这一回不同于之前在医院的额头吻，陆千帆的唇落在梁粥粥的唇上，跟她唇齿纠缠。他其实不太会吻，牙齿碰到她的舌头，疼得她下意识想躲。可他难得强势，揽着她的腰让她更贴近他，小心翼翼又认认真真地吻她。

一吻结束，梁粥粥羞得躲进陆千帆怀里。陆千帆还算镇定，看着陈让，问：“信了吗？”

“这生日礼物终生难忘了。”陈让苦笑一声，随即又高声说，“不过有生之年能吃到陆大师的狗粮，也算值了。”

接下来，自然是一场欢歌笑语的庆祝。

10

散场时已经是后半夜了。

梁粥粥是一杯倒，所幸酒品够好，安安静静地被陆千帆背回来的。

一到家，她开始闹腾了，趁势把陆千帆压在沙发上，笑嘻嘻地说：“陆千帆，你亲我了。”

陆千帆喉结动了动，没出声。

“这回不是我求你的，是你主动的。”梁粥粥又说。

“嗯。”陆千帆发出一个单音节。

“这回也不是额头，是嘴，是真的接吻。”

回应她的，又是一声“嗯”。

“这是我的初吻。”

“嗯。”

“陆千帆，你除了‘嗯’还会说别的吗？”

“嗯。”

若梁粥粥是清醒的，她必然看得出来陆千帆这是害羞了，可她现在迷迷糊糊，就以为陆千帆后悔了，赶紧摆出一副凶巴巴的样子：“陆千帆，你亲我了，我这人从来不吃亏的，我得讨回来。十倍，不，百倍地讨回来。”

“你想怎么讨回来？”陆千帆问。

梁粥粥一笑，凑到他耳边说：“以牙还牙，以眼还眼，以嘴当然还嘴了，就亲个一百下吧。”

陆千帆没出声，梁粥粥怕他不愿意，又折中道：“你要是不想被亲那么多，那换算成睡十次？从今天开始，十次很快的，而且你还是占便宜的，我都不怕，你怕什么？你赶紧答应吧，答应了咱们好睡觉，好不好？”

她哄小孩儿似的话让陆千帆嘴角抽了抽，沉默了一会儿，他沉声说：“梁粥粥，要么睡一辈子，要么一次不睡，你选。”

“一辈子。”梁粥粥脱口而出。

陆千帆这才满意了：“那就睡一辈子吧。”

后来，陆历天虽然接受了梁粥粥，可又怕梁粥粥有花花心思，就逼着她跟他保证，无论怎样她都绝不会伤害陆千帆。

梁粥粥看着他，认认真真地说：“我是孤儿，养父母定居国外，国内一个亲人都没有。那回生病疼得死去活来的时候，有一瞬间我觉得就这样死了也好，以后就不必再自己一个人，不必再承受孤独。可是看见从电梯里出来，叼着草莓酸奶的陆千帆时，我改变了主意，出门赖着他，和他有了交集。”

“后来，他在我的手术单上签字，这对于你或者很多人来说根本不算什么，因为你们有家人有朋友。可是我一无所有。但在他签下名字的那一刻，他就注定跟我有了纠葛。你或许不能理解这样一种感情，我想说的是，我好不容易找到跟我有关系的人，现在他又是我丈夫，我比任何人都想牢牢抓住他，赖着他、缠着他一辈子。”

陆历天这才满意了，临走时忽然拍了拍她的脑袋，有些别扭地说：“嗯，你是个好孩子。”

梁粥粥一下就红了眼，冲过去抱了抱他，小声叫了一声“爸”，她何德何能能遇见他们。

送走陆历天后，梁粥粥给陆千帆发微信，说想他。

陆千帆仍是一贯的简洁风，回了个“嗯”。

梁粥粥又发，他没再回，过了一会儿发过来一张他坐在架子鼓前的照片，跟着一条消息：“我让陈让给我拍的，他说我现在已经学会秀恩爱了，如果我再这么撒狗粮的话，他们哥几个可能会忍不住打我。所以你保存好这照片，我不会再拍第二次。”

梁粥粥回了个“好”，然后看着照片傻笑了半天。

再后来，梁粥粥问陆千帆：“如果我不告而别，你会等我吗？”

陆千帆想都没想，就说“会”。

梁粥粥很得意：“你这么喜欢我呀。”

陆千帆实话实说："我接受不了婚内出轨。"

梁粥粥叹气，递给他一瓶草莓酸奶："多喝点，直到你能说出像样的甜言蜜语来。"

陆千帆接过来，喝一口含在嘴里，忽然对着梁粥粥亲了下来，瞬间浓浓的草莓味混着甜甜的奶味充斥在梁粥粥的口腔。

"这样够甜吗？以前对别人，我只是不想，不是不会。现在对你，我是不需要，因为我喜欢你你会知道，不说你也知道。"

"甜，甜到犯规。我有没有说过你其实很可爱？"

"男生不能用……但是你可以说。"

"你终于有了求生欲，继续保持。"

"好。"

男友很护短

"小姐姐，我喜欢你，你也喜欢我好不好？"

1

自己排队四小时，别人插队两分钟。

这哑巴亏，徐新月不想吃。她高声冲人群吼了一嗓子："前面的都看着点，别让人插队啊！"

可惜这一吼没起作用，一个胖姑娘和她的小伙伴们还是全部一下涌了过来，挤在了前面。

倒是排在徐新月身后的顾星云，被她这一嗓子惊着，注意力从手机里的球赛视频转移到现实生活，他抬头看了一眼前面的混乱场面，就收回视线，把目光放在徐新月身上。

徐新月个子矮，勉强到顾星云胸口的位置。顾星云之前在驾校见过她，她长着一张圆乎乎、肉嘟嘟的娃娃脸，顾星云有些难以相信这样的她竟是个热血又暴脾气的主。

他正想着，却见徐新月忽然气冲冲地挤过人群往前面去了。

"你们能不能别插队了！"徐新月拽了一下胖姑娘的手，一脸怒气。

她真的太矮了，顾星云想。跟周围的人对比，尤其在体型是她两倍的胖姑娘面前，她简直就是个矮小瘦弱、可以任人欺负的小可怜。

“轮得到你管吗！我们就插队了，怎么着！”胖姑娘甩开徐新月的手，理直气壮得很。

和她同行的黄毛男生推了一下徐新月：“别在这儿叽叽喳喳的，滚一边去。”

徐新月往后趔趄两步，所幸有人及时扶了她一把，让她稳住了身子。接着一道清冷的男声响起：“我问一句，你们是退回去，还是要继续插在这里？”

虽然这话听上去更像询问，一丁点没有能撑腰的气势，徐新月还是感激地看向伸出援助之手的人，发现竟然是和自己同驾校的顾星云。

“关你什么事！”黄毛男生嚣张地说。

顾星云半眯起眼：“也就是说不退回去了？”

“滚……啊！”黄毛的脏话还没说完便变成了惊呼。

徐新月只看见一条大长腿利落地抬起放下，黄毛就已经被踹倒在地了。

“既然你不愿意自己走，那我只好帮你了。”顾星云说。

2

“你怎么能打人呢！”

胖姑娘尖叫道，同行的其他人也一脸愤怒，好像自己人受了天大的委屈。

徐新月看向顾星云，惊讶于他斯文秀气的外表下，竟然有着一颗以暴制暴的心。

顾星云却淡定得很：“原因我已经说过了。”

“你找死！”黄毛从地上蹿起来，眼看着要冲过来打人。

徐新月下意识护在顾星云身前，大吼一声：“这可是交警大队！”

眼见黄毛被唬住，徐新月赶紧继续说：“本来你们插队就不占理。我朋友练过的，要真打起来，你们也别想仗着人多讨便宜。这里虽然不是警察局，但好歹是交警大队，要是打起来，后果严重。”

“是你们先动的手！”黄毛不甘心地嚷嚷。

“谁先动的手？”顾星云把徐新月拉到旁边，“你是脑子不好使，健忘吗？你是不是推她了？”

“那也是她先跟我们的人拉扯的！”黄毛说。

“没看见。”顾星云明摆着耍赖，“不过就算看见了，你看看她们俩，别说拉扯，就算打起来，谁赢谁输，你心里没点数吗？用得着来帮忙？”

听出来自己被嫌弃了，徐新月嘴角一抽。

黄毛还想说什么，边上跑过来一个中年男人，看样子是他们的教练。他似乎不愿意惹麻烦，低声跟黄毛说了几句，半是安抚半是强迫地拽着他离开了，其他人自然也跟着走了。

眼见他们离开，徐新月才松了一口气，小声说：“吓死我了。”

“我还当你多厉害呢。”顾星云说。

要不是刚才感受到徐新月略微颤抖的身体，只看她挡在他身前，只听她那番软硬兼施、真假参半的话，他都要忍不住赞她一句有勇有谋了。

“纸老虎一个。”徐新月自嘲，“谢谢你了。”

“等会儿一块谢。”

顾星云说完，走到旁边的空地上，对着人群说：“排了四个多小时，对前后排队的人都有印象，如果不想继续耗着，就自己把插队的人清出去。要是不自觉，我也不介意发生肢体冲撞。”

或许是他冷着脸，看着就不好惹，或许是方才他踹黄毛的那一脚叫人心有余悸。他这一出头，队伍里就立刻有人出声配合，开始清理插队者。

3

托顾星云的福，队伍最终恢复成了原来的样子，工作人员也开始继续工作，很快就轮到徐新月他们了。

照完相出来，回到车上，其他人才开始讨论说插队可耻之类的话。

徐新月看了一眼顾星云，见他如来时一样，闭着眼假寐，对车厢里的嘈杂充耳不闻，她也偏过头，保持沉默。

说起来，顾星云会帮她，徐新月还是觉得挺不可思议的。她今天是第一次在驾校见到他，如果说第一眼觉得他帅的话，那么第二眼感觉就是冷，他整个人有一种慵懒淡漠、对周遭一切都不上心的感觉。

原来却是外冷内热吗？

回到驾校，徐新月在小卖部买了两瓶水，把一瓶递给顾星云，笑着说：“再次表示感谢。”

她笑得灿烂，露出两个酒窝来，甜得叫人无法拒绝。

顾星云晃了晃神，没有伸手，却鬼使神差地说：“不是至少该请吃饭的吗？”

原本想着顾星云中午吃过饭，徐新月才会送水，聊表心意。可既然人家提出来了，她当然不能拒绝，她立即点头：“你想吃什么？”

“我正是长身体的时候，吃得多。”顾星云牛头不对马嘴地说。

徐新月很快明白过来他是在解释，笑了笑：“你看着就挺小的，还在上学？”

“说得跟你多大了似的。我大二。”

“反正跟你比，我不小了。”

“二十一？”顾星云猜。

徐新月乐了：“少年，谢谢夸奖。”

顾星云斜眼看她：“敢问阿姨，今年贵庚？”

徐新月嘴角一抽：“我还没有被你这个年纪的叫过‘阿姨’，我属羊的。”

“二十七。”顾星云反应极快，说完又有点儿不信，“是二十七岁吗？”

“要相信自己。不过心里知道就好，不用说出来。”徐新月语带埋怨。

顾星云笑了。

他是真没想到她居然二十七岁了。她原本就长了一张看不出年龄的娃娃脸，关键是她身上没有一点成年人的成熟世故，反倒处处显着一些少女的可爱活泼。

“那以后要叫你小姐姐了。”

“别叫‘阿姨’，一切好商量。”

4

隔天他们又往交警大队跑了一趟，弄好了体检，之后就等着建档考科目一了。

徐新月是年前辞了职，年后专门在家考驾照。难得有大把的空闲时间，还没练车的这段日子，徐新月隔三岔五就会被这个好友拉着逛街，被那个闺密拽着聚餐，自然也少不了被各路热心人士安排相亲。

眼下，就又有一场。

到了约定的咖啡厅，徐新月在靠窗的位置看到了自己的相亲对象。

他穿了一身正装，模样周正，气质沉稳，徐新月对他第一印象还不错。谁知她落座后，男人开口的第一句话就是："抱歉，徐小姐，你不是我喜欢的类型。"

徐新月被他的直白弄得一愣，还来不及反应，又听他继续说："我需要的是一个妻子。她就算不能端庄典雅、温婉大气，至少看上去也该像个大人。至于徐小姐，恕我直言，你无论是穿衣打扮，还是身高样貌，都还像个孩子。"

这番话也不知是夸还是贬，徐新月低头看看自己的粉色外套和粉色背包，尴尬一笑。她最近似乎少女心复苏，偏爱一切粉嫩嫩的东西。

"如果我猜得不错，你应该还像个小女孩一样，"男人又说，语气里带了点看穿一切的傲慢，"天真、理想主义，把爱情看得高于一切。而我恰恰相反，不想浪费时间在……"

"自己显老，还怪别人长得年轻吗？"一道不屑的声音插进来打断了相亲男的话，"只讲合适，不谈爱情？说得好像自己受够了爱情的苦，其实是爱无能吧。"

徐新月觉得这声音有些耳熟，一扭头，果然看见了顾星云。他原本仰躺在后面一排沙发上，慵懒舒适得像一只猫。话说完，坐了起来，看向两人。

"你怎么在这儿？"徐新月问了一句，却不听顾星云回答，扭头对相亲男歉意一笑："不好意思，他还小，说话有点儿冲，你别介意。"

"我成年了。"顾星云走过来，拉开徐新月旁边的位置坐下。

"嗯嗯，成年的小孩。"徐新月敷衍地点点头。

顾星云"哼"了一声，懒得理她。

相亲男倒是没有同顾星云争执，只是似笑非笑地看了看两人，就起身离开了。

徐新月眼巴巴地看着他出了咖啡厅的门，哀号一声趴在桌子上："又被嫌弃了。"

顾星云看着她，有些拿不准她是真伤心，还是假难过。想了想，他说：“那个男人或许是喜欢风情艳丽型的，才编了一个理智现实的借口，跟你……你的身高、长相没关系。你……你还行。”

“那我是什么型？”徐新月又满血复活似的支起脑袋，一脸期待地看着顾星云，“少年，求夸奖，安慰一下我受伤的心。”

她说完，还眨眨眼，像撒娇又像卖萌。顾星云忽然有些不敢看她，偏过头，不答反问：“你很恨嫁吗？”

“你还是小年轻，哪儿能理解我们‘中年少女’的心情。”徐新月长长地叹一口气，“其实也说不上恨嫁，可是说想谈恋爱？我二十七了，不是十七呀。把‘喜欢’和‘爱’挂在嘴上，会被人笑的。有很多东西，包括感情，都是小孩子的专属，大人是要学会割舍和克制的。”

她说这话时，脸上一直带笑，却隐隐透着一种落寞悲伤的情绪。

顾星云看着她，没说话。如果说之前他对她的年龄没有切实认知的话，那么这一刻，他终于清楚地认识到，她要面临的是她这个年龄已经避无可避的问题，这些问题却是他还不需要考虑的。

沉默了一会儿，顾星云轻声说：“我以为你不会在意别人的眼光，以为你像他刚刚说的那样，爱情至上。”

“是吗？”徐新月抿了一口咖啡。

“你真的想结婚了？”顾星云又问。

徐新月笑了笑：“想啊。”

5

那天之后，直到考科目一，徐新月都没再见过顾星云。

倒是科目一结束后，顾星云突然加了徐新月微信，说自己错过了群里通知预约考试的信息，只能自己一个人去了，问她有没有什么注意事项。

徐新月热心地跟他说了下考试流程，并表示考科目二的时候可以继续跟他讲经验。

可很快，徐新月就被自己打脸了。

原来，她考完科目一后就直接去驾校练车了，可练了三四天，顾星云周末过来的时候，她却还在初级教练这里练习压车速。而跟她同期的人，都已经被分给科目二教练了。

“小姐姐。”顾星云主动叫了一声。

徐新月总觉得他这一声带着点嘲笑的意味。毕竟他才来一会儿，练了两圈，教练就说他车速控制得好，方向也打得不错，可以被分上去了。

这让笨鸟先飞却还落后的她情何以堪。

“其实，”徐新月咬一咬嘴唇，“你可以假装不认识我，我不介意的。”

“为什么？”顾星云问。

“这样我就能自我安慰——‘没有熟人知道我练得这么烂’了。”

“自欺欺人不好。”

“可是这不科学。”徐新月皱眉，“就算我是笨鸟，可是我都先飞了，为啥还在你后面。这下难道要反过来，等着你给我讲经验了？”

“笨得太狠。”顾星云嘴下不留情。

徐新月瞪他一眼，觉得有必要撕掉之前对他的印象标签。他哪里高冷了！哪里外冷内热了！明明就是个嘴毒不尊老的坏男孩！

顾星云被她看似凶狠实则蠢萌的表情逗乐了，面上却丝毫不显山露水，淡定地说：“该你练了，上车。”

6

徐新月上了车，先迷信地双手合十拜了拜，才开始调座位。顾星云坐副驾驶给她压车。

车一启动，徐新月就抓牢方向盘，眼睛死死盯着前面。

她这一副视死如归的模样，惹得教练直嚷嚷：“你看你又是这样，让你开个车跟让你上战场似的。”

徐新月也很委屈：“我就是紧张啊。”

“这车又不是老虎，能把你吃了？”教练脾气不太好，“你看看你都练了几天了，按理说早就该把你分上去了，你这基本功还差成这样。”

徐新月没吭声，她这几天被教练当小学生一样说教，早就习惯了。

顾星云却听不了这话，反击道：“她胆子小，不经吓，你得多鼓励她。

这么老打击她，她更开不好了。”

教练没料到会有人顶嘴，愣了一下，没好气地说：“刚夸你，你这就能上了。你行的话你来教，你看看你女朋友什么水平！”

“我不是……”

“开车！”

徐新月的第一反应是想解释，可是被顾星云打断了；第二反应就是他因为她跟教练杠上了，会不会影响不好。

她偏过头看了一眼顾星云，他倒是神色如常，徐新月只能压下心里的不安，硬着头皮开始准备起步。

“别紧张，放松。”顾星云伸手去掰徐新月的手，“手松一点，你再这么用劲儿，方向盘都要被你拽掉了。”

他嘴巴毒起来，比教练有过之而无不及，徐新月却没有觉得紧张忐忑，也没有觉得他在真的嫌弃她笨。只是她还是死不松手，抓着方向盘说：“我只有这样才有安全感。”

“我在呢。”顾星云看着她的眼睛，“不会让你冲出去的。”

他的声音很轻，眼神平和，丝毫不见方才顶撞人的少年意气，倒是显出几分男人的成熟和担当来。

徐新月忽然觉得心跳得更厉害了，比第一次坐上车时跳得都快。可她清楚，这不是紧张，反而是安心。

徐新月定了定神，长长呼出一口气，试着轻轻握方向盘，开始慢慢松离合。

这一次，除了开始有点没稳住以外，徐新月全程都压得很稳。只是她一路都在自我暗示，嘴里反复念叨着：“压住，压住，压住……”

顾星云看着她的侧脸，忽然说：“你能换个词吗？”

“为什么？”徐新月茫然道，“那压死？稳住？”

“算了，你随意。”

7

那天又练了一下午，徐新月才终于过关，和顾星云一起被分上去给科目二教练了。

回去的时候，见顾星云没骑车，徐新月就送了他一程，反正他学校距离她家不远，不过是顺路的事。

可谁知自那以后，凡是周末或者他没课的时候，他都让徐新月接送他，竟然一次都没再骑过车。

虽然顾星云也会给她带早饭，送她防晒霜、墨镜、帽子之类的小礼物，徐新月还是表示抗议："你这是把我当免费专属司机使啊？"

"哪里免费了？咱们明明是等价交换——我帮你练习科目二，你接送我。"顾星云算得很清楚，"我就问你还需不需要我帮忙？不需要的话，你就不用接送我了。"

徐新月撇撇嘴，撂下狠话："你最好祈祷我科目二一次过，否则我就去你们学校，散播你天天逼着女孩子风雨无阻接送你的流言，揭露你的真面目，看还有没有小姑娘会追着你跑。"

"随时欢迎。"顾星云无所谓地说，"我本来也不喜欢被小姑娘追着跑。"

"莫非……"徐新月拖长了音，一听就不怀好意，"莫非你喜欢被小伙子追着跑？"

她说完自顾自笑了，顾星云被她没心没肺的样子气个半死，干脆伸手圈在她腰上，力度比平时大了些，疼得她哇哇大叫了两声，才又好心情地说："我对小伙子没兴趣，对小姐姐倒是……"

"徐新月？"

顾星云的话还没说完，就被突然的喊声打断了。

听到有人叫自己，徐新月捏住电瓶车的刹车，顾星云立刻配合地伸出两条大长腿支在地上，帮她稳稳停住了车。

"我说远远看着就像是你。"章婷摇下车窗，摘下墨镜，视线越过徐新月落在顾星云身上，眼神明显惊艳了一下，"这位是？你弟弟吗？"

徐新月摇头，语气冷淡地回了一句："朋友。"

"不会是男朋友吧？"章婷夸张地瞪大眼，指着顾星云说，"他一看就比你小，毕业了吗？"

章婷是徐新月的大学室友，两人似乎天生不对付，在宿舍时就不怎么说话。不过章婷更讨厌徐新月，没事总要刺她两句，如今看来也没改掉这个毛病。

要是搁以前，徐新月压根懒得理她，肯定直接骑车走人了。可现在，她莫名觉得生气，冷声说："不劳你费心。"

"新月，没必要这样吧，我也是为你好。现在的小男生喜欢姐姐型的是挺多的，可人家玩得起，你玩得起吗？"

8

"他不是那样的人！"徐新月大声反驳。她能容忍章婷说她，却不能接受她贬低顾星云。两人本来也没有真的在谈恋爱，根本就不存在玩不玩一说，关键是这些日子相处下来，她很清楚顾星云是什么样的人。

平时在驾校，顾星云除了跟她说话外，对谁都是一张冷脸，简直酷得没朋友。偶尔有小姑娘跑过来问他要微信号，他就把她推出来当挡箭牌："你不知道我到驾校第一天，就为了女朋友顶撞教练的事吗？挖墙脚这种事，得找好挖的，我怎么也是八达岭长城下的墙脚，不好挖，你也挖不动。"

就是再大胆的小姑娘，也被他的话羞得落荒而逃。

徐新月在一旁，一面接受着同车练习的已婚人士的羡慕，一面经受着小姑娘们的羡慕嫉妒恨，偏偏她还不能澄清。因为流言已经传开了，也因为顾星云要挟她，说她敢说出来的话，就再也不帮她练习各项重点了。

挡箭挡得多了，徐新月也就收起了自己对顾星云那点儿想入非非的心思，认定他为她顶撞教练是有预谋的，就为了现在能干净利落地斩断所有的烂桃花。

但无论如何编排顾星云，徐新月知道，他绝不是会随意玩弄别人感情的人。

"你那么激动做什么？"章婷嗤笑，"恋爱里的女人都眼瞎心盲，更何况你这个小男友还有一副好皮囊，肯定把你迷得团团转了，谁的话都听不进去。不过，好歹咱们室友一场，我还是劝你别玩姐弟恋了。人家还小，陪你两三年，也才大学毕业。你呢？到时候都三十了。还不如现在好好找个人嫁了，踏踏实实过日子。"

眼见她越说越离谱，还操心起她的终身大事，徐新月恼了。

"那我也劝你，别这么快就进入中年妇女的现实说教队伍里去，不该你操心的事别多管，要不然容易长皱纹老得快，不被老男人喜欢。毕竟你不像我长着一张娃娃脸，还能谈姐弟恋。顺便说一句，有婚姻的人比有爱情的人多了去了，至于怎么选，是我的事。而结果，也是我承担，用不着你操心，再见！”

徐新月说完，转动钥匙，准备走人。

顾星云却还双脚支地，控制车子停在原地没动，还伸出右手绕过她腰部，然后拔了钥匙，顺势环在她腰上。

“你……”

徐新月扭头才说了一个字，顾星云已经用左手扳着她的脸，对着她亲了下来。

9

徐新月回到家，都还脸红心跳得厉害。

这次是顾星云送她回来的，她整个人晕晕乎乎的，根本没法骑车。到了小区楼下，连句道别的话都没说，她就跑得比兔子还快地上了楼。

一进门，徐新月就脸朝下摔进沙发里，脑海里自动回放起刚才两人接吻的画面。

少年的吻，羞涩又热烈，小心又莽撞，带着试探，带着欲望，带着一股无处可藏的情感，吻得她两腿发软。

好不容易他松开了她，却又回味似的轻啄了一下，说：“我原本没打算现在说的。小姐姐，我喜欢你，你也喜欢我好不好？”他说完一笑，笑得勾人。

徐新月不记得自己有没有被蛊惑到点头同意，只记得最后听见他对章婷说：“嫉妒就嫉妒得彻底点，别打着为她好的幌子，徒增虚伪而已。”

“啊。”徐新月低低叫了一声，烦躁又甜蜜。

相熟之后，她曾问过顾星云，问他在交警大队时，为什么会帮她，毕竟同行的其他人都保持了沉默。顾星云说：“我这人护短，见不得自己人被欺负，好歹咱们一个驾校的。”

那这一次呢？他是不是也只是替她出头，才吻她的，还说出告白的话。

想不出来，想不明白，徐新月使劲摇摇头，试图把顾星云的吻、顾星云的话、顾星云的笑，甚至顾星云这个人从脑海里赶出去。

“你这丫头抽什么疯呢？”姚意一进门，就看见自家女儿瘫在沙发上驱邪似的晃着脑袋。

“亲爱的姚女士。”徐新月看着母亲，忽然觉得委屈，一下红了眼。

“怎么了这是？”姚意吃了一惊。

徐新月是个很懂事的孩子，打小就很少跟姚意撒娇，越是委屈难过，越是表现如常，像什么都没有发生过。很多人都说她没心没肺，可其实她是不懂得表达，坏情绪都是自己消化好了才当玩笑一般说出来，逗人一乐。

像这种要掉泪的时刻，真是扳着指头都数得过来。

姚意赶紧走过去，轻轻抱住女儿：“怎么了？谁欺负你了？”

“欺负”这个词，立刻又让徐新月想起了顾星云的吻。她原本是委屈，现在又害羞起来，一时不知道怎么开口，闷闷地不说话，只往姚意怀里钻了钻。

姚意也不问，轻轻拍着徐新月的肩膀，等着她自己说出来。

过了半晌，徐新月开口：“姚女士，我想谈恋爱了，可是他比我小好几岁，还是学生呢。怎么办呀？”

她说着，眼泪就大颗大颗地掉下来。

她也不知道自己是委屈还是担心。

这段日子和顾星云相处下来，和他斗嘴，受他维护，她心里原本就对他有些不一样。可两人差了七岁，她从不敢多想，不敢奢望。但顾星云的吻却叫她再也没有办法忽视自己的心意。那就是——她喜欢他。

可爱的种子才刚刚在心里冒头，她就要面临两个问题：一是不知道顾星云是真心还是假意，二是她害怕章婷的话一语成谶。

10

“傻闺女，有喜欢的人是好事，哭什么？”姚意帮女儿擦泪。

“可是他才上大二。”徐新月着急地说。

“大二又不是高二，我女儿又没拐带未成年，怕什么？”姚意打趣一句，“我叫你去相亲，只是希望你先认识认识人，谈一场恋爱，你可别把自己框死在这上面。”

徐新月靠在母亲怀里，没说话。

姚意继续说：“以前你总说没有遇见让你心动的人，可其实是因为你对爱太谨慎小心，不会轻易说出口。所以能让你说‘喜欢’的人，一定是喜欢得不得了了。不管是谁，妈都百分百支持你，你别想太多。”

“妈。”徐新月撒娇似的叫了一声，紧紧搂住姚意。

“乖，跟妈再说说那个男孩，我盼着女儿跟我聊她的男朋友，盼好久了。”姚意颇有些感慨地说，“是叫顾星云吧，跟我闺女的名字怎么就这么配。其实我早看出来了，只是我怕说出来后，你又缩回壳子里，再也不敢跟人家相处了……”

“你早就看出来了？”徐新月惊讶地问。

“只要不是瞎子都看得出来。”姚意笑了，“你每天回来都忍不住要提他。今天说他在驾校怼人家小姑娘，明天说他给你带了他最喜欢的包子……”

“哪有？”徐新月红着脸不承认。

“还没有啊。要我说，你一早就对人家起了色心。你第一次去交警大队照相回来，是不是发了个朋友圈说……”

“哎呀，我都忘了那条朋友圈了。”

徐新月惊呼一声，慌忙掏出手机，点开朋友圈，发现有一条新评论。

再点开一看，竟然是顾星云在那条朋友圈下面评论了。

他说：“我可以叫你‘小姐姐’，你不能叫我‘小弟弟’，另外，欢迎来撩。”

而徐新月那条动态的原话是：“今天在驾校遇见一个超帅的小弟弟，不好意思撩，怎么办？”

徐新月的朋友圈十天半个月都不见得更新一次，那天纯属一时心血来潮，发了之后也没在意。关键是当天她和顾星云并没有互加微信，她压根没想过当事人会看见。

后来顾星云添加她的时候，她早就忘了这回事。

可是现在……徐新月不信顾星云是才看见这条朋友圈，可他却一直没有任何表示，偏偏选在今天评论了。

他这是继续告白？还是故意捉弄？

11

还不等徐新月多想，顾星云的电话打了过来。

她下意识看向母亲，姚意暧昧一笑，站起来说："哎呀，我该做饭了。"

姚意走后，徐新月又盯着手机看了一阵，才深吸一口气，接通电话。

"徐新月。"顾星云在电话那头叫一声。

他还是第一次这样正儿八经地叫徐新月的名字，之前要么是没有称呼直接说话，要么就是略带调侃地叫她"小姐姐"。

不知道是不是自己想多了，徐新月觉得这个称呼的变化更像是某种信号，他对她不一样了。这样想着，徐新月一下又红了脸，愣住不知道该说什么，只低低"嗯"了一声。

顾星云倒是很主动："你下来，我在你家楼下。"

"你怎么来了？"徐新月有些吃惊，匆忙站起来往窗边走。一撩开窗帘，她就看见顾星云靠着山地车仰着脸往楼上看。

"你下来，我告诉你。"顾星云说。

徐新月猛地又想起了方才他的吻，觉得现在见面一定会很尴尬，可她到底经不住顾星云的缠磨，最终还是乖乖下了楼。

顾星云看着徐新月朝他走过来。见她红着脸颊，咬着嘴唇，一副很好欺负的模样，他下意识地舔了舔嘴唇，有些后悔自己当时没再多亲两下，现在只能保持绅士风度，免得吓着她。

徐新月到了他跟前，故作淡定地看着顾星云，却不知自己的神情和举动处处透着少女的娇羞。

"你还记得那天你练车，我说让你换个词吗？"顾星云问。

"记得。"徐新月点头。后来再练车，顾星云就严禁她说"压住""压死""稳住"的话。

"你想知道原因吗？"顾星云靠近了她一点，目光炯炯地看着徐新月。

徐新月觉得自己要被他灼热的眼神烧着了，下意识往后退了退，顺着话题问道："为什么？"

顾星云接下来的话，让她的脸烧得更厉害了。

他说："因为那几个词老是让我忍不住想对你做坏事。"

12

原来，顾星云宿舍里有个奇葩。那男生是个花花公子，仗着有钱有颜值，女朋友换了一个又一个。平时他最喜欢的就是在宿舍吹嘘自己的情史，绘声绘色地讲述跟历任女友的亲密行为，还美其名曰是给他们几个纯情少男的福利。

顾星云开窍晚，对男女之情压根没上过心，每次只要他在，那男生要敢说荤话，非得挨他一顿揍不可。可打归打，他却多少也听到了点，尤其是“压住”“吻住”这类出现频率颇高的词。

那天在车上看着徐新月的侧脸，听她说“压住”，他竟然很不合时宜地想到了一些令人脸红心跳的画面，而画面的主角自然就是他俩。

其实更早一些，在咖啡厅偶遇时，他心里就模模糊糊觉得自己对她有些不一样了。

从来没有一个女孩子能叫他放在心上，可一看见她，他就想主动跟她打招呼。但她却冲着别的男人走过去，他有些生气。后来知道他们是相亲，听那男人说她幼稚，他又忍不住维护她。再后来听她感慨，他又心疼……

那样复杂多变的情绪，都是因为她，可他却不能说出自己的心意。因为她说她想结婚了，他怕她不信任他，等不起他。

原本他是打算压下自己的感情，连科目一都没有和她约同一天，就想跟她错开练车时间，不再见她。可他到底没忍住，又眼巴巴地加了她的微信，寻了由头跟她聊天，想着就算不能跟她在一起，至少能陪她这一段时间。

可今天因为章婷的刺激，他一时冲动，就吻了她，还告了白。

回去之后，他想了又想。觉得既然已经捅破了窗户纸，还怎么继续隐藏自己的心意，只能一鼓作气勇往直前了。死皮赖脸也好，软磨硬泡也好，他非要让她跟他在一起不可。

所以他来找她，要一个答案。

“我从来没有对人动过心，徐新月，你要负责。”顾星云故作委屈地说。

“我当时见你冷着脸，还当你嫌弃我笨，没想到你……”徐新月说到这里，不好意思再说下去了，狠狠地瞪了他一眼。

“是你把我变成这样的！”顾星云理直气壮地说。

“你根本就是个小色狼，还敢怪我！”徐新月羞恼。

顾星云反而像听到了表扬似的，咧着嘴笑：“你不是还偷偷发朋友圈说要撩我？谁色谁知道。不过我一直在等你来撩，你都没动静。”

果然！他一早就看见了，今天才评论。

“你还是个心机鬼！”徐新月咬牙切齿。

“心机鬼、小色狼，都只对你，好不好？”顾星云笑眯眯道。

两人一斗嘴，徐新月就没那么害羞了，听见他这样说，冷哼一声，不答应也不拒绝。

“徐新月。”顾星云突然换了正经语气，“我只是年龄小一点，不是对感情不认真的人。你相信我，我是真的喜欢你。我知道我还不够法定结婚年龄，可是我们先谈两年恋爱，我现在也有在赚钱，等我毕业了我们……”

少年眉眼认真，语气诚恳，甚至带着点祈求的意味，像是急于想得到她的肯定，竟丢了一身的骄傲自信，显露出不安和怯懦来。

徐新月看着他，想到两人第一次见时，他为她踹黄毛男那一脚的霸气；想到他为了维护她，讽刺相亲对象时的霸气；想到他为她顶撞教练的勇敢；想到平时练车，他给她讲解重点时的认真……

他其实一直都在照顾她、对她好。

“顾星云，我不是想结婚。”徐新月说，“我是想遇见那个人，遇见那个想到他就会傻笑、见到他就开心、想跟他牵手拥抱、想跟他恋爱然后结婚的人。”

“那……那个人是我吗？”顾星云有些紧张地问。

徐新月红着脸，却坚定地点了点头。

顾星云立刻笑成了花儿，凑过来抱住她，得寸进尺道：“那能再亲一下吗？安慰一下我刚才差点害怕到要爆掉的心脏。”

徐新月赶紧推开他：“我妈在楼上呢。”

顾星云立刻㞞了，松开她，立正站好，偷偷往楼上看。

徐新月见他这样，坏心眼地说：“你还没吃饭吧，我妈正准备做饭，你来一起吃吧。”

顾星云是想跟徐新月多待一会儿，可上楼吃饭的话要见徐妈妈，他还是有点儿犯怵。

“这么快见家长？我还没有准备好，你说阿姨会喜欢我吗？我没有带礼物啊，不能去不能去，太失礼了，万一阿姨以为我连这都不懂怎么办？你先别跟阿姨说，等我明天收拾一下，买了东西再过来好不好？”

难得见到这样啰嗦的顾星云，徐新月笑了，威胁他：“今天不去的话，那我怕是要再想想了。”

“你敢！”顾星云急了，“我去、我去，要是阿姨对我印象不好，你得帮我说说话啊。”

“看我的心情吧。”徐新月很傲娇。

“小姐姐。”顾星云双手扯了扯徐新月衣角，委屈巴巴地看着她。

一米八的大男生像个小女生一样跟她撒娇，徐新月的心都要被萌化了，立刻妥协道：“帮你。”

后来，这一招就成了顾星云的撒手锏，从此徐新月被吃得死死的。

但她甘之如饴。

因为他还对她说：“无论你是哪一型的女孩，你都是我爱的型。”

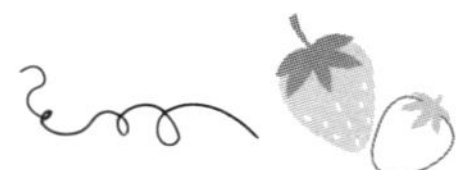

男友有洁癖

"你这是什么逻辑？"
"美少年的逻辑。"

1

江闻樱的农历生日，正好赶上今年元旦假期。

原本打算呼朋引伴好好热闹一番，可身边的朋友嫁人的嫁人，恋爱的恋爱，只有她还是孤家寡人。

于是她发了条朋友圈，说："过了今天，美少女就成年了，可以恋爱了。"

好友许昕很快发来评论："美少女，您这是第八回成年了吧。"

江闻樱回了一个威胁的表情，外加一句："人艰不拆。"

许昕丢过来一个白眼表情："不好意思，我就是这么实诚。"

江闻樱完败。

不过许昕嘴巴毒归毒，晚上还是拎着蛋糕来给江闻樱过生日，且十分大方地安排了吃饭唱歌"一条龙"服务。

可她不是一个人来的，身后还跟着一位美少年。江闻樱不满地抗议："说好了给我过生日，结果让我来当电灯泡啊。许昕，不带你这么伤害人的。"

许昕白了她一眼，吐槽道："有时候我真怀疑你是不是有'帅哥脸盲症'，普通人还基本过目不忘呢，长得帅的见几次都记不住。这是我表弟周砚名啊。”

“他不是出国留学了吗？”江闻樱愣愣地说，随即反应过来，对周砚名伸出手：“欢迎你回国。”

周砚名两手插兜，一动不动。

江闻樱有些尴尬。

许昕幸灾乐祸道：“我看你不光脸盲，还健忘。他有洁癖，你第一次见他就吃过闭门羹，怎么不长记性呢？”

江闻樱模糊地记起来似乎真有这么回事，于是自己给自己找台阶下：“这不是想借机占下美少年的便宜吗？”

她说着，讪讪地准备收回手，却冷不防被周砚名握住了。

他的手不似他的外表那般冰冷，反而十分温暖，江闻樱下意识抬头看他。他长开了，五官更显深刻硬朗，眉眼间有成年人沉稳笃定的气质，微抿的薄唇却又完美保留了少年的清冷倔强。

干净利落，又孤傲凛冽，“少年”这个词仿佛为他而生。

她在看周砚名，周砚名也在打量她。她没什么大的变化，还是圆脸大眼睛，穿着一件粉色外套，粉粉嫩嫩，孩子气得很，倒是十分符合她这没心没肺的性子。

好色也一如当年。想着，周砚名微微勾了勾嘴角。

2

江闻樱这人，在生人面前很矜持，不会轻易暴露自己的女精神病人属性，虽然跟周砚名几年不见，可她拿他当弟弟，因此一点不收着。

明明五音不全，她还勇气可嘉地点了一首《High 歌》。前面不在调上，胡乱唱得难听也就算了，到了中间部分，她简直是把自己的破喉咙烂嗓子发挥到了极致。

一首《High 歌》，硬是被唱出了《忐忑》的效果。

许昕受不了，捂着耳朵逃了出去。

周砚名也不知是涵养好，还是对噪音无感，一派淡然地坐在沙发上。

最后还是江闻樱觉得不能再荼毒美少年了，切了歌，问他：“你要唱什么？

我帮你点。”

周砚名说了句什么，江闻樱没听清，于是走过去又问了一遍。

“先随便放一首，我清清耳朵，现在有点儿记不清什么叫‘歌’了。”周砚名嘴巴一开一合，说出比许昕更毒舌的话。

江闻樱深吸一口气，严肃问道：“你们家的毒舌是遗传的吧？”

“不是。”周砚名答得一本正经，“纯属真情流露。”

江闻樱郁闷，一转眼又计上心来。

她清清嗓子，笑眯眯地说：“你看，你刚回国就让你来参加我的生日会，多不好意思。所以我再为你献唱一曲，表达我的感谢，也当是给你接风洗尘了。”

周砚名抬头看她，一副“我知道你打什么主意”的表情。

江闻樱与他对视，满脸“就是要荼毒你的耳朵，你奈我何”的得意。

有的人，明明清清冷冷，一本正经，却偏偏能叫人看得着迷，为他失了心、失了魂。周砚名绝对是这一类人。

尤其是，包厢里光线暗，彩色的光束忽明忽暗地打在周砚名脸上，将他清冷禁欲的气质收敛了几分，反添了些惑人的暧昧气息。

江闻樱不由心中一动。

片刻后，周砚名轻轻吐出两个字：“随意。”

江闻樱假装平静地回了一个“好”，就逃也似的奔回点歌台点歌。

3

许昕再回来时，拿了几瓶酒。

“美少女，你还记得你大学毕业的散伙饭上，喝醉了撒酒疯的事吗？”许昕打开一瓶酒。

江闻樱举着话筒唱了一句：“让往事都随风，都随风。”

许昕哪里肯放过她，回忆道：“你也就是会装，不知道的都当你是个乖乖女，可你其实是个疯疯癫癫的野丫头。那会儿你才喝了一点儿酒就暴露了，跟着别人起哄，抓着咱们班最好看的男生非要表白。人家当时好像还有女朋友，怕女朋友误会，特别正经严肃地跟你解释了半天。”

要是就她们两个人在，江闻樱保不齐还会跟许昕来一番“回忆杀”，可眼下有周砚名在一旁坐着，她突然就有些不好意思，嘴硬着不肯承认："你别以为我当时喝断片了，就胡编乱造污蔑我啊。我这么正直端庄三观正，才不会干撬人墙脚的事。"

"我指天发誓，我说的都是真的。"许昕转头看周砚名，"阿砚也可以作证。"

江闻樱不信："你别拐着人家美少年作伪证啊。"

"什么作伪证，后来阿砚也在的。"许昕说，"你以为我当时是怎么把你弄回住的地方去的，是阿砚来接的我们。"

江闻樱吃了一惊："我怎么不知道？你又蒙我。"

"是真的。"周砚名接了一句。

"看看看，这就是人证。"许昕得意地说，"第二天我要去实习单位报到，就没来得及跟你说，后来也忘了。"

许昕的话，江闻樱是不太信的，可周砚名一定不会说谎。猛然知道自己多年前在美少年面前这么丢人过，江闻樱哀号一声："你们有没有点儿人性了！今儿美少女生日呢，你们这么揭我老底，还能愉快玩耍吗？"

"朋友就是用来损的。"许昕歪理一大堆。

周砚名不置可否，却明显是认同的。

江闻樱叹了一口气，拿起一瓶酒，豪气十足地说："喝了这杯酒，前尘往事，咱们就忘了吧，从此奔向美好新生活。我先干为敬，你们随意。"

4

聚会的结果，自然是江闻樱喝醉了。

当时她喝得有多爽，隔天醒来头疼、胃疼就有多要人命。幸好不用上班，江闻樱难受地赖在床上一动不动，再次决定养生大计不能停，要不然折腾一回能丢半条命。

正想着，手机响了，是微信好友申请，对方的昵称简单明了，就是"周砚名"三个大字。她刚点了通过，那头就发过来一个小视频。

江闻樱打开一看，吓得手一抖，差点没把手机给摔了。她稳了稳心神，正准备再看，一个陌生号码打了过来。

"周砚名？"江闻樱不确定地叫了一声。

那头轻轻“嗯”了一声，问道：“醒了？”

他的声音低沉沙哑，简直性感得犯规，江闻樱的心脏又是一阵失控乱跳。为了阻止自己犯花痴，她赶紧提高了声说：“谢谢你昨天送我回来。”

“难为你还记得。”周砚名意味不明地说，“视频你看了？”

江闻樱一抖，赶紧解释：“那纯粹是酒后胡言乱语，你别在意啊。”

“都说‘酒后吐真言’。”周砚名幽幽地说。

“我都喝成那样了，理智早崩了，绝对是胡言乱语、胡说八道。”江闻樱抵死不认。

“酒精能麻痹人的大脑，使思维变得迟钝，平时极力压制的念头就会不受控制，‘酒后吐真言’有一定依据。”说到这里，周砚名一顿，然后十分笃定地说，“你潜意识里就在肖想我，所以最终不受控地说了出来。”

前面的科普，江闻樱没太注意，可后一句她听懂了，立刻否认：“真没，我就是顺嘴说习惯了。你刚回国，还不明白现在国内少女们的感情现状。我们都天天这个‘老公’那个‘男神’地喊，反正出一部剧，就换一个老公，对你这样的美少年尤其不矜持，你可千万别当真。”

周砚名半天没说话，等得江闻樱心里发慌，他才又说：“你说要追我，用三十六计、七十二变也要拿下我。”

江闻樱捂脸：“真的是酒后失言。”

周砚名却不合时宜地发挥着学霸勤学好问的精神：“三十六计我知道，可七十二变是什么？”

江闻樱想死：“这就是为了对句工整，显得有气势。”

周砚名长长“哦”了一声，不轻不重地说：“看来你很有经验。”

听出话里的不悦，江闻樱来不及多想这审问的语气是什么意思，嘴上就已经解释道：“这个真没有，我也就是理论知识比较丰富，都是纸上谈兵，毕竟当年跟许昕一起看的言情小说没有成千也有上百本了。”

“那正好，我给你个机会实践一下。”

“什么意思？”

“你想的意思，我要看看你的‘三十六计’和‘七十二变’。”

5

江闻樱以为周砚名是开玩笑，毕竟他这么一个美少年，和真的美少女才是标配，怎么也不会看上她。而且就算真看上了，难道不该是顺势接受？怎么能继续让她追他呢？

这样想着，江闻樱就没当真。

可过了两天，许昕约她吃饭，看到周砚名赫然在座时，江闻樱心里一跳。

席间，许昕趁周砚名去洗手间时问："阿樱，你是不是得罪我们家美少年了？"

江闻樱赶紧点头："估计就是气那天我醉酒告白的事，你说你不拦着我，还在一旁怂恿起哄录视频！"

"我当时也喝蒙了，就听见谁说让我录下来，我就照做了。"许昕说着，赏江闻樱一个自求多福的眼神，"我记着你那天喝醉了抱着他不撒手，满身酒气地往他身上蹭，这可是洁癖党的大忌啊。关键吧，洁癖党一般还有感情洁癖，被你这么胡闹似的表白，怕是也要记仇了。"

这番话让江闻樱醍醐灌顶，她正想求教该如何解决，周砚名已经过来了，她只得又端端正正坐好。

"现在国内的女孩子都怎么追男生的？"周砚名问许昕。

许昕一愣："你问反了吧？你是要问男生怎么追女生吧，你看上谁了？"

周砚名看了一眼江闻樱："没问反，就是问女生追男生。"

江闻樱打了个哆嗦，想到他要她追他的事，心里升起不好的预感。

许昕想了想，说："现在女孩子'撩汉'的手段让我这个老阿姨都自叹不如。就是委婉含蓄点的那种，平常字里行间、眼神动作都能带着明勾暗诱。简单粗暴的就不用说了，简直是分分钟让你感受到她对你的火热。"

"是吗？"周砚名笑了笑，"我觉得感情需要有个循序渐进的过程，所以还是倾向于委婉含蓄的。"

他的最后一句，是对着江闻樱说的，就差直接告诉她——"我喜欢这样的，你就按这样的方式来追我。"

江闻樱欲哭无泪。

能怪谁呢？谁叫她总是存了广撒网不捞鱼的心思，把撩人的话挂在嘴边。

难得醉酒冲动捞一条，还正好碰上周砚名这么一条腹黑毒舌心眼小的，连整人的方式都与众不同。

6

周砚名让她追他，江闻樱原本是打算硬气地拒绝的。

可他十分无耻地威胁她，说她如果不照做，他就把视频发给他的姑姑——许昕的妈妈。

不得不说，周砚名是打蛇打七寸的个中高手。

江闻樱和许昕是初中时就认识的好友，跟许家父母自然也是认识多年，不过她在他们面前会假装温柔乖巧。要是被许妈妈看见她醉成那样，还觊觎他们家的美少年，那以后许妈妈还怎么会愉快地给她介绍正直上进的相亲对象！

为了避免美好形象碎一地，江闻樱只能乖乖就范。

她每天各种撩汉情话轰炸，各种羞涩内敛又不失热情奔放地追求周砚名，自己都快把自己给感动了。可眼看各种手段用尽，周砚名却不说“好”，也不说“不好”，就准备跟她打持久战似的吊着她。江闻樱决定放弃：“七十二变我真没那能力，‘三十六计走为上计’我还是知道的。”

“‘美人计’不知道吗？”周砚名瞥了她一眼。

“在您这盛世美颜面前，我哪儿有资本？”江闻樱咬着牙说。

“挺有自知之明。”

江闻樱差点没直接爆粗口：“不玩了，你就是把视频发给许妈妈，发到全网络，我也不陪你玩了。”

“这点毅力都没有。”周砚名很嫌弃。

“我已经很有毅力了，这都陪你玩了半个月了吧。”江闻樱很生气，“我玩游戏玩不过，都是直接卸载，眼不见心不烦，您就高抬贵手放过我可好？”

周砚名这才正眼看她：“你要再抛弃我一次吗？”

江闻樱一脸茫然：“你胡说什么？我什么时候抛弃过你？”

周砚名没说话，拿出手机翻了两下，递给她：“自己看，在 KTV 这次表白之前，你当年大学毕业散伙饭喝醉，我送你回家后，你就拽着我不撒手，情真意切地跟我表白过。”

江闻樱低头看手机。

视频不是很清楚，像素很低，但看得出来的确是五年前的她和周砚名。场景还是她当时租的一个单间里，她一脸醉意，神志不清地拽着周砚名的衣角，背情书似的一句句说着告白的话。周砚名一手举着手机，侧脸对着屏幕，看不清什么表情。

江闻樱头一回知道自己醉酒后居然喜欢拉着人表白，恨不得找条地缝钻进去。而更叫她难以接受的是，为什么她人生里“唯二”两次醉酒，都是在周砚名面前！为什么他还都录了视频！

视频最后，是周砚名对着镜头说：“看清楚你都对我做了什么。”

江闻樱瑟瑟发抖：“你当时怎么会想着录下来，为了要挟我吗？”

“要挟？”周砚名意味不明地重复一句，“我以为你会说‘报复’。这是我录下来的，没录的还有你差点吐我一身的场景，害我回家洗澡洗了三遍。”

“那你当时怎么不说？”江闻樱问。

“你第二天忘得干干净净，还好意思说我。”周砚名明显不满。

“呃，”江闻樱有点尴尬，“好吧，就算是这样，那你说的抛弃又是怎么回事？”

周砚名不答反问：“你当时是不是跟我表白了？”

“是……是吧。”江闻樱回得很没有底气，视频里是这样的，可她完全没有印象。

“我拒绝你了？”周砚名再问。

“没有……没有吧。”江闻樱不确定，视频里是没有，可事实谁知道呢。

周砚名没再说话，只眯着眼看她，直把她看得心里发毛，才慢悠悠说：“那你后来忘了，只字不提，是不是就是抛弃我？”

江闻樱震惊了：“美少年，就算我告白了，就算你没拒绝，可你也没答应啊。”

“不出声就是默认，你不知道吗？”周砚名挑眉。

“你这是什么逻辑？”

“美少年的逻辑。”

江闻樱无语："美少年你这逻辑不科学啊。"

7

虽然周砚名那么说，虽然江闻樱心里对他也存了那么一点非分之想，但她也没觉得他就是真要跟她谈恋爱。

因为这实在太不科学了。

她一个母胎单身的"中年少女"，他一个千人追、万人捧的美少年，除非是演偶像剧，否则这感情走向，不应该是她单恋得惊天动地，人家理都不理吗？

而且许昕曾说过，她一般见着她们家这位美少年都是绕着走，因为他洁癖又龟毛，旁人一不留神就容易得罪了他还不自知，偏偏他还记仇，而且是一定会明里暗里讨回来的人。

所以想来想去，江闻樱觉得她一定还是无意之中得罪过周砚名，他才会故意报复。

于是，她决定找他再谈谈，想彻底解开误会。

这回，江闻樱的态度十分温柔可亲，表现得像个邻家大姐姐："阿砚，你看我跟你姐姐这么熟，就算我犯了你的什么大忌，你看在许昕的面上，咱们从今天起就握手言和怎么样？不握手、不握手，言和就可以了。"

周砚名很不近人情地吐出两个字："不行。"

江闻樱深吸一口气，再次诚恳地问："那是不是我还有什么得罪你的地方？你说出来，我跟你赔罪。"

听了这话，周砚名"哼"了一声，冷冷地说："自己想。"

江闻樱双手合十："求指点。"

周砚名看了她好半天，才发善心说："那你是准备从远的起，还是从近的说？"

江闻樱苦笑道；"还有远近之说？美少年，记忆力太好费脑细胞的。"

周砚名睨她一眼，江闻樱立刻意识到这句话也可能会得罪他，于是赶紧补救，抿紧了嘴，做了一个拉拉链的动作。

"远的话，你还没见我之前，单听了我的名字，就说过我这人肯定不好相处，因为名字就这么文绉绉的，绕口，是不是？”

他说的也不知是哪年哪月的事，江闻樱想了半天，只得出一个结论：“许昕跟你说的吧。”

周砚名没回答，又接着说：“近的话，你再见没认出来我，还把我跟许昕乱点鸳鸯谱。”

江闻樱决定先解开这个疙瘩：“主要你这又帅出新高度，我一时没认出来嘛。而且我这人对真帅哥基本看过就忘的，要不然存心里、脑海里，简直分分钟提高审美，万一降不下来，我这不得奔在孤独终老的大道上停不下来了吗……”

她原本打算拍一拍周砚名的马屁，好蒙混过关，可越说声音越低，因为周砚名的目光始终牢牢锁住她，让她没办法像对别人胡扯一样敷衍他。尤其是，他的眼神看似平静，实则藏了万千情绪，仿佛在酝酿一场风暴，要将她吞没了去。

果然，他盯着她，一字一句说：“可我准备解救你，你却不肯接受。”

他还是一贯的面无表情，带了几分强势霸道，可江闻樱却看出一种委屈的情绪来，她结结巴巴问：“你真不是逗我玩？”

周砚名移开视线，拿起桌上的咖啡，喝了一口，才说：“你觉得我是那种喜欢逗人玩的人？”

江闻樱眨眨眼：“应该……不是。”

周砚名回她一个冷哼。

8

两人沉默了一会儿。

江闻樱张了几次嘴，话到嘴边又不知道说什么。

倒是周砚名换了话题，说道：“听许昕说，你一直用‘中年少女’自称，把‘少女心’挂在嘴边？”

江闻樱脸一红：“我就是赶一下潮流，蹭蹭网络流行词的热度。”

周砚名垂眸，继续说：“你所谓的‘少女心’，在感情上的表现就是喜欢遥不可及的人，在自己的世界里对那人绝对占有，却在对方给出一点回应时，就下意识想逃。”

他说的不是问句，而是肯定句，一下让江闻樱无所遁形。

许昕曾经也吐槽过江闻樱，说她要么喜欢胡歌、王凯，要么喜欢小说里的何以琛、肖奈，要么喜欢游戏里的白起、许墨，所以才至今“母胎单身”。

可许昕只看见了表象，周砚名却揭露了这表象下的本质——江闻樱的自卑和怯懦。

她的确如他所说，一向对感情敬而远之。宁愿疯疯癫癫追星或是垂涎可望而不可及的男神，把“老公”这个亲密称呼给这辈子或许都不会有机会接近的人，却总是对身边人的靠近避如蛇蝎，甚至恨不能划一条银河隔开距离。

因为她总以为，跟人相爱并始终保持亲密关系，是一件难到上九天揽月摘星的事情。尤其是在见过自己软弱的母亲和暴躁的父亲把生活过成一地鸡毛，整天为了一点小事就吵得不可开交，完全看不见爱情的影子后，她更没有勇气去爱，也不信自己会被爱。

她想就这样活在自己臆想的世界里，保持理想化的爱情，永远窥不见现实的琐碎和残忍。

可周砚名戳破了她。

“我听说你立志走遍祖国名山，因为想拜遍各路神仙求他们赐你一个男友；听说你每周给自己买束花，希望能招来桃花；听说你研究星座，记下自己的爱情运势，选择在运势最旺的时候出门逛街，希望来一场偶遇……”

周砚名把江闻樱做的蠢事一一罗列。

“明明渴望爱情，却不接受爱情。江闻樱，我现在就在你面前，你要错过我吗？”

江闻樱看着他，一时不知道怎么回答，只打岔说：“你能听说我点儿好吗？”

“不能，谁让你交友不慎。”周砚名盯着她。

“你跟许昕关系没这么好吧？她这么出卖我。”江闻樱移开视线，“她这三年很少在我跟前提起你。”

“嗯，我跟她关系没那么好，但她喜欢把你的事跟姑姑说，我又从姑姑那里听来的。”周砚名解释，“我在英国的这几年，基本上每周跟姑姑通话两次。”

江闻樱一愣，周砚名绝对不是那种喜欢跟人话家常的人。她想到什么，下意识问道："是为了知道我的消息？"

周砚名点头："是，为了你，想听到你的消息。"

9

周砚名还没见过江闻樱时，就已经从自家姑姑和表姐许昕嘴里听过无数次她的名字。

姑姑说她乖巧听话，比自家闺女强多了；许昕说她贫嘴贪玩，最会装模作样。

两人说得完全不同，说的却又的确是同一个人，但周砚名并未在意。

直到后来有一天，许昕得意地跟他说："阿砚，我终于找到跟我统一战线说你坏话的人了。我就跟阿樱说了你的名字，她就摇摇头说'你这弟弟一定不好惹，不好相处'。我问她为什么，她说'听名字就知道，文绉绉的，绕口，性格一定很龟毛'。

"我又给她看你的照片，她说你长了这么一张'初恋少年脸'，以后在感情上一定是被娇宠的一方，不会轻易把谁放在心上，追你要比西天取经还难。"

听了这话，周砚名就对江闻樱上了心。

只是他原本是打算跟她算账的，算她轻易看穿自己本质的账，可后来却不知怎么让她走进了他的心，还让她留在那里撒野。

而他确定她跟别人不同，正是在江闻樱毕业时。当时她喝醉了，差点吐在他身上，他居然只是觉得难受，完全没有想要暴走或是揍人的冲动，甚至有些心疼她。

原本他也想顺势接受她的告白，所以录了视频，怕她酒醒了不认。可出国留学是一早就定了的，而且他不愿意在没有能力的时候跟她在一起，所以第二天他只字不提。后来整个求学时期，那段视频支撑他度过了很多难熬的夜晚。

自从有一回，他跟姑姑通电话，姑姑说起许昕和江闻樱的趣事后，他便开始保持每周两次的通话，只是姑姑有时候会说起江闻樱，有时候不会。

“你为什么？”江闻樱有些不敢相信，周砚名居然默默喜欢了她这么久，“你为什么从来没有告诉我，也从来没有跟我联系过？”

“我不喜欢异地恋，有太多变数和不安全感。”周砚名说，“如果听见你说难过或想我，而我不能在你身边，我怕自己会发疯。只有你不知道我的感情、从来没给过我回应，我才能控制我自己。”

江闻樱沉默了半天，才小声说：“可你有洁癖，我……”

周砚名没说话，却猛地站起来，隔着桌子，俯身强势吻住她：“刚好，我能接受和你这样，别人不行。”

10

江闻樱没有多纠结，回去睡了一觉起来后，就打电话跟周砚名说：“咱们恋爱吧。”

周砚名语气平静：“恭喜你，西天取经成功。”

江闻樱挂了电话，趴在床上，回想着周砚名刚才明明兴奋难抑，却故作镇定的声音，心里乐开了花，她也终于有了因为一个人而觉得这世界无比美好的感觉。

周砚名之前的那番告白叫她感动，可她却不只是因为感动而和他在一起的。再见时，他轻轻握住她的手，她心里就隐隐觉得有什么不同了。之后在KTV，他在灯光下和她对视时的清冷魅惑，更叫她心尖一颤。那是不同于之前对遥不可及的人的喜欢，他站在她面前，她的心脏会失控乱跳，是渴望，是想要占有。

但她一开始的确想逃，因为她拿不准他究竟是什么心思，怕他只是逗她玩。可既然确定不是，她想勇敢一次，去触碰拥抱爱情。

因为是他，她想试试。

可有胆跟周砚名在一起，江闻樱却在怎么跟许昕说的问题上，又畏畏缩缩了。

周砚名不打算自己说：“那是你闺密，你恋爱了，应该第一时间告诉她。而且是你追的我。”

江闻樱推了他一下：“难怪你叫我追你，你在这儿等着我呢？”

周砚名笑道："我只是更喜欢你把我介绍给你的朋友和亲人。"

后来江闻樱心虚地跟许昕说她和周砚名谈恋爱的事时，许昕表现得很平静。

"阿砚一年到头跟我说不上几句话，可刚回国，就点名要我给他接风洗尘。我说要给你过生日，他居然说一起。我还当他喝了三年洋墨水，变得好说话了。可是一见面，我想表达一下姐姐的热情，他立刻警惕地后退两步，我就知道他要我请吃饭，是别有用心。"

"那你不早点跟我说？"江闻樱故作不满，"吓得我以为真得罪他了。"

"阿樱，"许昕难得语气认真，"我始终觉得你是值得被爱的好姑娘，可这么多年，你都是一个人，我真怕你一直没人疼没人爱。我们家这位美少年虽然有很多毛病，可人品绝对没问题，长得还好看，又是学霸，还对你始终如一。你们在一起，我特别放心。而且这样以后咱们就是真的一家人了，等你们生了孩子，我就是亲姑姑了。"

"你想得真够远的。"江闻樱鼻头一酸。

许昕拍了拍她的肩膀，特别语重心长地说："能不远吗？我现在的心情很复杂，搞不清楚自己到底是娘家人，还是婆家人。不过自家的白菜，被自家的猪拱了，这滋味总归是酸爽的。"

江闻樱又被这话逗乐了，倾身抱住许昕："不管你是娘家人还是婆家人，我们都相亲相爱。"

周砚名在一旁皱眉："我们相爱，你们勉强可以相亲。"

江闻樱和许昕对视一眼，不约而同地冲他吐了吐舌头。

周砚名宠溺一笑。

后来，周砚名始终不改爱记仇的毛病，逮着机会就要给江闻樱记一笔，然后变着法地折腾她讨回来。

江闻樱不满："难怪大家更喜欢小奶狗，撒撒娇卖卖萌黏黏人，哪里像小狼狗，这么不好惹。"

彼时，周砚名在看书，鼻梁上架着一副眼镜，很有斯文败类的样子。他推一推眼镜，冷笑道："你这是准备随时红杏出墙？"

这罪名可有点儿大，江闻樱打了个哆嗦，没骨气地讨好一笑："我是说别人，反正我再次见到你之后，立刻就改了审美，觉得还是你这样的小狼狗更有魅力，更吸引人。”

这马屁拍得好，周砚名心里舒坦，嘴上却说：“你根本就是见色起意。”

江闻樱连连点头：“见色起意、见色起意，拜倒在你的盛世美颜之下。”

“所以你是说，我其实可能有色衰爱弛的一天？”

江闻樱蒙了：“周砚名，你现在已经不满足于偷偷记仇，开始挖坑给我，然后再记上了吗？”

周砚名无耻地点头：“是啊，所以你悠着点，别太给自己拉仇恨，要不然你下下下辈子也得抵给我消仇了。”

“你都记到下下下辈子了？”江闻樱很配合地给出一个吃惊的表情，“我不可能招惹你那么多次，你记错了吧？”

“我读书时，数学最好，基本都是满分。”周砚名说着，合了书站起来，“所以阿樱，你如果不想生生世世都抵给我的话，就现在以身抵债可好？”

“周砚名，你……”江闻樱只说到这里，未尽的话都被周砚名的吻给吞没了。

周砚名在江闻樱耳边诱哄着说：“我不是小奶狗，你倒可以是小奶猫，然后由我护着。”

这情话，江闻樱很喜欢，配合地学了两声猫叫。

结果周砚名再次狼性大发。

江闻樱是痛并快乐着。

他们就这么一个愿打一个愿挨地一直幸福下去。

男友很傲娇

要是再对她抱有期待，他就是小狗！

1

程遇对林觅的第一印象不太好。

因为她在他帅出天际的俊脸面前不仅不动摇，还让他吃了闭门羹！

等他锲而不舍地再次敲开门时，她还是端着一张面无表情的冷脸，只是眉宇间多了一抹不耐烦。

帅哥的自我修养让程遇还是摆出了笑脸，可回应他的又是兜头一盆冷水。林觅的声音比她的脸色更冷："相信你不是文盲，就算是，'男女'两个字也应该认识。我找的是女租客。"她说到这里顿了一下，上下打量了他一眼，才又接着说，"很显然，你是男的。"

程遇在女人面前向来无往不利，人生头一遭经此冷遇，一时口不择言，挑眉道："我是男的！可我性别男，爱好男，符合你的要求了吗？"

他的声音高了几个调，恰好此时有人上楼，目光怪异地看着他，林觅也一时愣神，他反倒坦然自若地趁机挤进了屋。

"我说了不租给男生。"林觅快走两步，挡在程遇面前。

程遇比她高了一个头还不止，此时又倨傲地抬着下巴，大抵存了些报复的心思，反正当她是空气，理也不理，看也不看。

视线流转间，他将客厅摆设打量了一遍，目光最后落在电视墙上。

严格来说，那已经不是电视墙了。墙上装着错落的书架，上面摆满了绿色植物：绿萝、吊兰、常春藤……整个房间有点儿像绿色森林，呼吸间似乎都能感受到丝丝凉意。

他挑剔道："房子家具是旧了点，房东也……啧啧，不过好在有这么多可爱的植物。我租了，支付宝账号给我，一年租金，马上转。"

见林觅皱眉，似乎还想拒绝，他干脆道："租金每个月多付一百。"

"不租。"

2

程遇相信这时代绝对存在既不贪财也不好色的好姑娘，但为什么非要让他遇上？！他只是想租个房子而已！

俗话说得好，一个谎要用无数个谎去圆。他眼珠转了几转，瞬间计上心来。

只见他握紧拳头，长长叹了一口气，收敛了骄傲，换上一副哀伤的表情，凄凄惨惨地道："你以为我为什么非要租你这个房子？其实是我喜欢的那个对象住这个小区，我想离得近一点，想多一点机会。你能成全我吗？"

沉默了一分钟、两分钟。

"好吧。"

"呃？"

"租金按你说的每个月加一百，一年一次付清，你住次卧。今天搬进来还是？"

对上林觅询问的眼神时，程遇还有些反应不过来。她是被他蹩脚的故事打动，还是之前只是欲擒故纵好加价？怎么突然就同意了？

疑惑归疑惑，程遇还是回答道："今天就住进来，我就这一个行李箱。"

林觅看了一眼他不算大的行李箱，声明道："住不够一年，房租也是不会退给你的。"

至此，程遇觉得，自己从颜值到人品，在她这里是丢了个精光，他懒得理她，径直往次卧去了。

程遇在心中将这笔账算在了自家老爹头上，要不是为了他，自己至于在这里受气吗？

3

林觅收了房租，但程遇才住了三天，她就后悔了，纠结着该如何说让他退租，哪怕补偿他一两百她都愿意。

说起来，也怪她自己。她之前没有出租过房子，只觉得租客是个女孩子就行。谁知来的是程遇，她的注意力就全放在了性别上，别的什么也没问，譬如工作时间、交友状况之类的。

一连三天除了饭点，她都在家里跟程遇朝夕相对，此时，她才记起来问他：“你不上班吗？”

他睨了她一眼，继续在沙发上做躺尸状，过了好一会儿才答了一句：“无业游民。”

林觅还是一张面无表情的脸，程遇却捕捉到了她细微的表情变化。她的眉毛皱了皱，嘴角撇了撇，最明显的是她咽了咽口水。

他莫名地就读出了多种情绪：震惊，委屈，后悔，无语。

看她难受，他就觉得心情畅快了。

他坐起来，笑得人畜无害，体贴道：“就算我是无业游民，该给你的房租是一分不差地给你了，守信用得很，所以你不必担心我会欠租。”

这句话的隐含意义其实就是：我都这么守约了，你总不至于违约吧？

一句话堵死了林觅想要他退租的话头。

林觅张了张嘴，最后什么也没说，只好回了书房，关上门，决定眼不见为净。

程遇扳回一局，又大爷似的往沙发上一躺，心情简直不能再舒坦。

4

几天相处下来，程遇觉得自己已经摸清林觅的脾气了。

她其实就是只纸老虎，也就初见的时候摆着一张冷脸唬人，其实内里羞涩腼腆得很，简直就是只小白兔。那就别怪他要化身为狼，好好逗弄她一番了。

起初，他忘了这不是自己家，经常把衣服随意扔在沙发上，她看到了，只皱了皱眉，居然顺手把衣服叠好放在沙发上。

后来，他吃东西没吃完，又不记得放冰箱里，她却帮他一起收拾了。

于是之后他便故意丢三落四。次数多了，像看出他是故意的，林觅直接把他的东西扔了，还冷着脸扮无辜："我以为你不要了。"

程遇吃了哑巴亏，自此收敛了一段时间。

但他很快就发现，林觅也有治不了他的时候。

某次，他洗澡后裸着上身就出来了，正好遇见林觅拿杯子出来接水。

看见他后，她的脸瞬间就红了，视线一刻都不敢落在他身上，她还掩耳盗铃似的念叨着："啊，水杯！"又端着水杯进了卧室，再也没有出来。

于是程遇隔三岔五就要裸着上身在客厅里晃悠，林觅也只能装无所谓的样子，目不斜视地该干什么就干什么，却抵不过他调皮地故意在她眼前走来走去。

其实作为房东，她大可叫他把自己的东西收好，命令他不准裸着上身出来，可她却傻到跟他换房间。

"你住主卧吧，里面带洗手间。"林觅说道。

"这可是你主动要换的，我是不会多加钱的。"程遇学着她当初的语气说道，好像怕她后悔似的。

见林觅点头，程遇却体贴道："你是姑娘，你住里面方便，我不跟你抢。"

这一局，程遇自觉大获全胜。

5

这天，程遇起得早，一出房间就看见了林觅。

她光着脚坐在高脚架上，给那一面绿墙上的植物浇水，她对着它们倒是一展笑颜，那是发自内心的愉悦，一副天真烂漫的样子，仿佛欢快的林间精灵。

阳光和风都从打开的落地窗外钻了进来，窗帘被吹得微微飘动，光影流转在林觅的脚上和腿上，如同一支名曲，又似一阵清香。

程遇的视觉、听觉、嗅觉全部被调动起来，注定此生让他再难忘记这一刻。

他默默看了一会儿，才走近她，说道：“你对它们倒是温柔得很。”

林觅正全神贯注浇着水，他突然出声，自然惊着了她，她惊叫一声，身体一个不稳，眼看着要从上面跌落下来。

程遇眼疾手快，将她抱了个满怀。

他低头，她仰头，两人四目相接，空气中仿佛有什么若有若无的气息萦绕着。

“你放我下来吧，谢谢。”林觅客气地说道。

程遇却不松手，反而用劲，像对待小孩子一般，把她往上抛了抛，惹得林觅又发出一声惊呼。

他却笑道：“你怎么这么轻？还没我家小侄子重，没有九十斤吧？”

“你管我！你放我下来！”林觅的声音带着不同往常的慌乱。从来没有人与她这么亲昵过，她的脸有些红，心跳也加快了许多。

程遇这才发觉这么做似乎有些过于亲密，他轻咳一声，假装若无其事地放她下来。

可真放下了，程遇又后悔了，觉得应该趁机逗逗她的，于是他又心情抑郁了。

这抑郁情绪持续到温修远的到来，不但没减反而激增。原因有这几个——

首先是林觅的反常，她居然换下了一成不变的T恤和短裤，穿起了裙子。他问她原因，她却理所当然道：“温大哥说女孩子要多穿裙子。”

其次，她急于和他撇清关系，连连跟温修远解释道他只是她的租客。

最后，她竟然对着温修远笑得花枝乱颤！好吧，如果微笑也算花枝乱颤的话。

虽然程遇不想承认，可他们的确一个温润如玉，一个人淡如菊。

他们还偏偏站在绿墙前说话，程遇莫名觉得眼前“绿云压顶”。只是他却没细想这种心理是出于什么原因。

“我同事说你养的吊兰好，想托我再买一盆。”温修远笑道。

“好，你选吧。”林觅轻声道。温修远一直有帮她介绍顾客买她的盆栽。

“中午去我家吃饭吧，我妈说好久没见你了，今天正好聚聚。”温修远眼含笑意。

“好啊！”程遇抢先回答道，仿佛人家问的是他一样，而后他才又添了一句，“不介意带上我吧？”

6

温修远没有说话，目光落在程遇身上细细打量。

程遇长得俊秀，眉眼间始终带着几分慵懒，似玩世不恭，又似桀骜不驯。温修远心中暗自想着，林觅是否会被这种与他们截然不同的性格吸引，程遇对林觅又是什么态度？

可程遇始终是一副似笑非笑的模样，让人猜不出他的心思。

温修远在打量程遇的时候，程遇也在看他，两人正面对视，不躲不避，似一种无声的较量。

不需要林觅介绍，程遇就知道温修远的名字，还有他的工作、家庭成员等信息。程遇这次来，就是为了他，准确地说，是为了他的母亲。

温修远跟程遇是截然相反的性子，严谨庄重，温文尔雅，可看似温和的表象下却藏着一颗强势的心，这从他一进门刻意忽略程遇的行为就可以看出来。

程遇的目光在两人身上打转，几乎瞬间就确定了，温修远对林觅有那么点心思，而林觅傻乎乎的看不出来。

但他可没那么好心去当月老。

林觅看着两人，想起程遇这么多天躺在沙发上看对面楼的行为，又想到他之前说自己爱好男生。

他认识温修远。她心中隐隐有了猜测。

“改天吧，改天我去找老师，今天我有点事。”林觅拒绝道。

有些人即便心中充满爱恋也未免过于克制，温修远便是这样的人，他自认为了解林觅的性子，所以也不多说，总以为还有下一次，于是笑道：“那你改天过来就提前说，我好准备一些你喜欢的吃的。”

林觅点点头，送温修远到门口。

“你是他母亲的学生？”程遇惊喜地问道。

“嗯。”

他又问道："那你肯定知道他母亲的喜好吧？他母亲喜欢什么样的……"

"我觉得你还是别白费力气了。"林觅出声打断了程遇的话，"老师应该不能接受这种恋情，温大哥喜欢的也是女孩，我见过他以前的女朋友。"

原本林觅是打算委婉点说的，可见程遇这么热衷于打探老师的喜好，似乎还想"曲线救国"，她觉得还是早点告诉他让他认清现实比较好，毕竟长痛不如短痛。

"你！你是说……我跟……我跟温修远？！"

程遇说完自己先打了个寒战，表情跟被雷劈了一样。

看着林觅一脸写着"不然呢"的表情，什么叫"搬起石头砸了自己的脚"，程遇算是体验了个彻底。

7

林觅做好午饭，在程遇房门前左右徘徊，犹豫着要不要叫他一起吃饭。

"算了，他现在估计不想看见我吧。"林觅在心里说道。准备转身时，门却开了。

"你有事？"程遇冷着脸问道。

"我做了午饭，如果你要出去就算了……"林觅第一次邀请人，话一出口就先留了退路。

程遇听出她的不自然，轻微地勾了勾嘴角："太热了，我懒得出门。"

他说完，率先往餐桌走去，林觅松了一口气，跟了过去。

两人在餐桌旁坐下，林觅不知道说什么，程遇却还在别扭，于是谁也没有再开口，只听见咀嚼声和碗筷碰触的声音。

过了好一会儿，程遇看林觅没有丝毫要活跃气氛的打算，才"纡尊降贵"地开口："你天天也不出门，做什么工作？"

"插画师。"林觅回答道。

"手绘还是 CG（计算机动画）？"

"我喜欢手绘，不过 CG 接得多一些。"

程遇听了点点头，突然想起温修远买走的盆栽，准备发问，又怕她再"乱点鸳鸯谱"，于是敲敲桌子，示意她看他，又看看那面绿墙，问道："你还兼职卖盆栽吗？”

林觅本想说只有温修远买，话到嘴边，又改成了：“偶尔。”

“你还有其他兼职吗？啊，我的房租也是收入，啧啧，你又基本不出门，快递也不经常收，那你应该存了不少钱吧？”

程遇不过随口一问，谁知林觅竟警惕地看着他，说：“我没有存很多钱。”

“你那是什么眼神！怕我谋财害命？！”程遇气急败坏地道。

林觅咽了咽口水，梗着脖子道：“防人之心不可无。”

听了这话，按理说，程遇早该暴跳如雷，可他不知哪根神经搭错了，竟觉得这样明明理亏还不肯承认的林觅可爱极了，他忍不住笑出声来。

见林觅看过来，他又忙收了笑脸，狠狠瞪她一眼：“吃饭，多吃点，小心我半夜谋财害命。”

林觅只当他被她气着了，反正她向来摸不准他的心思，因此不再应声，只低头吃饭。

这样，程遇又不干了：“你怎么不问我呢？”

林觅一脸茫然地看他：“问什么？”

问工作！问收入！问感情状况！什么不能问？你会不会聊天！程遇心里已经怒吼起来。

可他面上却高傲得很，瞥了她一眼，任由她一个人想去，自己低头吃饭。

要是再对她抱有期待，他就是小狗！

8

林觅邀程遇一起吃饭，是觉得自己之前可能说得太直接了，聊作弥补。谁知自那以后，他竟赖上了她，只要他不出门，就一定要跟她一起吃饭。

她原以为他是肉食动物，可原来他跟她一样基本吃素。只是他的性子仍是不讨喜，明明吃得欢畅，嘴上却还要挑些毛病。

有时吃过饭，她不工作，他也不出门的话，两人也会坐下聊天。

譬如那一天傍晚时分，林觅靠在沙发上，昏黄的光线打在她身上，多了几分老照片的韵味，却也为她添了几分忧郁。程遇不知怎么就提起了“孤独”这个话题：“你一直一个人，不会孤独吗？”

“没有人不孤独。”林觅答非所问。

“那你觉得什么时候最孤独？”程遇继续问道。

“很多时候。”林觅说的时候，嘴角带了一丝笑意，程遇却觉得心里发紧，他看着她，示意她说下去。

过了好一会儿，林觅才缓缓说道：“午睡醒来，看着昏黄的光线，常常要想一下自己是什么时候睡去的，来判断现在是今天还是明天。像古龙小说里的人物数梅花一样，数这面墙上吊篮的叶子有多少片。有一天忽然很想见楼下的猫咪，可是等了很久，它也没来……”她说着，声音不高不低、不悲不喜，仅有几分惆怅。

程遇看着她，再三克制，才缩回想要拥抱她的手。

也就是那一刻，他忽然发觉，她在他的心里变得不一样了。

他不想让她一个人待着，他想拂去她身上的孤独，他想看她笑，看她充满活力的样子。

“我不喜欢男的。”程遇忽然说了句风马牛不相及的话。

林觅只是多看了他一眼，然后点头表示自己知道了。

程遇也没有解释太多，他莫名就觉得，她既然不追问，那就是不计较他骗她了。他的嘴角咧得大大的，心情好得很明显。

夕阳西下，昏黄的光线透过落地窗照进来，晕染了这一刻的安宁时光。

9

林觅的父母来闹事的时候，程遇还在睡觉，他原本还有些迷糊，等听见外面有摔东西的声音时，才赶紧起床开了门。

他不是空着手出去的，而是拿了个枕头，他一出房门，照着沙发就摔了过去，怒吼一声：“还让不让人睡了！大清早的，号丧呢你们！”

这一吼直接镇住了这屋里多出来的一男一女。

人都欺软怕硬，两人原本张牙舞爪的，现在一下子安静了下来。

被推倒在地上的林觅，只抬头和程遇对视了一眼，想暗示他不必管她，却见他冲她递眼色，她一下就安下心来。

那男人先开口了：“你……你是谁？我们家林觅的男人？”

“呵！”程遇像是听到了天大的笑话，“别管我是谁，你刚刚说的是不是‘我们家林觅’？”

程遇这人，傲娇慵懒的时候，绝对是个幼稚少年，此时他眯着眼，嘴角噙着一抹冷笑，倒真有几分狠样，反正撑场子吓唬人是足够用了。

那男人下意识就去看林觅，林觅却不看他，因此他只得咽了咽口水，点点头，道：“是，是我们家。林觅是我闺女。”

“哦，你闺女啊。”程遇这一声拖得长长的，像极了电影里坏人要发飙的前兆。

果然，下一秒，他快走两步，揪住林觅的后衣领，把她从地上拖起来，抵在墙上，掐着她的下巴说道：“你不是说你没爸妈吗？这两人从天上掉下来的？啊！敢骗我！要不是老子留了个心眼守株待兔，还真叫你个丫头片子给骗了，你还敢说你没钱？今天绝不放过你！”他说到这，扫了一眼那对男女，拿手指指着他们说道：“今天你们谁都别想跑，五十万，不多不少，拿出来，咱们两清；拿不出来，那要不要我替你们想想办法？我知道的还债方式可多得是！”

林觅的父母对视一眼，一时拿不准这到底是真是假。程遇掏出手机说道：“你们最好别想着跑，我兄弟们就住这附近，今天咱们就算清楚了，省得再……”

他话还没说完，那男人就高声道：“是林觅她借的钱吗？那跟我们有什么关系？我们也是来跟她要钱的，你们的事你们自己解决！”

说完两人就往门口跑，然后夺门而出。

为了逼真，程遇还是高喊了两声“别跑”，他松开林觅，走到门口去确认门是否锁好。

“没事吧？”程遇回过身问道。

原来，刚才在房间里的时候，他听见那两个自称林觅父母的人一边骂骂咧咧说林觅冷血无情、对他们不管不问，一边摔东西要钱。而林觅态度坚决，就是说自己没钱，他才想了这么一出“以恶治恶”的戏码。

林觅没应声，程遇还当自己刚才下手重了，弄疼了她，他赶紧抬起她的下巴检查：“怎么了？我弄疼……”

话未说完，就见她已经无声地哭了起来。

林觅已经不是第一次面对这对无赖父母了，可这是她第一次哭。

她以为她足够坚强，面对他们的打骂指责都无动于衷，可是在程遇替她出头的那一刻，她才知道，她的坚强不过是伪装，她心里是委屈的、害怕的，她是渴望依靠的。

程遇有些手足无措起来。以往也有女孩子对着他哭，哭得梨花带雨的，他乐意的时候总能把她们逗得破涕为笑，可是这一刻，他除了心疼，竟毫无办法。

原来真的会有这样一个人，你只是看着她落泪就会受不了，心脏像被揪紧一样地疼，让你恨不得能够代替她承担所有痛苦。

他将她揽在怀里，哄婴儿一般，轻轻拍着她的后背，一直小声说着“我在，别怕”。

10

过了好一会儿，林觅情绪稳定了，说想独自待一会儿，程遇却不放人。

“你不能用完我就丢。”程遇无赖道。他实在不忍心看她一个人被悲伤浸没，如同她那时坐在沙发上无尽孤独的模样，叫人心疼。

林觅伸手推他：“你别乱说话。”

程遇一笑，更加抱紧了她。

乘人之危也好，趁火打劫也罢，反正程小爷是心满意足地把人抱在怀里不肯撒手了。

两人坐了很久，久到林觅终于放松下来，然后在他怀里寻了个舒适的位置，慢慢讲述自己的故事。

原来，林觅的母亲曾在林家做保姆，在林觅七岁的时候，她母亲就把她丢在了林家，跟着父亲躲债不知所踪。所幸林家收养了她，一路供她上学，后来林家移民去了国外，还不忘留了这套房子给她。

可是她的亲生父母千方百计打听到她，却只是为了钱。她把她所有的积蓄都给了他们，算还了他们的生养之恩，可他们却不知足，时常来闹。

程遇听完，只说让她别担心，他会帮她处理这件事。

“怎么样，我刚才演技不错吧？”程遇换了轻松的话题，“小时候，我爸做生意赔了，有人到家里要债。我那时候十二三岁的样子，香港电影看多了，愣是冲到厨房拿了把菜刀，往桌上一拍，相当有气势地说了那句经典的话——‘要钱没有，要命一条！’他们还真被我唬住了。”

他说得轻松，林觅却觉出内里的心酸来，她下意识抱紧了他一些，也像他一样，轻轻拍了拍他的背。

程遇其实是个心思细腻的人，他怕林觅因为被他撞见家丑会觉得不好意思，于是决定也说一说自己的家事。

“其实我们家也有本难念的经。我爹，一大把年纪了，按理说做什么都该有胆有识的，该出手时就出手对不对？哎哟喂，可他心里却住了个别扭少年，明明喜欢人家，把人家的画一幅一幅买回家，隔三岔五就来一场偶遇，却始终不肯打开天窗说亮话，还朋友来朋友去的，这次竟然把我找回来要我帮他追后妈，你说这算什么事？”

“是追我的老师吗？”

“嗯，就是温修远的妈妈。你那时候还当我追温修远，真是太乱点鸳鸯谱了，我跟他八字不合好吗！以后就算我爸娶了他妈，我也不会叫他一声‘哥’的，你也不准叫！”

“跟我有什么关系？”

遇见这么不解风情的人，程遇感觉自己憋出了内伤。

过了好一会儿，林觅突然说：“你父亲挺可爱的，他应该是想让你看看，等你觉得我老师不错，才会正式追求她吧。”

程遇一愣，他倒是没想到这一层，不过他的注意力停在“可爱”这个词上：“可能吧，其实我跟我爹挺像的，都有点那什么口是心非。”

程小爷原本是想让她也夸他一句“可爱”，谁知道她“哦”了一声就没有下文了！

就没有下文了！

程小爷又原地奓毛了，只能更抱紧她一些以泄私愤。

唉，也不知道当初谁说再对她有期待自己就是狗。

好吧，狗程。

11

为了不让林觅有时间想她那对糟心的父母，隔天，程遇就拉着她去超市采购，说他留学的时候逼不得已自学了一手好厨艺，今天要给她露一手。

两人买了食材回来，程遇亲自下厨，做菜煮饭，还做了甜点。

“你尝尝。”程遇直接上手掰了一小块蛋糕递到林觅嘴边。

林觅就着他的手尝了，夸他手艺好，还发自内心地跟他说“谢谢”。她当然知道他是想让她开心。

程遇可就不那么单纯了，他的手指有意无意地触上她的嘴唇，那柔软的触感让他身体一僵。

她对他甜甜地笑着说“谢谢”的时候，程遇觉得她的笑里都带了蛋糕的甜味，要将他的心融化了。

他有些傻愣愣地看着林觅，林觅当他又犯了别扭性子，想起他以往的表现，忽然心有灵犀般地也掰了一块蛋糕递过去，她想他或许也喜欢礼尚往来。

这回程遇彻底傻了，他下意识伸手捂住跳得厉害的小心脏，怕它一个激动就跳出来。

林觅见他迟迟没有动作，还当她会错了意，正准备缩回手，却被程遇猛地捉住手腕。

他吃蛋糕的时候，眼睛始终一眨不眨地盯着她，目光炙热，令人心悸。可他吃完后，就一言不发地出了厨房。林觅也见怪不怪了，只是想起他的眼神，仍是感到脸红。

这回程遇真不是闹别扭，他是怕自己再待下去，就不止是想吃蛋糕这么简单了。

是的，程小爷动了心思，怕自己化身为狼，吓着林觅这只小白兔。

于是他只好躲回自己房间里平复，想眼不见为净。可是，林觅的眉眼和笑脸，那么清晰地刻在脑海里，闭眼亦可见。

甜蜜的折磨大抵就是如此吧。

12

程遇在屋里躺着时，接到了老爹的电话，老爹让他回家汇报进展。他也正好要解决林觅父母的事情。

隔天，他从家里回来，却不见林觅的踪影。

他脑海里出现的第一个念头就是她被她父母带走了，于是他慌忙拿出手机打电话给她。

林觅倒是很快接了，一声“喂”就让他的心又落回了原处，可很快他的心又提了起来，因为他听她那边很吵，像是在 KTV 之类的地方。

程遇不想那么老套地追问：你在哪儿？做什么？跟谁？可他心里又迫切地想要知道。

最后程小爷相当迂回地问了出来。他先以让她带好吃的为由，让她报了地址；又抱怨她那边吵，让她说出了在参加同学会的事。

末了，她问他要带什么吃的，他又说自己不想等，就近解决。

林觅早就习惯了他的别扭性子，倒也没有多想，全然不知程遇是因为她没有跟他报备行踪而闹别扭。

她是不愿意来参加同学会的，可她抵不住班长几次热情邀请。不过即使来了，她也仍是独自一个人清清冷冷地旁观着。

饭吃到一半，她听见旁边的女同学小声议论方才去洗手间时碰见的帅哥。

她也就是随意一听，正好听见另一个女生有些花痴地说，那个帅哥酷得很，竟对着一个身材火辣的美女说：“我这人比较挑，对人造的没感觉。”

她不知怎么就想到了程遇，觉得这句话甚是符合他那般高傲的性子。

然后，她觉得自己有点想他了，想起他方才的电话，不知他是不是因为想她了才打来的。

看着旁人觥筹交错、谈笑风生，林觅不愿意把时间浪费在这里，她起身往门口走去，所幸并未有人注意她。

出了门，林觅脚下的步子迈得极快，她迫不及待想要见到他，有些后悔为什么要一个人来这么远的地方。

她胡思乱想着，匆匆忙忙地走着，竟与人撞了个正着。

“都说你太轻了，要是别人没注意，说不定就把你给撞飞了。”

听到这么熟悉的语气，林觅惊喜地抬头，果然对上的是程遇那双似笑非笑的眼。

这一刻，她什么都忘了，眼里心里都只有他，她完全遵从内心的想法——拥抱了他。

13

程遇原想着，经过那一抱，两人的关系会更亲近，谁知林觅依然那么不开窍，好像那晚主动抱他的不是她，害得他在床上翻来覆去睡不着，心里像是有好几只猫在挠，简直就是百爪挠心。

这天晚上，发现自己房间里的空调打不开了的时候，程小爷心花怒放，屁颠屁颠地去敲林觅的门。

“怎么了？”林觅问道。

“我房里的空调坏了，打不开。”程遇努力压制情绪，才没让声音里带上喜悦之意。

林觅皱眉道：“应该是遥控器电池没电了吧？我看看。”

程遇先前只顾着高兴，哪想到可能只是电池没电这么简单的问题，这无异于晴天霹雳！

动作比脑子更快，等他反应过来的时候，他已经推着林觅进了她的房间，并且迅速锁了门。

面对林觅询问的眼神，他拒绝解释，且十分不客气地瘫倒在林觅的床上，发出一声满足的叹息。

“今天晚上我就在这儿凑合一晚，明天有空再看看是不是电池的问题。”程遇说。

“那要不然你今天晚上睡这里，我去那边睡，家里有风扇。”

“林觅！”程遇咬牙切齿道。

见她又是一脸不解，他干脆起身将她拽倒在床上，又一个翻身压在她身上。

“你说，你那天晚上为什么抱我？”

到这种时候仍然死鸭子嘴硬、不肯先说“喜欢”的，也只有程小爷了。

林觅别开眼不看他，也不回答。

这几天，她当然感受到了他怨念的眼神，可是她还在左右徘徊，不知是该顺从心意喜欢他，还是将这段感情掐死在萌芽状态。

她原本一个人可以过得很好，可是他闯了进来，她不知道他会在这里待多久，他们能爱多久。她不喜欢这种无法掌控、无法预测的无力感，这会让她平静的生活掀起波澜。

她想着，下意识就咬了咬嘴唇。

程遇看得喉结一动，哪里还有心思追问什么，俯身吻了上去。

14

程遇吻着吻着就觉出有些不对，一睁眼才发现林觅的脸上濡湿一片。

“你……”

程遇也不知道自己是想问“你怎么了”，还是“你不愿意吗”，他才说了一个字，就被林觅猛地攀着脖子又拉了回去，身体完全贴在她身上。

林觅原本被他一吻，就已经决定顺从心意喜欢他了，只是心里仍不免矛盾，不知怎么就落了泪。

她不想跟他解释这种小心思，所以她主动攀着他的脖子将他拉向她。

可她不知道先前程遇压着她，也是刻意保持了距离，被她这么一主动，他完全贴在她身上，她一下就觉出他的异样来。

原本不顾不管的豪气霎时褪了个干净，她只得捂着脸不看他。

此时程小爷被她前后矛盾的态度给弄得心慌意乱不说，关键是欲望暴露，不符合他一贯的傲娇，这让他没法再厚着脸皮跟她讨要“喜欢”。

不过看她明显羞得不知所措的模样，他又被安抚了。

他确定林觅是喜欢他的，可他不知道她的眼泪究竟是为何。

他花了十二分的力气才克制住自己，拉开她捂着脸的手，问她怎么回事。

林觅红着脸，就是不肯说，又怕他再追问，干脆就吻上了他，有些青涩笨拙，偏偏又直白热烈。

程小爷的理智彻底崩了，立马变身为狼，将心爱的小白兔生吞活剥。

但他十分恶劣，在她被他吻得神魂颠倒的时候，还不忘引诱她说出喜欢他的话，然后才心满意足地说出“我也喜欢你”。

15

隔天程遇醒得早，看一眼身边还在睡梦中的林觅，他就睡不着了。

林觅没说，程遇这个傲娇鬼才不会承认自己也是新手，昨晚两人摸索半天才贡献出自己的第一次。

他当时一定是弄疼她了，他听见她痛呼一声，看着她再次落泪。

现在再想想，他觉得她流泪不一定都是因为疼，或许也是因为害怕。她这样慢热迟钝的性子，通常爱得慢，爱得不热烈，却绝对爱得持久。而且她有过被抛弃的经历，对人多少有些不信任，所以她怕的是他会在她爱得最热烈的时候，他已经意兴阑珊地想要离去。

这样想着，他低头在她额头上印下一吻，傲娇地道："你遇上的是我，我可不是那种随便的人。"

这一吻本是怜惜，可是尝过美妙滋味的程小爷顿时不矜持了，幸好门铃声及时响起，才制止了他想要进一步的动作。

他把枕头盖在林觅耳朵上，然后起身出去了。

程振海一进门，就觉得儿子今天不一样了，但他来不及想更多，只是有些别扭地问道："你陈瑛阿姨这么快就要跟我结婚了吗？儿子，你怎么做到的？"

程遇不解地道："爹，你媳妇我都没帮你追到，你儿媳妇我倒是帮你追到了。"

"你骗我！你知道你老子激动得一晚上没睡好吗！"程振海怒道。

程遇震惊了："爹，你到底怎么看的短信？我说的是让你带上户口本过来，你有儿媳妇了，没说你有媳妇了呀！"

原来他们老程家有"只跟自家媳妇儿睡觉"的家训，所以程遇觉得自己"先上车了"得赶紧"补票"，昨晚等林觅睡下后，就给他爹发了信息。

程振海掏出手机，又仔细看了看，发现确实多了一个"儿"字，可他又拉不下脸承认，就抵赖道："你不知道你爹年纪大了，老眼昏花吗？！你不会打电话说吗！"

基因这东西果然是强大的，看了程振海，就能原谅程遇了。

此时程遇完全不记得自己之前的恶劣行径，只在心里默念两遍"我不跟他一般计较”，才说：“户口本给我，你走吧，你儿媳妇还没醒，明天我们去看你。”

听程遇特意强调“儿媳妇”三个字，程振海冷哼一声，把户口本扔给他，还不忘酸他一句：“你这别扭的性子，别吓坏我儿——媳——妇！”

程遇咧着嘴笑：“你儿媳妇的名字都在说喜欢我，林觅，寻寻觅觅遇见我，她稀罕我呢。”

程振海受不了他这么嘚瑟：“假公济私！我让你做什么来着？你倒是只顾着自己。要不是我，你能遇着我儿媳妇？算了算了，儿子不可靠，老子还是亲自出马吧！”

程遇说了句“祝马到成功”，就欢天喜地地送老爹出了门。

等他回身，正看见林觅开了门，站在房门前，一脸害羞地看着他。

“你都听见了？”程遇又恢复了傲娇状态，抬着下巴问道。

林觅点点头，眼眶又红了，她真的没想到她能遇见他。

“不准哭，我可不是会欺负媳妇儿的人，你别让人误会了。”

林觅也不想哭的，可她实在控制不住。

程小爷一边给她擦泪，一边又开始挑刺：“这么不听话的媳妇儿，也就我愿意对你好了。”

林觅破涕为笑，他这人怎么能别扭成这样。

程遇见她终于笑了，才把户口本递过去：“喏，这是我们家的户口本，本来就两个人，现在想加一个，你先拿着吧。”

林觅定睛看着那个红本好一会儿，才伸手接了过来。

她心里被巨大的幸福感充盈着，一时忍不住又想落泪，又怕程遇看了心疼，就躲进了他怀里。

程小爷觉得一个户口本能换林觅主动拥抱，还是挺划算的，于是心情大好地回抱住她。

多年后，程小爷变程大爷了，依旧不改傲娇属性，还多了一个新毛病——翻旧账。

这不，他又开始了：“我当年把户口本给你，就是在跟你求婚，你的反应是不是太平静了？”

林觅也是林奶奶了，给他顺毛的技能已经练得炉火纯青了。

她看着他，对着他笑，笑得天真又温柔，一如程大爷记忆里那个阳光和微风都刚刚好的早上。

她笑着说：“寻寻觅觅遇见你，喜欢你。”

程大爷不说话了，也咧着嘴笑，傻得还像当年那个别扭少年。

笑了好半天，他才回应道：“就知道你喜欢我。”

一对可爱的人儿，就这么幸福地生活着。

男友有点帅

“林泠，我叫梁岑，我们是山水有相逢。”

1

梁岑再次见到林泠，是在花园酒吧。

酒吧是两层中空的设计，灯红酒绿，纸醉金迷，正是男男女女及时行乐的好去处。梁岑斜倚在二楼的栏杆上，百无聊赖地扫视着整个躁动的大厅，突然看见了她。

她化了妆，穿着一条吊带小黑裙，侧坐在吧台边的高脚椅上左顾右盼。

不知是灯光太暧昧，还是雪肤黑裙的对比太强烈，倒真给她那张原本乖巧的娃娃脸上添了几分妩媚，连带着多了一抹若有若无的诱惑气息。

只是，下一秒她低头拉扯裙角、故作随意地把手包挡在胸口上才低头品酒的动作，又实实在在地暴露了她“良家妇女”的本性。

梁岑一笑，这才觉得这嘈杂的环境也没那么难以忍受了。

“梁少这是看上哪位美女了？笑得这么荡漾！”程阳从人群里抽身，挤了过来，还是一贯勾肩搭背的姿势，他歪着头在梁岑耳边贱兮兮地大声问道。

梁岑不搭理他，只嫌弃地往后仰，又毫不留情地推开程阳自诩帅得一塌糊涂的俊脸。要不是看在他今天生日的份上，梁岑一定给他一拳。

程阳就是看准了这一点，又得寸进尺地改为抱住他的胳膊，故作委屈地道："小爷这张脸，到哪儿都男女通吃，为什么就在你这里混不开？"

想到他的恶趣味，又听见他身后那一群狐朋狗友不怀好意的起哄声，梁岑知道程阳一定是又拿他做了大冒险的游戏对象。

"要么你自己松开，要么被我扔出去，你来选。"梁岑低头对程阳说。

他音调略高，并没有流露其他多余的情绪，可程阳知道，这是他的底线。

在丢脸和保命之间，程阳果断选择了后者。他松开手，回头冲那帮人高声吆喝道："小爷战败，这个油盐不进的公子哥，你们谁要是存了心，就做好被冻死或被打死的准备勇往直前吧，小爷替你们收尸。"

说完，程阳就在那群人的唏嘘声中撤了。

梁岑身边又安静下来。

他再次将视线扫过林泠的位置，居高临下，将她的小动作一览无余。

她原本举着手机对着他的方向，见他看过去，就有些躲闪地移开了手机，左右摆弄着看似在找角度自拍，却又欲盖弥彰地背过身，朝向了暗处。

偷拍吗？梁岑心里有了猜想。

2

林泠觉得自己这一趟来得值了。

不仅完成了"疯狂清单"上的一项，还亲眼看见了超级养眼的一幕！

因为第一次来，她对什么都觉得新奇，方才她四下打量，眼见男男女女们都是一副王者之姿，呈现的却是群魔乱舞之态，不知为何，她只想笑。于是她就越过他们看向楼上，这一看就叫她瞧见了动作亲密的梁岑和程阳。

距离远不是问题，林泠拿出手机打开相机软件，拉近景看得清清楚楚。

她看他们一个表情冷漠，十足的高冷禁欲范儿；一个神色戏谑，妥妥的花花公子样。两人先是勾肩搭背地耳语，后又抱手臂、低头对视，真是让她这只"单身狗"受到了一万点暴击。

偷看得太专注，等和手机屏幕里的梁岑对上眼时，林泠吓了一跳。抬头看了一眼，才反应过来自己或许被抓包了。

好在她机灵，迅速调整手机，假装自拍，又故作自然地转过身。

做完一连串动作，林泠的心跳得厉害。

她一面担心着对方会来找她问话，一面又乐观地想着自己不过是偷看了一会儿，并没有真的拍照，兴许不会惹上麻烦。

这样纠结了几分钟，林泠觉得还是“三十六计，走为上计”。

只是还不等她起身，一只手就搭在了她的椅背上，惊得她立刻僵直了身子。

3

林泠做贼心虚，以为是梁岑他们找过来了。

她下意识握紧了手包，包里装有防狼喷雾。一个人来酒吧，她可是做足了功课。来之前她专门查了注意事项，做了些准备，以保证自己的安全。

深吸一口气后，林泠讪笑着转过头，谁知对上的却是一个满脸横肉的陌生男人。

“美女，一起喝一杯。”那男人挤眉弄眼地说。却不知这动作有人做起来是暧昧邀约，有人做起来就是骚扰。

林泠觉得恶心，也有些害怕，面上却不敢显露分毫，只能冷着脸拒绝，然后起身要走。

“美女别着急走啊，现在才热闹呢……”男子无赖道，又高又壮的身子堵住了林泠的去路。

林泠握紧拳头，抬高下巴和男子对视，再次冷声说道：“你让开。”

孩子偷穿大人衣服时会故作成熟，可那表情再怎么看都透着一股稚气。一如林泠此时强撑的冷脸，没有显露凌厉之势，倒叫人轻易就看穿了她在害怕和不安。

男人自然也看出来了，因此并不后退，反而更近一步。

林泠皱眉，有些不知所措。左右为难之际，一只有力的胳膊揽住她的腰，将她带入了怀里。

她大惊，一抬头就看见了方才用手机偷窥过的一张俊脸。他正好也在低头看她，如此近的距离，他精致的脸已是其次，那双眼睛，如同漩涡一般，叫人轻易就沉溺了下去。

梁岑看她呆愣愣的模样，故意凑近她耳边，说："你刚才偷拍我。"

林泠从未与人如此亲密过，着实被他近在咫尺的暧昧气息给迷得晕头转向，好一会儿才清醒过来，在心里哀号一声：这算是前有狼后有虎吗？

4

好在那男人见两人似乎认识，骂骂咧咧了两句就走开了。

林泠还来不及松一口气，就被梁岑拉着在吧台边坐下。他把她的椅子挪近几分，长腿放在她的座椅下，明显的圈禁姿势。

DJ换了劲爆的音乐，舞池里的男男女女被这音乐感染，再次热情高涨起来，整个酒吧热闹得过分。

梁岑一言不发，用那深邃的双眸看着林泠。

她的妆不算浓，还透着原本的清纯模样。要说有什么性感的地方，当属她裸露的锁骨，白皙精致，线条分明，配上宽肩带小黑裙，若是平日里穿或许是六分可爱四分性感，可在这样的场合，却是十分诱惑。

难怪会有人过来搭讪，梁岑不满地想着。方才他在楼上看见别的男人靠近她，忽然就起了怒火，连个招呼都没跟程阳打，就匆忙赶了过来。

林泠被看得心里发毛，下意识将手包挡在了胸前，然后开口解释。音乐太吵，她不得不探着身子，凑到梁岑耳边说道："我发誓，我真的没有偷拍你们！不信你可以看我的手机。"

梁岑看着她类似投怀送抱的动作，勾起嘴角，露出得逞后的坏笑。等她抬头看他的时候，他又一本正经，一言不发，只挑眉看着她的手机。

林泠开了手机锁，大方地递过去："你自己看，真的没有。"

梁岑接了手机，点开相册。

她的相册很空，只有两张自拍和几张风景照，最特别的一张是拍的手写清单：文身、去酒吧、看恐怖片、看日出、初吻……

看到"初吻"的时候，梁岑下意识地看向她的嘴唇。粉粉嫩嫩的唇，像两瓣荷花，只看着就觉出芳香柔软来，简直是诱人采撷。

"我说了没有吧。"那唇一开一合，将出神的梁岑又拉了回来。

他轻咳一声，掩饰自己的失态，才又低头翻看手机里的截图图片。里面大多是关于一个人去酒吧的搜索内容，包括怎么玩、坐哪里等等，没有任何关于别人的痕迹。

梁岑满意了，这才准备把手机递回去。

林泠却忽然举起包挡住脸，弯腰埋头，一副躲人的架势。

梁岑扭头看了一眼，没发现有什么，却也跟着压低了身子，问道：“怎么了？”

林泠觉得这人真是没眼色，她瞪了他一眼，推着他坐好，又拿他做人肉屏风，偷偷看了一眼。发现不远处的经理没有看她这里，她才放下心来。

她现在已经是欲哭无泪了。什么叫“屋漏偏逢连夜雨”？前狼后虎的困局还没解决好，又碰上顶头上司！要是被经理看见她穿成这样来酒吧，那她辛辛苦苦维持的乖巧形象就要毁于一旦了。

她又看了一眼，见经理只顾和一个姑娘举止亲密地饮酒说笑，她不敢多留，挪开椅子，挡着脸准备慢慢往门口移动。

然而她刚起身，就定在原地不动了。

5

倒不是梁岑不放人，而是酒吧的音乐忽然停了，彩色的舞台灯也变成一束白光打在她身上，让她无所遁形！

林泠呆若木鸡，不知道发生了什么。

梁岑反应迅速，将她抱在怀里，紧紧圈在自己与吧台之间，任灯光再亮，也叫别人窥不见她。

不出梁岑所料，很快，程阳戏谑的声音就从麦克风里传来。

“哎哎，梁少这可太不够意思了，我还是头一回见你和姑娘在一起，可见是心头好。别护得那么紧啊，咱又不是外人，来来，出来见见呗。”

程阳在楼上看见梁岑跟林泠在一起时，还当自己喝醉了。再三确认后，又怕等自己穿过人群找过去，梁岑就带着她躲了，于是想出了这么一个烂招。

林泠此时已经不想发表任何感想了，只希望赶快离开这个是非之地。可她又没胆量在所有人的注视下走出去，只能像缩头乌龟一样躲在梁岑怀里。

梁岑察觉到她的小动作，抬眼看向 DJ 台，勾了勾嘴角，不得不说程阳这个事儿精有时候还是能办点好事的。

林泠可没他的好心情，她戳一戳他的腰，低声询问："怎么办？"

梁岑左右看了看，低头在林泠耳边说了一个"跑"字，然后就护着她从人少的右侧往外突围。

林泠几乎是被他挟裹着往前，她抬头，只看得见他俊美的侧脸，美得惊心动魄。

他们身后传来程阳不甘的怒吼："哎，你们站住！"

6

出了酒吧，梁岑拉着林泠又跑了一段，直到她气喘吁吁了才停下来。

梁岑去买水，林泠坐在路边的台阶上。

帅哥、牵手、奔跑、夏夜，一切能想象到的浪漫因素都聚齐了，可林泠实在没有心情去复活自己的少女心了，她现在是身累心也累。

这一晚的经历，绝对是她二十多年人生里最跌宕起伏的了。

之前去文身时她哭得稀里哗啦，现在来个酒吧，又惹出这么多事。这遭遇，这体验，够她后半辈子用来回忆了。所以她还是别想着放飞自我了，赶紧回去做安安静静的乖乖女比较好。

"你在想什么？"梁岑边问边把水递给林泠，又在她旁边坐了下来。

林泠道了谢，准备用劲儿拧瓶盖的时候，才发现瓶盖已经被松过了。她下意识抬头看他，正好看见他在仰头喝水。

他喝得急，喉结连续滚动，带着少年的粗鲁，又有男人的性感。

林泠忽然就想到了刚才被他抱在怀里的场景。他是第一个跟她亲密拥抱的异性，她无从对比，却也觉出他的臂膀有力，肩膀宽厚，带着让人心安的味道。

意识到自己想多了，林泠红了脸，掩饰着回答道："我在想你男朋友醋劲挺大的，肯定是误会咱们了，才会……"

"噗……咯咯咯……"回应她的是梁岑喷了一地的水和猛烈的咳嗽声。

梁岑难以置信地看着她，语调怪异地反问："你说程阳……我男朋友？！"

他说着就先打了个寒战，身上的鸡皮疙瘩都起来了，可林泠却理所当然地点头。

“你们挺配的，先声明，我没有歧视的意思，只是以前都是在电视上看见……”

她越说梁岑的脸越黑，最后他忍无可忍地打断她的话，咬牙切齿道：“我是直男！他也是。”

林泠觉得自己一定是刚才跑的时候把智商给掉路上了，不然她怎么会心里想着缓和收场，嘴上却问了句：“真的是吗？”问完，她自己都想抽自己一个大嘴巴子。

梁岑看了她一眼，别过脸不说话。

林泠觉得那模样有点儿像自家哈士奇被训斥时的委屈模样，她摇摇头，觉得应该是自己眼花看错了。人家长的可是一张酷帅脸，应该走高冷范儿。

可是下一秒，她就听见他说：“你伤害了我，得赔。”

7

林泠被他的反差给萌到了，那颗蔫了的少女心一下子又活过来了，跳得厉害。

她觉得这不是个好现象，更关键的是她拿不准他是什么心思——赔？怎么赔？

眼睛瞄到路边停着的出租车，林泠觉得还是先走为妙。不过走之前，她得先把账算清楚，免得留下什么麻烦。

这样想着，林泠站起来，对他说道：“你看，我误会了你们，可我真的没有偷拍你们，但是我的手机因为你丢在了酒吧，所以算下来，咱们算两清吧。那么，再见。”

林泠说完，转身走向出租车。

梁岑哪里肯放人？他伸手去抓她的胳膊，她没防备，被他拽着往后跌坐在他腿上。

“你要做什么？”林泠惊叫道，挣扎着去摸自己的包，“我有防狼喷雾的，小心我喷你！”

梁岑失笑，按住她翻包的手：“别动。你跟我算完了，我也得跟你算算，算清楚了，就让你走。”

“你先松开我！”林泠讨价还价。这么暧昧的姿势，怎么算她都亏了好吗？

“我是不介意咱们先就这个问题理论一会儿。”梁岑开始耍无赖，威胁性十足地紧了紧胳膊。

还是这张脸，可这回林泠却再也看不出什么高冷禁欲范了，就连他刚才拧瓶盖的行为，她也收回觉得他体贴女性的想法。

呸，都是流氓的保护色！

可她到底处于劣势，虽然心里将梁岑骂了个狗血淋头，面上也只是冷着脸，让他赶紧算，算清楚了各回各家。

不得不说，能让林泠奓毛、露出野蛮凶悍本性的，梁岑是第一个。

梁岑说话算话，清清嗓子说道：“手机我会拿回来给你的，但是你误会我性取向的事，还是得赔。至于怎么赔，咱们再商量。现在我送你回家，大晚上的，你又没有手机，我怕你不安全。”

你送我才不安全！林泠心里腹诽，嘴上却说道：“不用麻烦你……啊！”

她话未说完，他就突然抱着她站了起来，林泠惊叫一声，慌忙抱住梁岑的脖子。

“抱紧了，掉下去的话，这高度虽然是不会伤筋动骨，就是姿势不雅，屁股也要遭点罪。”梁岑体贴地说道。

没错，他不打算给她落地的机会了。万一她又要跑呢？再抓回来得多麻烦。

林泠再也绷不住了，扯开嗓子吼道：“你霸道总裁文看多了吧？以为这样很帅？你放不放手？你再不放手，我喊人了啊！流氓！非礼！”

他听了这话果然站住了，林泠觉得有戏，准备再接再厉，却见他抬了抬下巴，示意她看向前边。

“做什么？”林泠嘴上问着，然后抬头去看，只见正前方路口处，某连锁酒店的招牌亮得刺眼。

梁岑坏坏一笑：“你这么不想我送你回家，莫非是在暗示什么？”

颠倒黑白到这份上，简直刷新了林泠对“无耻”二字的认识，她压下心口的老血，恶狠狠道：“回家！”

“好，回家。”

8

隔天是周末，林泠醒得早，起得晚。

她做了一晚乱七八糟的梦，梦里跟打仗似的，她一点儿也没休息好。

梦的内容已经忘得七七八八了，但林泠唯一记得清楚的是，最后一幕是关于昨晚在酒吧遇见的那个男人。

梦里的他笑着对她说：“林泠，我叫梁岑，我们是山水有相逢。”

而现实是，昨晚他送她回来，他说他叫梁岑，和她的名字读音一样，只是一山一水的区别。

林泠才不在意他叫什么，她只关心他为什么知道她的名字。可他却卖关子，装起深沉来，一路上不再肯跟她多说一个字。

到了小区门口，林泠麻利地开门下车，还不忘警告他：“你别想尾随我！我已经记下司机师傅的车牌号了，如果我有什么意外，司机师傅就是证人。”

梁岑叹了一口气，颇有些语重心长的意味，说道：“以后真对上坏人，一定要伺机偷袭或是默默留下证据，千万别把自己的底给露了，断了后路。”

智商被怀疑，简直是奇耻大辱，林泠涨红了脸，怒道：“要你管！”

梁岑笑道：“乐意之至。”

林泠气得跺脚，转身就走，他却又叫住了她，从车窗里把自己的手机抛给她，说让她先拿着，方便她明天联系他取回自己的手机。

回忆到这儿，林泠开始找手机。昨天回来得晚，她洗漱后倒头就睡，压根没空管他的手机。

找到了手机，林泠按他说的密码开了锁，左右滑动手机页面。

他的手机里干净得很，如果微信算是系统自带的软件话，居然就只有一个消消乐是外装软件！

想到梁岑顶着一张高冷脸认真玩消消乐的画面，林泠不可抑制地笑倒在沙发上。

正笑着，手机响了，是一条来自她号码的短信，内容不过五个字——看我朋友圈。

林泠没想到梁岑真能帮她把手机找回来，又想着他或许有急事，于是点开了他的微信。

结果最上面一条朋友圈动态让她一下从沙发上站起来，她怒骂一声：“梁岑，你这个卑鄙小人！”

9

“阿嚏！”

梁岑一大早接连打了两个喷嚏，于是头一回迷信地认为是有人在想他。而那个人，一定是林泠。

可是午饭时间都过了，还不见林泠联系他，他耐心告罄，决定主动出击。

于是就有了林泠跳脚的一幕。

原来他用林泠的微信发了一条朋友圈。文字是：“这个男友有点儿帅［害羞］。”配图是他的自拍照。

短信发出后不到一分钟，林泠的电话就打过来了。

“你在哪儿？换手机，立刻！马上！”

林泠想杀人的心都有了，语气自然不会好，梁岑却有些遗憾不能看见她爹毛的样子。

他淡然回答道：“半个小时后，在你小区楼下的咖啡馆见。”

说是半个小时，可这边林泠挂了电话就出门了。她迫切地想拿回手机，想赶紧删了他那条朋友圈，否则她今天一定会被各路人马轰炸式询问，可她怎么解释得清楚这从天而降的、连她自己都不知道的男友呢？

梁岑是卡着时间到的，不多不少，正好半个小时。

“手机给我！”林泠不客气地说道，一点也没有平时对人的温和有礼。

梁岑倒是爽快，拿出手机递给她：“你放心，我设的是仅我可见。”

林泠瞪了他一眼，兀自低头查看，确认设置的确仅一人可见时，才松了一口气。随后她又想起来自己没加过他的微信，于是又算账道：“你什么时候添加的你自己？”

“昨天晚上你让我看你相册的时候。”梁岑回答道。

林泠这才想起来，她手机里根本就没几张照片，难怪他看了那么久，原来是别有用心。

她看着他，警惕地问道：“你到底是谁？怎么会认识我？”

梁岑不答，只说道：“手机我给你拿回来了，你该赔我了吧？既然你怀疑我的性取向，那你就做我的女朋友亲自澄清。”

林泠嗤笑一声：“你该不会是要说，你对我一见钟情才会这样套路我的吧？我十八岁的时候就不信这种鬼话了。”

“据说早熟的人后来都幼稚，那时候不信，不代表现在不信。”梁岑答非所问。

“你别扯开话题，你先说你是谁。”

“我叫梁岑，我喜欢你。”

10

林泠没料到他会突然告白，瞬间就闹了个大红脸。又见他一脸沉稳，好像吃定了她似的。她不甘示弱，故作镇定地说道：“那你说你喜欢我什么？”

梁岑看着她，一字一句说道：“喜欢你的眼睛、你的嘴唇、你的锁骨……”他的声音低沉，似情人的呢喃。他的眼神认真坚定，叫人无从怀疑他的真心。

林泠是未涉情爱的姑娘，或许能够假装很有经验地追问对方喜欢自己什么，好叫他支支吾吾知难而退。却哪里能和情话高手棋逢对手般你来我往，更加招架不住这般看似深情的表白。

“你肤浅！”林泠慌忙打断他的话，又匆匆忙忙拿起桌上的水杯喝水降温。她觉得他的眼睛里有炙热的火，烤得她都要熟透了。

“嗯，是太肤浅。”梁岑竟跟着点头说道，可随即他又深情道，“所以想喜欢得深入些。”

“想得美！”林泠一心想扭转这样被动的局面，于是斜着眼看他，高傲道，“我不喜欢油嘴滑舌的男生，尤其是你这样的。”

梁岑看出她的装模作样，莞尔一笑，故作正经地咬了咬嘴唇，慢慢说道：“我尝过了，不油也不滑。”

“你！你流氓！”林泠低声吼道。这么……色的诱惑动作，亏他做得出来！

“我就这缺点，流氓对内，绅士对外。”

梁岑很认同地点头，自己是有点流氓了，可他太喜欢看她脸红着跳脚的样子，带着说不出的生动可爱，实在诱人。

“那我应该谢谢你吗？”

“不用客气。”

11

那天两人也没聊出点什么，林泠最后落荒而逃，梁岑却是饶有兴味地期待下次见面。

他开始每天主动跟林泠聊天，偶尔也会去接她上下班，却始终不肯为她解开他为什么认识她的谜题。

林泠则坚定地执行“三不”原则——不主动、不拒绝、不负责。对他的一切讨好行为照单全收，一切想再进一步的心思都视而不见。

她才不会露怯，毕竟她也是看过上百本言情小说的人，明白若是躲躲闪闪，肯定会被他嘲笑，以为自己是很好骗到手的小姑娘。

“前两条可以保留，后一条驳回。”梁岑对她不负责的行为表示坚决地反对。

“驳回无效。”林泠得意地做了个鬼脸，她可全指着这“三不”原则略占上风呢，才不会轻易屈服更改。

梁岑也不强求，只是眯着眼看她，怎么看都是一副要算计人的模样。偏偏林泠以为他不过是装腔作势，得意得尾巴都要翘到天上去了。

可林泠此时有多傲，之后就有多㞞。

今天梁岑约她看电影，看的是她心心念念的恐怖片。她最近处于迟来的叛逆期，想尝试各种之前没有做过的事情，去电影院看恐怖片也是其中之一。

进场之前，她雄心万丈，觉得自己肯定有胆从头看到尾。

进场之后，前奏刚响起，她就惊得先捂住了眼，然后几乎全程都是捂着眼，只恨自己没有再多长两只手能捂住耳朵，好隔绝那阴森恐怖的背景音乐。

梁岑没被电影吓着，倒是被她一惊一乍的动作给吓着了。可她那么害怕，却没有顺势躲到他怀里，这让他很不满。

“出来了吗？”林泠用手挡着眼睛，扭头问梁岑。

梁岑看她一眼，又看看屏幕，借机讨价还价：“收回第三条。”

林泠没料到他在这儿等着她：“小人！当我不敢看吗？哼。”

她这么有气势地说完，却像做贼一般，紧紧捂住脸，然后慢慢伸开一根手指，打算从指缝里偷偷瞄一眼。结果却看到一只突然出现在眼前的手掌，她一下子尖叫出声。

那手自然是梁岑的，他没料到她会这么大反应，赶紧抱住她，又向四面看过来的观众低声道歉。

林泠知道自己被捉弄了，狠狠掐了他一把，听见他的闷哼声还不解气，又掐了两下，才挣扎着要推开他。

“别动，你要是觉得不解气，再掐两下也行。我抱着你，这样能帮你捂着耳朵，还能告诉你死尸出来没。”梁岑低头在她耳边说道。

林泠被他的气息弄得耳朵发痒，伸手推开他的脸，傲娇道：“既然你毛遂自荐，那就准了。”

12

一场电影看下来，两人的关系似乎更进了一步。

从电影院出来，梁岑还是牵着她的手，美其名曰怕她因为电影胡思乱想，自己吓到自己。

林泠白了他一眼，却没有甩开他的手。

她低头看着两人紧握的手：他的手掌很大，紧紧包裹着她的手，将他的体温传递给她，温暖如春。

她以前见过别人恋爱：年少时有写小纸条传情的，后来有煲电话粥的；女生冬天织围巾，男生夏天送凉饮；羞涩的偷偷摸摸牵个小手，胆大的当众接个吻……

那时她觉得幼稚，现在，直到这一刻，她却觉得那些细碎的小事都美好得不像话，甚至有些遗憾，自己从来没有过这样满心欢喜地喜欢一个人的时刻。

看着眼前的男人，她忽然想和他也全部试一遍这些事，该是多么美好。牵手、拥抱、亲吻，体会那些爱情里的小欢喜、小雀跃。天真也好，幼稚也罢，爱情原本就是这样简单的吧。

“你怎么了？”梁岑焦急地问道。

“没事。”林泠一开腔，才发现自己声音的异样，原来她竟不知不觉哭了。

“真的没事？”梁岑不放心地追问。

林泠看他担心得皱眉，笑道：“你抱抱我，就没事了。”

梁岑一愣，随即紧紧抱住她，调笑道：“这么大方地让我占便宜，是要从了我吗？”

林泠不回答，只和他静静相拥。

过了好一会儿，她仰头对他说道：“其实我很花痴的，你这么帅，还说对我一见钟情。我想了想，哪怕是假的，我也赚到了，如果你还没有反悔，我们交往吧。”

梁岑惊喜地抱紧她，迅速在她唇上啄了一下：“我早就想这么做了，绝不反悔！”

13

梁岑第一次见林泠，是在好友的文身店。

他先是听好友提起的她，好友说：“有个很有意思的姑娘预约来文身，死活非要先给我打过来全部的费用，说只有看在钱的份上，她才能不临时变卦……她叫林泠，我记得挺清楚的，因为跟她的名字你的读音一样，不过她是三点水的‘泠’。你们一山一水，缘分呐。”

那时梁岑听了，并没有放在心上，却没想到周末他来店里拿东西时，正好遇见她。

彼时，他一进店，就听见无比凄惨的哭声，中间夹杂着好友无奈的安慰：“你这个真的不算疼，就是一个小月亮，你忍忍就过去了。”

“我也不想哭的，”呜呜咽咽的女声接着道，“可是我忍不住啊，那些文花手臂的人真是太勇敢了，我这辈子绝对就疯这一次。”

“你为什么会想着来文身？”好友问道。

哭声小了一些，才听见她回答道：“人有时候会有想要大醉一场的想法，不是因为喜欢，不为了借酒浇愁，只是想试试那样一种感觉，跳出原来的自己，跳出一成不变的生活。我从小到大就没有叛逆过，因为早熟，没有觉得有需要叛逆的事情。可是现在想起来，我不记得自己二十多年来做过什么，像是一片空白。所以我列了一些在我看来疯狂的事，想要尝试个遍，文身就是第一个。”

梁岑没有进工作室，只在外面听着。

“那你为什么选择月亮？应该是有含义的吧？”好友的声音又响起。

“我说出来，你不准笑。我喜欢过美少女战士，不是有那句话吗？‘代表月亮消灭你！’”

好友没笑，梁岑在外面差点笑出声来，他没想到她会有这样反差的性格：一面成熟理智，一面天真幼稚。

那天他等在外面，一直等她文身结束，看见她瘪着嘴、肿着眼从工作室出来。

她大概只顾自己疼了，压根没有注意到他，他却不知怎的就将她印在了心上。

等在酒吧再次遇见她时，他的脑海里只剩下好友那句“你们一山一水，缘分呐”，后来他的一切反应都是自然而然地遵从本心。

14

后来林泠总是夸梁岑，说他有眼光，看到了她的内在魅力。

梁岑却翻旧账：“我记得你说我肤浅的。”

林泠嘻嘻一笑：“那也是因为本姑娘长得好看，你才更喜欢的。话说，要是你当时见我，觉得我长得丑怎么办？”

她不过随口一问，谁知梁岑却回答道：“我其实也有做整形医生的朋友。”

“梁岑！”林泠的语气阴恻恻的。

梁岑笑了一声，搂住她：“其实我倒真希望你丑一点，这样你就知道我对你是真爱了。”

“你这么变相夸自己不会不好意思吗？”

“不好意思，真不会。”

程阳见到两人的相处模式，惊得下巴都要掉地上了。

原来的梁岑明明是个回答“怎么解决未来光棍问题”，都以“兴建寺庙”作为标准答案的“注孤生”，也是这么多年没一个小姑娘能捂热的冰块，可如今却分分钟化身“小流氓”，搞得他都不好意思自称撩妹高手了。

程阳怀疑他要么转性了，要么就是别人假扮的，于是他又召集了狐朋狗友开派对，拐了林泠在一旁偷偷观察梁岑的反应。

眼见梁岑又冰山附体，对谁都爱答不理，表情还十分不耐烦，程阳觉得这才是自己认识的梁岑。

他跟林泠说道："看吧，他原来真的是这个样子的，性子闷得要死。你说他该不会是憋太长时间，一遇着你就火山喷发了吧。我记得有段时间梁伯父还委婉地跟我打听他的性取向，被自家老爹怀疑，你说，他是得多……"

他话未说完，就见林泠忽然朝梁岑跑过去了，她边跑边高声道："梁岑，程阳跟我揭你短呢。"

程阳追过去，哀号道："不带你这样的啊！"

梁岑看都不看程阳，只对林泠说道："算上他之前在酒吧的账，你说我要不要跟他绝交？"

林泠点头："必须绝交。"

程阳被两人强行"塞狗粮"，仰天长叹："一个见色忘友，一个挑拨离间，你们绝配呀！我要找我的媳妇，媳妇你在哪儿？你老公被人欺负了啊！"

那天派对结束，林泠发了一条全部好友可见的朋友圈动态。

内容是之前梁岑发的："这个男友有点儿帅［害羞］。"配图自然是两人甜蜜的合照。

不过程阳愣是在合照里远远露了下脸，他说要沾点喜气，争取也找到自己的真爱。

祝他好运吧。

男友太偏执

"我没有其他爱好，只爱你。"

1

林好在兵荒马乱的毕业季摔伤了胳膊。"伤筋动骨一百天"，于是她心安理得地窝在家里，多过了一个暑假。

天气预报说今天气温高达三十七摄氏度，林好觉得有必要慰问下奔走在各个面试场的好友陈薇。

她把手机放自拍杆上举着，开了视频通话，空调、西瓜、冰激凌……把"夏日标配"晒了一遍，她故作好心地道："有福同享，给你解解馋。"

陈薇甩给她一个白眼："小人！"

林好做了一个鬼脸，一脸受用的样子。

陈薇也不是吃素的，毒舌道："林好，说好听点，你是养伤，说难听点，你就是无业游民！"

林好不吭声，把自拍杆靠在沙发上，伸手拿起西瓜，咬了一大口，吧唧吧唧嘴，才慢悠悠地道："面包来日总会有，假期一去再难寻。"

"你太卑鄙了……"

林好已经做好了一边吃瓜一边听她骂的准备，谁知她说完这句就停了，林好还当她战斗力下降，正准备嘲笑一番，却听她的大嗓门嚷道：“林好，你有男人了？！”

林好呛了一下，正想反驳，一抬头就看见屏幕里出现的顾淮安，她愣了一下，才扭头看向门口。

顾淮安已经关上门，走到了沙发边。他俯身，凑在林好耳边，更清晰地出现在屏幕里。

“嗯，我是林好的男人，顾淮安。”

2

顾淮安贴得近，“男人”两个字又说得别有深意，直听得林好耳朵痒、心肝儿颤。

屏幕里的陈薇已经开始鬼叫：“哦……林好，长本事了，竟然学会金屋藏娇了！这帅哥有点眼熟啊……”

“熟什么熟，你看见帅哥就没有不熟的！”林好心虚地打断她，“挂了挂了，改天说。”

陈薇赶紧阻拦：“别别，我还有正事……”

林好不着痕迹地把手机换了个角度，确定拍不到顾淮安了，才示意陈薇说话。

谁知陈薇清清嗓子，又急又快地说道：“这帅哥是你钱包里那个小帅哥吧，林好，你人生巅峰啊！他成年了吗？你是把魔爪伸向祖国的花朵了吗……”

“你个乌鸦嘴！他十八了，十八了！”林好吼完，赶紧挂了视频。

不得不说陈薇的眼睛真够毒的，一眼就认出了顾淮安，如果知道她是要说这个，林好绝不会给她机会发言的。

“林好，‘乌鸦嘴’不是这么用的。”顾淮安说完，盯着林好，目光炯炯，嘴角微勾。

林好也发现自己口不择言了，可最近她总被他压了一头，又想起胳膊也是因为他才摔的，她心里忽然就起了火，蛮横地道：“你管我，我想怎么用就怎么用。”

顾淮安点点头：“那我已经成年了，你有什么想法吗？”

“没有。”

“可是我有，要我告诉你吗？”

“我不想知道。”

“可是我想说。”

“顾淮安！”

“林好，你要一直躲着我吗？”

3

林好和顾淮安是青梅竹马，他对她什么心思，她怎么会不清楚。

第一次注意到他的感情，是林好高中毕业后，她准备跟喜欢的男生表白，顾淮安拦住了她。

当时，他睨视着她，语气不佳，“林好，瞧你那点出息。你现在才见过几个男生？等你上了大学，见过更多的人，就知道这个男生根本普通得很，丢在人堆里都找不着。”

林好想了想，点头道：“你说得对，我怎么能为了一棵树放弃整片森林呢。”

顾淮安“呵呵”两声，道：“你是不是想多了？你跟他是半斤对八两。”

“你是说我也普通得很？别人也看不上我？”林好咬着牙，威胁意味十足。

“别人我不知道。”顾淮安忽然红了脸，轻咳一声，继续说，“不过我从不不以貌取人。”

他说得委婉含蓄，以至于当时的林好以为他在笑话她，后来回过神才察觉少年的真实心意。

第二次感受到他对她的不同，是他居然对她用苦肉计，骗走她的拥抱。

那是林好大学时的某一天，顾淮安突然来找她，说自己考试考砸了，心情不好。

林好像个知心姐姐似的，陪他吃饭、看电影、轧马路。

他却得寸进尺：“能给我个安慰的抱抱吗？”

话音才落，不等林好回复，他就自作主张地将她拉进怀里，又紧了紧胳膊。

林好想推开他，却听他闷闷道："下回我会考好的，对不对？"

顾淮安在她面前，经常是一副一往无前的模样，强悍到总是让她忘记她比他大这回事。难得他有这样示弱的时候，林好心软得一塌糊涂。

于是她豪气地回抱住他，拍一拍他后背，鼓励道："嗯，你一定可以的。"

结果顾淮安抱着她半天不撒手。

林好再傻也觉出不对来了，以她对顾淮安的了解，他根本就不是一个轻易一蹶不振的人。

她推开他，怀疑地问道："你说考砸了是考了多少名？"

顾淮安不看她，低着头，踢了踢路边的草，过了好半天才说道："没考进年级前十。"

"那是考了多少名？"林好咬牙切齿。

顾淮安眨眨眼，对她一笑，三分狡黠两分讨好，妥妥的俊美少年。

趁林好愣神之际，他又抱了她一下，然后跳着跑开了，边跑边道："年级第十一。"

"顾淮安！"

第三次是在顾淮安考试前。

林好比自己当年考试还要紧张，一大早就出门接顾淮安去考场，啰啰唆唆地说了一大堆注意事项。

顾淮安却突然说："林好，我的十八岁生日快到了。"

林好拍了他一巴掌："现在是说这个的时候吗？赶紧进考场去。"

顾淮安不动，"那不说这个，我去考试，你难道没点儿鼓励什么的？先声明，我可不需要听什么大道理。"

他目光炙热，林好再迟钝也明白了，"顾淮安，别闹，快点进考场。"

林好说着去推他，铆足了劲儿也没能让他挪动分毫，她才发觉他已经又高又壮，早已不是当年那个小孩了。

周围的考生都陆续进场了，两人还在僵持。

林好低着头，没有动作。

顾淮安的目光始终炙热，始终势在必得。

过了半晌，林好妥协，咬牙切齿道："先进去给我考试，考完了再说。"

顾淮安笑道："考完了就可以吗？"

林好瞪了他一眼，心不甘情不愿地点了点头。

顾淮安这才满意了，他知道她向来说话算话，于是心情大好地奔向考场。

等顾淮安考试结束，他第一时间就找到林好，说要兑现诺言。

林好无奈，只能揪住他的衣领，故作凶狠道："成绩出来，你要是敢给我考砸了，我一定剁了你！"

4

此时林好看着执拗的顾淮安，不知道该说什么，也不知道该怎样回应他的感情。

她向来是一个理智现实的人，在开始一件事情前，总会先想好后果和可能遭遇的麻烦，以此衡量它的可行性。

唯一一次例外，是她当年莽撞地捡了顾淮安回家，可那时她一来年纪小，二来是因为有和他相似的经历，才会那样做。

而现在，无论她怎么想，跟顾淮安都是不可能的。

两人都不说话，空气中只有空调的声音微微响着。

"你在怕什么？"顾淮安终于出声问道。

"顾淮安，现实不是小说，姐弟恋是不会有结果的。"林好蜷缩在沙发上，无力地道。

"你怕流言蜚语？还是怕我会负你？"顾淮安目光锐利，直指问题的核心。

我都怕。林好避开他的视线，在心里说道。

"你的录取通知书快到了吧？你带的学生补习到什么时候？记得留几天出来好好玩一玩。"林好换了话题。

"林好，"顾淮安的语带怒意，"你最大的毛病，就是喜欢逃避问题，做事拖泥带水。够理智，心却不够狠，说不了狠话，做不了狠事，委婉含蓄的残忍！"

“我的毛病不用你告诉我！”

林好没料到顾淮安会说出这样的话，她被戳了痛处，又惊又怒，拿起沙发上的抱枕就砸了过去。

顾淮安不躲不避，继续说着伤人的话：“你以为我不知道你在想什么？之前是我不愿步步紧逼，所以总是任由你岔开话题。可是到现在，你还想像从前一样对我，忽视我的心意，然后慢慢疏远我是吗？

“你想等我去外地上学后，我不联系你，你就不联系我。我联系你，你就十条信息回一条，含蓄地拒绝我。

“等我的心慢慢凉透了，知难而退了，你既不必扮演伤人的角色，还能将责任推给我——‘看，我又试验了一颗心，他对我的感情根本没那么深’。”

“顾淮安，你！你给我滚，你滚！”

林好吼着，拿起什么扔什么，全部砸在顾淮安身上。

她向来是一个会掩饰自己情绪的人，从来没有人逼得她如此，而她的心情与其说是被顾淮安拆穿心思的羞窘，不如说是被背叛的恼怒。

从前有人追她的时候，她当顾淮安是小孩，把自己的心思全部告诉他，可他如今竟当成把柄！

这是最锋利的匕首，直刺进她的心里。

5

顾淮安没有滚。

他把林好砸乱的东西都收好，放回原位，又拿起带来的食盒，进了厨房，仿佛刚才挑起战争的根本不是他。

这若无其事的态度更加激怒了林好，她气冲冲地跟进厨房：“我说让你滚，让你滚，顾淮安！”

顾淮安挑眉看她：“滚哪儿去？除了你的心里和床上，我哪儿都不会滚。”

林好冷笑。

“顾淮安，你小说看多了吧！你以为这样打一巴掌给一个甜枣的烂招数就能打动我？！好，你不滚，我滚，我滚行了吗？”

林好说完，就出了厨房，往门口跑，顾淮安仗着腿长，抢先一步，背对着挡住了门。

“外面热，你最怕热的。”这么多年，林好的一切喜恶早像烙印一般刻在顾淮安的心里。

可林好还在气头上，她两眼通红，嘴上连珠炮似的说道：“热才正好，热死我你就不用看有毛病的我，热死我你就不用面对我的虚伪和残忍，热死我你就……”

顾淮安的确存了激一激林好的心思，让她正视他的心意，可看林好这么激烈的反应，他才知道他真伤着她了。

他忽然就慌了，“林好，你知道的，我舍不得的，我不逼你了……”

顾淮安说着，也红了眼睛，捧起她的脸，额头抵着她的额头，嘴里不停说着道歉的话。

林好不肯看他，剧烈地挣扎，一只手掰开他的手，脚还不住地踢他，发泄一般，用的全是狠劲。

顾淮安任由她踢打，一声不吭。

林好挣扎得厉害，一时忘了自己受伤的事，想两只手齐上，刚一抬胳膊，就疼得哭出声来。

“怎么了？是不是又伤着胳膊了？”顾淮安的声音里有十二分的紧张，他想检查，又怕碰疼她，急得不知如何是好。

林好原本是憋着，此时疼哭之后，就再也忍不住了，小孩儿似的放声大哭起来。

“林好，咱们去医院好不好？是不是疼得厉害了？”顾淮安的声音带了颤意，害怕、心疼，各种复杂的情绪杂糅着，煎熬着他。

“我不去……哪儿也不去……疼死我算了……你别碰我！”

林好哭得上气不接下气，不让他碰，她自己的体力又消耗得厉害，干脆瘫坐在地上继续哭，眼泪不要钱似的往外流，额头上满是汗。

顾淮安哪里还记得去拿纸巾，他单膝跪地，撩起T恤给她擦汗擦泪。

“顾淮安，你浑蛋……你就好吗？！你胆小怕雷，你报复心重，你心思深……你除了比我小、长得好，你还有哪儿比我好！你还说我……”

林好的肩膀一颤一颤的，哭着数落着顾淮安的不是，她要把这些因为顾淮安而忐忑纠结、左右难安的委屈都哭出来。

顾淮安却松了一口气，她还肯骂他就好，说明她没有真的讨厌他。

6

林好哭得厉害，最后不知怎么竟睡着了，只迷迷糊糊地记得顾淮安似乎给她敷了眼睛。

她醒来时已经是半夜了，躺在床上纠结了一会儿，她给陈薇打电话，问陈薇该怎么办。

陈薇一针见血地道："林好，你一直都是故作潇洒，看似对忘年恋、姐弟恋都能接受，可其实骨子里传统得很，心里想的说不定是这辈子只跟一个人牵手、亲吻、恋爱，地老天荒。

"但是这辈子你不会遇见第二个顾淮安了，你的心里也不是完全没有他，这么多年你纵容他留在你身边就是最好的证明。

"你只是迈不过那道坎。人生是你的，是循规蹈矩，还是肆意洒脱，只有你可以决定。

"反正我的建议是：宁可扑倒，绝不放过。"

林好沉默了一会儿，才纠结道："他……他倒是想扑倒我。"

"哈哈哈，林好，像你这样的小纯情，拿下你的身，肯定能走进你的心。顾淮安够聪明，你以后妻纲不振啊。"陈薇又开始调侃。

挂了电话，林好又开始胡思乱想，她记起了二〇〇五年的夏天，那是她第一次遇见顾淮安。

热闹的游乐场里人来人往，她一眼就看见他了，因为只有他是孤零零一个人，一手拿着未拆封的玩具，一手提着装了零食的袋子，望着不远处一步一回头的母亲。

他那时才六岁，却克制得像个大人，抿紧了嘴，不哭不闹。

她却看不过，因为她的母亲也曾这样弃她而去。

她像只复仇的小兽，一路跑过去，推着他的母亲，又打掉他手里的玩具和零食，哭着说道："她不要你，我要你。"

然后她带他回了家，他在她家一住就是六年，直到他的母亲又来接走他。

7

隔天，林好是被顾淮安叫醒的，她今天该去医院换药了。

林好有一瞬间的恍惚，好像这么多年来，顾淮安对她的事情总是比她自己还要上心。就拿这次摔伤手来说，他隔天就要来看她一次，带吃的喝的，帮她收拾屋子。

他做得理所当然，她接受得理所当然。

“我自己可以去。”林好故意挑刺。

“我不放心。”顾淮安还是一贯的沉稳，好像她是不知事的孩童。

“我比你大，你有什么不放心的！我不需……”

林好本是故意赌气，却越说声音越低，因为她看到顾淮安的脸色越来越差。

“林好，”顾淮安低低地叫了一声，“我可以接受你说出任何伤人的字眼，可唯独这一句，别说好不好？”

他是那么骄傲的人，宁折不弯的性子，如今却只为一句话就求她。

林好看不得他这个样子，眼泪一下子就涌了出来：“顾淮安，你别对我这么好。我希望你快乐，希望你像同龄人一样没心没肺地活着，希望你喜欢一个让你没有负担的姑娘，你们会吵会闹，隔天还会和好，你们年龄相近，爱好相似，你们会得到所有人的祝福。

“那样你就不必接受别人询问的眼神，不必向别人解释你们的年龄差，不必刻意装成熟，不必想着快点长大，不必假期就开始赚钱。我不想你因为我变得和他们不一样。

“我们的人生是注定不同步的。我以后要面对工作的琐事，你考虑的是学校的各种考试，我的问题你没想过，你的问题我已经觉得无足轻重，我们之间的隔阂会越来越大。”

“如果我们觉得累了，你可以抽身离去，我却可能万劫不复，你知道我的，我死心眼，爱了就不容易看开。”

顾淮安捧起林好的脸，让她看着他的眼睛。他一字一句说道：“第一，任何人都不能替代你，我不要别人，只要你；第二，从她抛弃我的那一刻起，我就注定跟同龄人不一样了，我心思重，我成熟，不是因为你；第三，就算是同龄人，思想上也会有不同步，这不是问题；第四，我不惧怕任何流言蜚语，我只怕你会躲我。这么多年，我想要的只有你，林好，别躲着我好不好？”

8

林好没说“好”，也没说“不好”，但她没再躲开顾淮安牵她的手。

这么多年，她的身边也只有他，她不想再自欺欺人。

他是她相处以来觉得最舒服自在的人，他是第一个当面跟她告白的人，他是她愿意给出初吻的人……

如果一定要爱，那为什么不能是他呢？

试试吧，林好在心里说。就算前路艰难，她也想抛开那些世俗的束缚，奋不顾身地爱一场。

换了药回来，顾淮安嘀咕了一句：“你不是从小就骑自行车，怎么会摔伤的？”

林好戳一戳他的腰，颇有些秋后算账的意味：“还不是因为你！”

顾淮安皱眉：“怎么？”

“还不是因为你说……说要那什么！”林好说得支支吾吾，脸也有些发红。

原来林好大学毕业前，顾淮安说要送她一份毕业礼物，她好奇地追问，他回她：“我。”

这么无赖的礼物，也只有顾淮安说得出来。

林好知道他对她的心意，可她还拿不准自己的心思，一连几天都恍恍惚惚的，结果就摔了。

“林好，我又不会强迫你。”顾淮安失笑道。

林好瞪他一眼：“你是不会强迫我，可你总有办法达成所愿也是真的！苦肉计、美人计从小用到大！我怕我一心软就被你吃干抹净了！”

顾淮安得意：“知我者，林好也。”

他打小就是个有心思的，比别人多长了不止一个心眼，可他长得好，面相纯良，又善于装模作样，总能轻易将人骗了去，可他只对她如此就是了。

“那……那什么时候，我把礼物补给你？”

顾淮安到底年少，原先将不害臊的话挂在嘴边，不过是装得成熟强势，不想林好拿他当个小孩看。如今两个人心照不宣地牵了手，他反而害羞起来，话一说完，就红了耳根。

林好见他这副模样，才终于觉得占了一回上风，明明自己也红着脸，却调戏道："你准备好了？"

"嗯！"顾淮安点头，目光也忽然变得热切起来。

林好却笑了笑，晃一晃胳膊："疼着呢，一切都等我好了再说吧。不过那时候，你应该在外地上学，咱们俩异地，哈哈哈。"

顾淮安也不恼，只盯着她的手臂说道："我记着了，等好了咱们就把礼物补上。我今天问了医生，还有两周就差不多可以拆了。"

林好却觉出不对来，怀疑道："顾淮安，你报的哪个学校？"

顾淮安目光躲闪，抿着嘴，不吭声。

"顾淮安，你又骗我！"

眼见林好拿了抱枕要打他，顾淮安一伸手将她捞在怀里："你当我不知道你怂恿我去外地上学的心思？可是现在咱们关系都定了，我要是去了外地，就是异地恋了，我怕你受苦。"

"别打着为我好的旗号！你的心思你自己知道。"

"嗯，我知道，还恨不得昭告天下让所有人知道。"

"顾淮安！"

9

顾淮安算是步步为营，林好是半推半就，反正两个人就这么在一起了。

可顾淮安知道林好是那种会有很多矛盾情感的人，一方面会因为世俗的事情，想着未来困难重重就想要放弃，一方面又会想着"我喜欢"而不管不顾。

他害怕她的这种矛盾会让她在某一天忽然想要放弃，所以他必须斩断她的退路。想来想去，他觉得只有将自己变成她的，让她对他有依赖，她才不会轻易离开他。

不得不说，顾淮安向来是只忠于自己内心的人，且是个行动派。

"林好，我今天想留在这儿。"顾淮安看着外面的小雨说道。

“不行！”林好想也不想就拒绝道。

自从两人确定关系以后，顾淮安就一点儿也不掩饰自己的渴望，那眼神跟小狗对着肉骨头似的，炙热到让她害怕。

“说不定会打雷，你知道我怕打雷的。”顾淮安又开始上演苦肉计。

林好不为所动：“你该不会连这个也是骗我的吧？”

当年顾淮安在林好家里住下后，有一晚下大雨，电闪雷鸣的，他来敲她的房门，明明害怕却不肯说，只说他睡不着。可他不知道，那是他第一次叫她“姐姐”，语气里全是依赖之情。

“这个不是，但是有一个是，你要听吗？”顾淮安抛出诱饵。

“顾淮安，我是被你从小骗到大的吗！”

“我只骗你，从来不对别人动心思。”

“那我应该谢谢你吗？”

“不客气。”

10

在厚脸皮上，林好是赢不过顾淮安的，她只能在心里哀叹，顾淮安就是一只披着羊皮的狼。

“那你先说说，你骗我的是什么，我再酌情考虑。”林好一副要算账的样子。

顾淮安也不卖关子：“你高中毕业那年，我生过病，摔过腿，你还记得吗？”

林好点头，那段时间他虽然已经跟他母亲同住了，可她还是放心不下，真是操碎了心。

“那是我故意的，因为你那时候模拟填报志愿，你说过你想去外地上大学，我怕。”

怕什么，顾淮安没有说，可林好知道，他怕她会忘了他，他怕她会跟别人走。

只是她不知道，原来那时候他对她就有那么深的心思了。

“其实，我当时也只是说说，我还有我爸要照顾呢，我也不放心你。”林好说道，她不想让他一个人背着这些过去。

“所以林好，别离开我。”

“嗯。”

“那我留下来好不好？”

“慢走不送！”

熟悉了顾淮安的套路，林好应付起来已然得心应手。

顾淮安赖在沙发上不动，看着林好笑得人畜无害。

“顾淮安，你的苦肉计和美人计，我现在已经免疫了，你还有什么新鲜招数，都拿出来吧。”

林好得意地吐吐舌头，这情景在顾淮安眼里，却只剩诱惑。

“林好，不要小看一个男人的渴望，它会驱使我做出没有下限的事情。”顾淮安的声音里带了丝喑哑，性感得要命。

林好挑衅地看着他，反正她知道他不会伤害她的。

顾淮安双手捧脸，卖萌道：“姐姐。”

林好石化了，这么多年，除了那次打雷，顾淮安从来不肯叫她“姐姐”，她当他是个性傲娇，可现在这个幼稚鬼是谁！果然男人都是下半身动物！

“顾淮安，你还能再无耻点吗？”

“我已经很克制了。”

“你要是不克制呢？”

“你早就被拆吃入腹了。”

11

林好最终还是被顾淮安爬上了床。

他在她耳边说了很多情话。

他说：“那天我是激你的，不是真心话，你怎么样我都喜欢，你别放在心上，好不好？”

他说：“我最喜欢的年龄是二十二岁，因为那时可以跟你去民政局。”

他说：“我没有其他爱好，只爱你。”

他说：“我是很偏执的人，喜欢的就一辈子都喜欢，讨厌的死都不改，你别红杏出墙，我们过一辈子好不好？”

林好不满：“为什么是我红杏出墙？不是你出轨？”

顾淮安理直气壮道：“因为我不会。”

林好气结："这也算理由？！那……万一我红杏出墙呢？"

顾淮安一个用力，直让她受不了，才说道："我会像一步步得到你一样，一步步去报复你，如果我舍不得，我就报复在自己身上，只要你还在意我，我就有办法让你疼得撕心裂肺。"

"顾淮安，你何必把自己放在这么低的位置，我……"

"林好，你值得。如果没有你，我不知道我会是什么样子。在她抛弃我的时候，我的心里就住进了魔鬼，是你让我控制了它，没有让我堕落到深渊里。"

林好感受到他的战栗，她安抚地亲吻着他："顾淮安，我们一直爱下去吧。"

"好。"

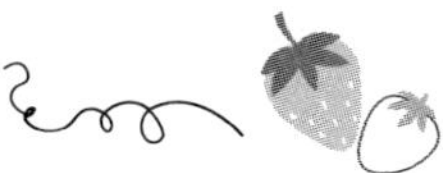

男友太纯情

“不要嫌弃我呀，我连名字都这么可爱，都在跟你求爱啊。艾呦呦，爱呦呦啊。”

1

在今天傍晚以前，姜海都觉得，许鹿鸣这人除了跩了点、傲娇了点，还算是一思想端正的社会主义好青年。

可就在刚才，许鹿鸣一个电话打过来，硬是逼着他跟踪人家姑娘，还撂下“要是跟丢就绝交”的话后，他决定推翻之前的认知。

这哪是好青年，这简直就是狐朋狗友的典型！

“人呢？”许鹿鸣是狂奔过来的，气都喘不匀，还惦记着人家姑娘。

他这人一向散漫疏狂，对谁都不放在心上，难得有这样慌乱的时候。姜海觉得有问题，想趁机从他嘴里套点儿话，于是不答反问道：“那位小姐姐挺酷的，你该不会是对人一见……啊！”

话没说完，姜海腿上就挨了一脚，他不敢再拿乔，当即说道：“她进了前面的小区，我没有门禁卡，跟不进去。”

姜海说的是实话。他偷偷跟了一路，发现这姑娘竟然就住在和他们学校隔了一条街的小区。

许鹿鸣听了这话，径直往小区走。

姜海拽住他："你干什么去？"

"找人。"

"你怎么找？你连大门都进不去。就算进去了，你一家一家敲门？兄弟，这是半夜啊！小心别人告你扰民。"

大概是姜海的话起了作用，许鹿鸣停下脚步，双手插兜斜靠着旁边的电线杆，看着前面一幢幢居民楼。好一会儿，他都一言不发，只那么定定地看着，周身弥漫着说不出的复杂情绪。

姜海掏出手机看了一眼时间，道："九点半了，马上要到门禁时间了，明儿再来吧。"

"你走吧，我今天晚上不回去。"

"你该不会准备守一夜吧？"

许鹿鸣凉凉一笑，喃喃道："三年我都等了，还差这一夜吗？"

姜海没听清他说什么，或许是看惯了这人不可一世的样子，他竟觉得这样的许鹿鸣有些可怜。

他正准备再说话，一抬眼看见前面的身影，猛地拍了一下许鹿鸣的肩膀，激动地道："小姐姐又出来了！"

2

艾呦呦放下蛋糕，裹紧外套，在烧烤摊坐下。

从聚会回来，她原本打算睡觉的，可是总觉得有什么事儿给忘了。在床上翻来覆去好一会儿，她才想起今天是自己生日，定的蛋糕还在楼下的寄存柜里。

取了蛋糕，艾呦呦不想回家，就临时起意来了烧烤摊，自己给自己庆生。

该有的仪式感还是要有的，她跟老板借了打火机准备点蜡烛。

"自己给自己过生日，这位小姐姐不要太酷啊！"看着艾呦呦的一系列动作，姜海说道。

之前在餐厅，姜海本来是想录制跟兄弟们聚会的小视频，结果正好拍到对面桌上艾呦呦拒酒的一幕。她当时冷着一张脸，又酷又拽，对一个油腻中年大叔说道："我感冒了，吃了头孢。这酒我敢喝，你敢让我喝吗？"

头孢忌酒，吃了头孢后喝酒，会酒精中毒。可怎么看艾呦呦都不像感冒的样子，而且那男人明显是个领导，别人都陪着吃喝玩乐，唯独她清清冷冷，不奉承、不献媚。

姜海把这一幕拍下来，发了朋友圈，配了句："向这位酷帅小姐姐学习。"

结果许鹿鸣看见了，就有了之前打电话让他跟踪的事情。

"绝情的人都酷，酷到没朋友。"许鹿鸣咬牙切齿地说道，眼睛却是紧紧盯着艾呦呦那边。

他说完就往烧烤摊走，姜海赶紧跟上，问道："你要做什么？"

"过生日。"

"你们认识？你还准备了生日礼物？"

许鹿鸣一顿，一字一句道："我自己。"

3

艾呦呦象征性地点了几根蜡烛，就懒懒地靠坐在塑料靠背椅上，仰头看着夜空发呆。

好像从母亲去世、父亲再婚后，生日就成了她自己的事。一个人买蛋糕，一个人点蜡烛，一个人许愿。开始她还会觉得凄凉，后来就习惯了，反正那些虚假的热闹她也不需要，倒不如一个人来得清净。

十二岁、十八岁、二十四岁，这些值得庆祝的特殊生日，都像现在一样悄无声息地过去了。唯独二十二岁那年，有个少年陪她一起过生日，说要送她世上独一无二的礼物。

"我以为我已经忘了你的脸。"艾呦呦看着突然出现在视线里的许鹿鸣说道。她以为他不过是自己的幻觉，所以边说边伸手去摸，结果却触到了实物。

她一惊，想起身，却被许鹿鸣按住胳膊困在椅子上。她仰着头，他俯下身，光线昏暗，却不影响他们对视。

"你在想我吗？"

两人离得近，许鹿鸣说话时，温热的气息洒在艾呦呦脸上，再次让她认清他是真的。

艾呦呦没有说话。她看了他好一会儿，才似笑非笑道："难道不是你想我了吗？"

见她说得肯定，许鹿鸣有些恼。他松开她，狠狠拉了旁边的椅子过来坐下，却又偏过头，一言不发。

姜海从来没有见过这样的许鹿鸣。他虽然脾气坏，却不轻易显露，最多不动声色地冷眼睨人。可现在，他暴躁得像一头狮子，明明有一腔怒火，却像是无处可发，又像是忍着不发，憋在心里，为难自己。

"你好，我是许鹿鸣的同学，姜海。"姜海打破沉默。

艾呦呦这才注意到他，对着他点点头："艾呦呦。知慕少艾的艾，呦呦鹿鸣的呦呦。"

姜海还没说话，许鹿鸣已经酸溜溜地接道："当年我问你的时候，你可是磨蹭好半天才说出来，现在对着别人自报家门倒是干脆。"

艾呦呦："你这是在吃醋？"

4

"谁吃醋！"许鹿鸣梗着脖子不承认。

说完，对上艾呦呦幽幽的眼神，他心里一虚，只得拽姜海下水，以证事实。

"姜海，你告诉她，我是那种会吃醋的人吗！多少漂亮小姑娘天天堵教室、堵宿舍楼下跟我表白，我犯得着吃醋？！"

姜海捂脸，心中暗道："你还能吃醋吃得更明显点儿吗？"

眼见许鹿鸣又想对他动粗，姜海怕继续待下去会被波及，于是按捺下想八卦的心思，丢下一句"我先撤了"，就撒脚丫子跑了。

"你就没什么要对我说的？"许鹿鸣语气冰冷。当年她一声不吭就甩了他，凭什么现在能这么坦然地面对他？

艾呦呦定睛看着他，眼珠漆黑，眼神认真，似要这样凝视着他，不顾世间沧桑变化。他比三年前更添锋芒，亦多了些沉稳，不变的是依旧干净帅气，叫人移不开眼。

"你别这样看着我，不知道的还以为你的深情是为我，可其实你根本没有心。"许鹿鸣委屈又恼怒地说道。

艾呦呦的余光瞥见蛋糕上的蜡烛将要燃尽，她微微闭了眼。再睁眼时，她眼神笃定，神色认真，对着许鹿鸣道：“我有想对你说的话。”

“说吧。”许鹿鸣抬着下巴，故作高傲地等她的解释。

艾呦呦凑过去，轻声道：“当年的事，我挺后悔的。”

“后悔什么？！你走得毫无征兆，又丁点痕迹不留，明显是没有把我放在心上……”提起当年，许鹿鸣就有一肚子话要说。她走后，他到处都找不到她，几乎以为她是自己的一场梦，根本不存在。

“我后悔当年没真的跟你在一起，现在你不那么好骗了，满嘴都是数落我的话，看来对我没什么迷恋了。”

许鹿鸣原以为她会诚心跟他道歉，可她却油腔滑调说这些。他心里憋着一股气，又无处可撒，干脆一低头狠狠咬住她的唇，叫她别再气他，别想着他比她小就欺负他。

见艾呦呦睁大了眼，一副呆愣愣的模样，许鹿鸣才觉得自己占了上风。他加深了这个吻，没什么技巧地横冲直撞。

艾呦呦也没经验。

可两人磕磕绊绊的，也吻得体内升起不知名的情欲，酥酥麻麻地蔓延至全身。

唇齿纠缠间，艾呦呦似听到许鹿鸣模糊地说了一句：“生日快乐。”

5

那天许鹿鸣没回宿舍住，可姜海觉得他一定也没爬上小姐姐的床，要不然怎么会还是一副阴晴不定、欲求不满的样子。

甚至，自那以后，许鹿鸣就从“高冷大帝”转变成了作天作地的“小公主”：明明手机不离手，等人家的消息等得食不下咽，却死活不肯先跟人联系；明明就是去找人家的，非说是去散步，一散步就散到人家小区门口……

这原本是许鹿鸣自己的事，姜海也不在意。可帮他跟经管系篮球队打比赛的事，许鹿鸣是一早就答应下来的。临到比赛了，这人居然趴在床上一动不动，说：“没人看，打着没劲儿，不去。”

“你就是一分不中，整个篮球场的女生也都会给你加油的，你居然说没人看？”姜海怒道。

许鹿鸣明明对女生都冷若冰霜，可那一张能欺骗无知少女的偶像脸，还是让他走哪儿都是被女生众星捧月的主儿。他就是他们篮球队的门面，他不去，姜海上哪儿招来一帮姑娘造声势。

“她们愿意给谁喊，就给谁喊。”许鹿鸣说着翻个身，拿被子蒙住头。

姜海深吸一口气，压下想打人的冲动。冷静了一会儿，他才突然问道：“你是不是想让小姐姐来看啊？”

许鹿鸣迅速扯开被子，不点头也不摇头，恶声恶气道：“小姐姐是你叫的吗？别打她的主意！”

这变态的独占欲，姜海算是领教了。果然，情爱里无智者，情爱里多“二货”。

那天正好周末，姜海就给艾呦呦打了电话，邀请她来观赛。原本他以为两人吵架了，还准备以三寸不烂之舌说服艾呦呦。谁知人家很干脆地应了下来，一点儿也没有推辞，他才知道闹别扭的是许鹿鸣。

挂了电话，不必姜海多说，许鹿鸣就迅速起床洗漱，挑挑拣拣搭配了衣服，还去理发店洗了头吹了个造型，简直风骚至极。

艾呦呦到了，率先牵住许鹿鸣的手，再看他的表情，姜海总有一种他原本是一朵含苞的花，艾呦呦这一牵，他立刻就绽放了，而且是怒放的感觉。

理所当然的，下午的比赛，许鹿鸣跟打了鸡血似的。他本来就打得好，可也从来没有像今天这样，上篮、扣篮、中投、远投，一投一个准，简直超常发挥。

6

“打得不错。”中场休息时，艾呦呦看着许鹿鸣说。

许鹿鸣不轻不重地“嗯”了一声，眼神四处乱飘，也不知是害羞还是别扭，总之就是不与艾呦呦对视。

“你低一点，我帮你擦汗。”艾呦呦边说，边拿起毛巾。

“谁要你帮！”许鹿鸣嘴硬，身体却是诚实地蹲下一点，将脸凑了过去。

汗水顺着少年的脸颊往下滑落，年轻的脸庞充满了朝气。回想起他方才在球场上所向披靡、如同王者一般掌控全场的英姿，艾呦呦勾起嘴角，忽然踮起脚在他脸上落下一个吻：“奖励。”

“谁准你亲、亲我的！”许鹿鸣捂着脸，一副被人轻薄了的模样。

其实自那天接吻后，两人就再也没有过什么亲密的举动。虽然许鹿鸣原本就有这心思，看着艾呦呦近在咫尺的小脸，心跳如鼓，喉咙发痒。可被她抢了先，他又觉得羞窘。

许鹿鸣这人，既热情又冷漠，既自傲又自卑，既奔放又内敛，是个天生的矛盾体，因此常常有不合时宜的性格反转，此时他就是内敛占了上风，显露出大男孩的羞涩来。

姜海在一旁看见两人的互动，惊得手上的水掉在了地上，心想，许鹿鸣这人居然这么纯情！

以前有人追着许鹿鸣表白，姜海就怂恿他，可他却眯着眼打量那些姑娘。他先点评这女生腰太细，摸着硌手；又嫌弃那女生胸太大，人工痕迹太明显。反正别人当优点的，他全当缺点说，搞得姜海还当他是身经百战的狠角色，可原来……

最终，许鹿鸣他们以 112:2 的碾压式比分赢得了比赛。

全场女生都在疯狂呐喊许鹿鸣的名字，他却看都不带看她们，乐颠颠地跑到艾呦呦身边，说道：“看见了吗？她们都喜欢我，可我只喜欢你。所以我的喜欢是不知道翻了多少倍的，你赚大了你，还不赶紧想着怎么套牢我！”

艾呦呦看了一眼全场激动到不行的女生，走到一边的台阶上站好，勾勾手让许鹿鸣过来。

等他走近了，她忽然攀着他，纵身轻轻一跃，挂在他身上，在他耳边暧昧道：“那看来我要早点定下你，宣誓主权，好叫她们死了这条心。”

许鹿鸣这回又大胆起来，不顾众人还在，就报复似的在她左右脸颊都亲了一下，得意道：“我就知道你对我有色心，当年就惦记我了。”

7

艾呦呦第一次见许鹿鸣时，她二十二岁。

她租住在他们家楼上。老小区，隔音效果不好，她每天都能听见他们家摔东西的声音和歇斯底里的吵架声，像每一个不幸的家庭那样嘈杂。

某一天，艾呦呦从超市回来，正好碰见斜靠在屋门前的许鹿鸣。他穿着简单的T恤牛仔裤，干净帅气，可脸上却满是不耐烦，还带了几分戾气。垂下的手紧握成拳，透着隐忍与无助。

艾呦呦咬着雪糕，经过他往楼上走，却不知怎么又折了回来，掏出一支雪糕递给他："降降暑。"

许鹿鸣看了她一眼，忽然勾起一个坏笑，说道："阿姨，你是想泡我吗？"

艾呦呦踮起脚，对着他脑袋就是一巴掌："长得这么好看，却是个傻子。"

她说完就上楼，许鹿鸣却跟了过来，愤愤道："你说谁傻？"

艾呦呦回头对他一笑："说你，连阿姨和姐姐都分不清，不是傻是什么？"

自那以后，两人就算认识了。

许鹿鸣时不时就往艾呦呦家里跑。他也是奇葩，一点儿不拿自己当外人，把艾呦呦从里到外嫌弃了一遍，让她总有种请了个"祖宗"回来的错觉。

他看不上她的生活方式，嫌她将就；看不上她的衣着品味，嫌她土；甚至看不上她的眉目长相，嫌她冷清不温暖。

对此，艾呦呦照单全收，并不反驳。

可这样，许鹿鸣又不干了。

"你这种人最讨厌了！永远一张面瘫脸，别人说什么也不反驳，可其实心里早就打定主意我行我素，全拿别人的话当耳边风！"

"那你要我如何？"艾呦呦风轻云淡地问。

许鹿鸣面上一喜，嘴上却道："我要你改，就从穿衣打扮开始。明明才二十二岁，天天穿得跟三十二岁似的，一点儿也不少女。"

艾呦呦看了他一眼，不说话。

许鹿鸣追问道："你这是什么意思？"

"你把之前的话再重复一遍。"

"哪句？"

"'你这种人最讨厌了'那句。"

"艾呦呦！"

艾呦呦这个名字太有喜感，被大吼出来也自带萌感，没什么威慑力。所以许鹿鸣第一次问她名字的时候，她磨蹭了好半天才说出来。

两人就这么吵着闹着相处着。尽管许鹿鸣很挑剔，但艾呦呦总有叫他听话的办法，所以虽然请了个“祖宗”回来，可这“祖宗”她压得住，作不出大妖来。

可谁知后来许鹿鸣喜欢上了她，而她也对他动了心思，这才是他们之间最大的变数。而这变数既在意料之外，又在情理之中。

8

赢了比赛，自然是要庆祝的。

可从赛场出来时，却发生了一个意外：经管系的一个男生也不知是有心还是无意，手里的篮球脱了手，砸在地上又弹起后，径直朝许鹿鸣飞了过来。艾呦呦当时反应迅速地伸手推开了他，自己挨了一下。

那球如果砸在许鹿鸣身上，也不过是他的背上挨一下，可到了艾呦呦这里，那就是砸脸了。幸好旁边一个男生也很灵敏地拉了她一把，可球到底还是擦着艾呦呦的脸过去了。她当时就流了鼻血，眼泪也跟着不受控制地掉了下来。

“别怕别怕，”许鹿鸣声音里带了恐慌，一边轻声细语地安慰她，一边接过旁人递来的纸给她止血。

经管系那个男生似乎也没料到会如此，匆匆跑过来道歉。

许鹿鸣让姜海先看着艾呦呦，自己走过去，一句废话也不多说，对着那男生就是一拳：“你没长眼啊！没看见我媳妇在呢！”

无论是眼神、语气，还是打人的动作，都透着一股恶狠狠的气势，震得旁边的人一愣。等他又踹了那人两脚，他们才反应过来，赶紧去拽他。

“许鹿鸣，你回来。”最后还是艾呦呦叫了一声，才彻底拉回了许鹿鸣的理智。

他抱着艾呦呦离开球场前，又对那男生说道：“你最好祈祷我媳妇鼻子没事，要不然我跟你没完！”

艾呦呦被许鹿鸣抱在怀里，此时只看得见他坚毅的下巴和锋利如刀的侧脸。

这是她第一次见到这样的许鹿鸣。他在她面前，就是生气发怒也像是个小男孩，只要她摸一摸他的头，牵一牵他的手，他就不气了，所以她总当他是小孩。可是这一刻，他在别人面前男友力爆棚地叫她“媳妇”，为她打架，虽然显得冲动易怒，却叫她格外安心。

因为她知道，他只在她面前是哈士奇，在别人面前那就是凶悍的狼狗，他会护着她，不让别人伤害她。

许鹿鸣带着艾呦呦去拍了片，确认鼻子没有骨折，他悬着的心才落了下来。

“以后不准犯傻，就是为了我也不行。你要知道，你才是最重要的，你没事，我才没事。”

“好。”

9

他们从医院出来，姜海的电话就过来了。他先是慰问了艾呦呦的伤势，确认没大事，就让他们一块儿去唱歌庆祝。

许鹿鸣硬邦邦丢下“不去”两个字，好像没有丝毫商量的余地，姜海就在电话里吆喝着要跟艾呦呦说。

果然，最后许鹿鸣还是乖乖带着艾呦呦去了 KTV。

姜海看着两人，只觉得应该在许鹿鸣额头刻上两个闪亮亮的大字——妻奴。许鹿鸣算是被艾呦呦吃得死死的了，没有一丁点还手的余力。

姜海本想趁机逗逗许鹿鸣，可这人坚决滴酒不沾，守在艾呦呦身边寸步不离，全当他是空气。姜海还想再说，艾呦呦忽然说谢谢他今天邀请她来观赛。

许鹿鸣立刻就阴阳怪气地接道：“要不是你让她来，她也不会受伤了。”

姜海想哭。这俩是唱双簧让他背黑锅吗？这护短的性子，为什么跟一个模子里刻出来的似的。好在他机灵，赶紧扯开话题，说许鹿鸣唱歌好听，提议让他唱首歌。

许鹿鸣这回倒没有推辞，接过话筒，走到前面，点了一首老歌《滚滚红尘》：

起初不经意的你和少年不经事的我 /

红尘中的情缘只因那生命匆匆不语的胶着 /

想是人世间的错或前世流传的因果 /

终生的所有也不惜获取刹那阴阳的交流 /

来易来去难去数十载的人世游 /

分易分聚难聚爱与恨的千古愁 /

本应属于你的心 /

它依然护紧我胸口 /

……

唱到最后，许鹿鸣忽然深情告白道："艾呦呦，你以为你逃得很远，可你连我的心上都没离开过，所以我们之间从来没有间隔三年的时间，只是这一次你不要再丢下我，好不好？"

这一句话，说清了许鹿鸣没有计较她当年不辞而别的原因——他喜欢她，将她刻在了心上，他们从来没有因时间和分离而疏远。

艾呦呦泪如雨下，郑重点头。

10

许鹿鸣的母亲去找过艾呦呦，在她二十二岁生日的第二天。

彼时，许鹿鸣刚从她家离开。

"你们做了什么？！"这是许妈妈对她说的第一句话，带着满腔的怒火。

"我们什么也没做。"艾呦呦实话实说。

昨晚许鹿鸣来给她庆生，开始又是吐槽她，嫌她买的蛋糕难看，嫌她也没个朋友过来热闹。末了，他却话锋一转，别别扭扭地道："看你这么可怜，我就送你一份这世上独一无二的礼物。"

艾呦呦没放在心上，只随口问是什么，他却严肃地说让她认真点。

等她和他对视，他才说道："那天早上我来找你，你又赖着不肯起，我一时着急，就掀了你的被子，结果你……我把你看光了，所以我应该对你负责。"

艾呦呦呛了一下。她偶尔会裸睡，那天被许鹿鸣掀了被了，她也有点蒙，可是见他迅速扭过头，听他连声道歉后，她也没太在意。后来怕他尴尬，她没有再提起，许鹿鸣也没有提起，可原来他竟记在心里了。

"你打算怎么负责？"艾呦呦带有几分好奇地问道。

"正好我喜欢你，我把我送给你。"许鹿鸣羞涩又坚定地说道，"我会只对你好的，这样够吗？"

少年眉眼认真，赤诚纯粹。或许是受了他的蛊惑，艾呦呦竟觉得这世间最值得欣喜和幸福的事，莫过于得到这少年最初又最纯的爱，拥有他的一腔热情、一片真心。他的眼睛里是你，他的心里也是你。

艾呦呦下意识就点了点头，许鹿鸣怕她反悔，立刻说道："那从今天起，你就是我的女朋友了，记住了啊。"

那天他们聊到很晚，后来坐着不舒服，两人就躺到了床上，可那是真正的盖着棉被纯聊天。

"什么都没做，阿鸣会在你这里过夜？"许妈妈声音尖锐，"他比你小，没有什么判断力，难免会被你这样存了心思的女人勾引。如果你离开他，我会当这件事没有发生过。如果你继续纠缠，我也不怕说出去，看丢的是谁的脸。"

按艾呦呦以往的性子，她必定会冷哼一声，甩给她"随便"两个字就关门送客。可她对许鹿鸣动了心，她不怕丢脸，却怕他受到伤害。

但真正促使艾呦呦离开的，却是许妈妈后来的话，她说："阿鸣还小，还没见过几个姑娘，所以才会迷恋你。等他以后见得多了，哪里还会记得你这个比他大的女人！"

"你不相信我！"许鹿鸣委屈道。

艾呦呦抓起他的手，将自己圈在他怀里。

"我不是不信你，是不信我自己。时至今日，我都还在想，你到底喜欢我什么呢？我是这样冷清不讨喜的性子，对谁都不热络，对待感情也总是有所保留，非要确定再确定，才肯前进一步。所以我离开，也是放你走。我要你去见更多形形色色的人，如果到那时，你还喜欢我，那我就要不择手段、不顾一切地把你留在我身边。"

"那现在你知道了，我见了那么多人，也还是喜欢你。我是不会轻易对人动心的。"许鹿鸣抱紧艾呦呦，下巴搁在她肩上，"你不知道你对我意味着什么。那天如果你没有递给我雪糕，没有跟我说话，我都不知道自己会做出什么事。我早就厌烦了他们每天为了鸡毛蒜皮的事争吵不休的日子，我找不到存在的意义和生活下去的动力。是你拯救了我，我多感激你那天先跟我说了话。"

"我放你走过的，可是你又回来了。重逢那天我许了个愿，我说我想要你。

这一次，我不会放手了。”艾呦呦说着，抓起他的手，和他十指紧握。

许鹿鸣也紧紧回握住她的手：“谁要你放的？我巴不得你牢牢抓住我。”

相逢的人终将相逢，他们从来没有走丢过。

11

聚会的结果是，许鹿鸣滴酒未沾，艾呦呦喝醉了。

她很久没有这样高兴过了，又有许鹿鸣在，一点都不担心怎么回去，所以就放纵了一把。可她酒品不好，醉了以后闹腾得厉害，许鹿鸣就带她先撤了。

到了家，艾呦呦也不老实，无尾熊一样挂在许鹿鸣身上，跟着他走来走去。

难得她这么黏人，许鹿鸣也乐得被她缠着，抱着她快速给自己洗漱了，才拿了毛巾帮她擦洗。

他一边给她擦脸，一边说道：“喝醉了才这么黏我，以后是不是要多灌醉你啊。没事多跟别人家的女朋友好好学学，走哪儿都要赖着我，一分钟不见我就得查岗，知不知道啊？你说说你，像我这么痴心的人，你上哪儿找？你说说你上辈子是不是拯救了银河系，你遇见我，还不赶紧赖上我……”

艾呦呦是真醉了，听不太清他说什么，可是迷迷糊糊知道他是在教育她，嘴一撇：“你这么快就开始嫌弃我了吗？”

许鹿鸣见她颠倒黑白，正想跟她理论，却见她又换了笑脸，凑过来，在他脸上亲了一口，卖萌道：“不要嫌弃我呀，我连名字都这么可爱，都在跟你求爱啊。艾呦呦，爱呦呦啊。”

“好了好了，爱你爱你啊。”不怪许鹿鸣妥协得这么快，实在是这样可爱的艾呦呦把他的心都快萌化了，除了应一声“好”，他哪里还记得别的。

他说完，抱了她回卧室。到了卧室里，艾呦呦更不老实了，拽着他一块儿倒在床上，嘟囔着要他一起睡。

许鹿鸣很受用，嘴上却道：“别借酒耍流氓啊，明儿你要是敢不认，我就去告你。”

艾呦呦糊里糊涂：“告我什么？”

许鹿鸣失笑，亲亲她：“早点儿睡，明儿再说。”

艾呦呦不依。她趴在他身上，像只小老鼠，鼻子翕动着闻他身上的味道，然后又蹭到他的脖子处，胡乱亲吻，嘴里反反复复说着“我喜欢你”。

许鹿鸣被她蹭得体内冒火，几乎把持不住，只得将她塞进被子里，威胁道：“乖一点，要不然有你哭的时候。”

他不是不想现在要了艾呦呦，只是他不愿在她不清醒的时候跟她最紧密地结合，他要她是清醒的，和他一起沉沦在最深的欲望里。

“你要欺负我吗？还想把我欺负哭？”艾呦呦噘着嘴，再次断章取义。

“欺负”这个词本就暧昧，她还一副委屈样，许鹿鸣心里的火一下子烧得更厉害了，几乎要把他点燃。

他隔着被子抱住她，哑着嗓子道：“你就折腾死我吧，等你酒醒了，有你被折腾的时候。”

艾呦呦似乎很享受被他抱着，也不再闹腾，凑过来亲了他一下，就眯着眼睡了，只留下许鹿鸣独自承受着甜蜜的折磨。

但他心甘情愿。

从此以后，我爱你，你爱我，我们一直幸福下去。

男友很忠犬

大概也只有在沈从安眼里，她是九天仙女了。

1

太和二十四年，盛京。

不过十月初，天就冷得不像话。谢锦着紫色公服，从天牢出来后，一路往菜市口走去。

今日是前左相高阶之子、原吏部尚书高藩开刀问斩的日子。这等大快人心之事，她必是要亲眼去看一看的。不为那些被高阶父子压迫贬黜和残害致死的忠良，她自知没有这样的资格，她只为她的父亲而去。

为这一天，她等了二十年。

方才在天牢，高阶讽刺她："你父亲谢江也是一代贤臣，他若地下有知，他的女儿是这样一个奸佞媚上之人，必会不得安生。"

谢锦身体一僵，轻声道："这就不劳高相费心了。倒是高尚书不若您这般还有力气想着别人，自行刑日期定下后，他就以泪洗面，惶惶不可终日。既然他这么害怕，我便嘱咐那刽子手，千万不要给他痛快，要用那最钝的刀，一刀又一刀，要他生生疼死才好。"

“谢锦！你这等蛇蝎心肠的女人，活该孤寡一生！”高阶目眦尽裂，“老夫的今日，就是你的明日，你也必将遗臭万年，不得好死！”

“呵，”谢锦嗤笑一声，“高相今年七十又三了吧，浸淫官场也有四十年之久，怎还会说出如此天真的话？便是那刚正不阿、忠君爱民的贤臣，又有几个得善终的？我自决定走上仕途起，便未曾想过要流芳百世。活着就只争朝夕，何惧身后事？”

菜市口的刑场上，人头落地，血流三尺，奸臣之死，告慰忠骨。

谢锦面无表情地看完行刑，转身离去。

走出不远，天空忽然飘起了雪。鹅毛状的雪花，纷纷扬扬而下，落在树梢、屋顶和脚下这一方土地。

“上天终于开眼，降雪以示沉冤得雪吗？”谢锦语含讥讽，却有热泪顺着脸颊滚滚而下。

“阿锦。”

听见有人唤她，谢锦还未反应，就被人裹上一件披风拥入怀中。熟悉的气息扑面而来，暖入心脾。

她仰头，正对上沈从安漆黑深邃的眸子。

2

沈从安衣衫略凌乱，明显是与人撕扯过，脸上也有轻微伤痕，却不掩其俊美，反倒多了几分落拓不羁。

谢锦顿时就蹙眉问道：“谁打的？”

沈从安不答，反倒抬手帮她抹泪，在她再次出声前，才委屈道：“阿锦，他们欺负我。”

“沈从安，你要点儿脸成吗？”一道嫌弃的声音插进来，陈瑶慢悠悠走了过来，“打小就喜欢跟谢锦告状，你怎么不说说礼部侍郎家的公子被你打成什么样了呢？”

陈瑶乃左军巡史，掌盛京风火、争斗、盗贼等事。方才她难得尽忠职守地跟着巡逻一回，就撞见一帮少年当街斗殴，为首打得最起劲的就是沈从安。

他这人看着温和无害，实则是个狠角色，招招都打在人家的要害处，自己只挨了那么两下，却正好选了最明显的部位，想来就是此时卖惨用的。

可谢锦真吃沈从安这一套，她盯着陈瑶，质问道："他们聚众打人，你身为左军巡史，可曾按律将人捉拿？"

果然是护短的谢大人，对打架的前因后果不闻不问，一句话就将责任全部推给了别人，只把沈从安摘了个干干净净。

陈瑶一早就料到会是这样的结果，叹了一口气，说道："那侍郎家的公子也用不着来我这军巡院走一遭了，怕是十天半个月都下不了地，伤得那叫一个惨。这两人一比较，你们家沈从安这个连皮外伤都算不上。"

谢锦冷哼一声，不再追究。她又仔细打量沈从安，确认没有其他伤了，才问道："为何要打架？"

沈从安一撇嘴："他们欺负一只狗，几个人拿石子追着那小狗打，我气不过。"

眼见他一副正义凛然之姿，陈瑶当即拆穿道："边上就是恶霸在调戏一姑娘，你倒不放在心上，反为了一只狗跟人打起来。"

沈从安理所当然地回道："我不喜欢人。"

谢锦轻笑。

"你不喜欢人，谢锦算什么？"陈瑶翻了个白眼，这两人都是天生的冷血冷情，对彼此却又真是掏心掏肺。

沈从安看着谢锦，笑得宠溺："阿锦是仙女啊。"

陈瑶瞠目结舌。

3

十年前，作为大周朝自开设女子恩科以来唯一一个三元及第的女状元，谢锦可谓出尽风头。

她本可入翰林院，任清贵之职，可她却因当今女帝喜好风雅，尤喜工笔画，便在琼林宴上奏请入画院，常伴女帝左右。

之后她因画工了得，又聪慧过人，善于揣摩帝心为帝分忧，从而一路平步青云，为官十载便官居二品。

一时间众人都忘了，她也是正儿八经的进士出身，只道她是一介画师，靠曲意媚上得来如今的官位。

她倒是不愧对这骂名，凡得罪过她的人，少则几日，多则几月，必会因各种事由被贬。

如今她又扳倒了权倾朝野的高相父子，且在高藩一案中私自用刑，冷酷狠厉至极，坐实了“奸臣”的名头。

大概也只有在沈从安眼里，她是九天仙女了。

“算了，不提这些。走走走，今天咱们不醉不归，庆祝你大仇得报。”陈瑶说道。

谢锦看了她一眼，淡淡地道：“这次可别再是什么小倌馆。”

我倒是想。陈瑶腹诽一句，抬头看了一眼貌似纯良的沈从安，摆手道：“绝对不是，咱们今儿就去你府上喝，行了吧？”

原来谢锦花信之年时，陈瑶说要送她一份大礼。当时陈瑶也说是庆祝，还神秘兮兮地不准沈从安去，结果却是在小倌馆设宴，还叫了一众色艺双绝的小倌来陪酒。

席间陈瑶追问谢锦看上了哪一个，谢锦不过随手一指，她竟将那少年买了下来，当晚就送去了谢府，说是给谢锦做面首。

不过那美少年连谢府的大门都还未进，就被沈从安绑了反送到陈瑶府上。他还另外找了十个美少年一并送去，害得陈瑶被自家父亲大人一顿好打。

自此，陈瑶再不敢提给谢锦找面首的事。

4

到了谢府，摆了席面落座后，陈瑶便开始拉着谢锦喝酒，倒真像是要不醉不归。

谢锦也不推辞，一杯接一杯地同陈瑶喝个痛快。一来她大仇得报，心中畅快；二来她在朝中多年，谨小慎微，难得有这样放松的时候，便是恣意妄为了些，又有何不可？

兴致来了，陈瑶高歌，谢锦轻和，沈从安在一旁轻击配乐，欢歌笑语，盈满一室。

三人直闹到酉时三刻，天色渐晚，陈瑶才摇摇晃晃站起来，说要回府了。

谢锦醉了黏人，拽着她不松手，说今晚要与她同榻而眠，秉烛夜谈。

唯沈从安神色清明。他一手拥住谢锦，一手提溜起陈瑶的后衣领，将两人分开，高声吩咐管家把陈瑶送回府，便抱起谢锦往卧室走。

“沈从安，”陈瑶晃着身子跟了两步，趴在门口，神秘兮兮道，“我们家阿锦是第一次，你可别弄疼了她。头一回的体验不好，保不齐阿锦以后都不准你靠近，要不要本姑娘传授你两招闺中秘术？”

“不劳你费心。”沈从安拒绝得很干脆，他低头看了一眼醉眼蒙眬的谢锦，又说道，“我只会让她离不开我。”

陈瑶“啧啧”两声：“这才是我认识的沈从安嘛，强势霸道，一肚子坏水儿，也只有谢锦会相信你是只纯良小白兔……”

她还啰唆着说了什么，沈从安已经没有心思听了，抱着谢锦大步离去。

5

隔天，谢锦醒来时，已近午时。

一睁眼就瞧见近在眼前的沈从安的一张俊脸，她有些茫然，还当自己在做梦，却听见熟悉的声音：“阿锦，你醒了。”

“你怎么……”谢锦话说一半，就被沈从安抚摸她脸颊的动作打断了。

他对着她笑道：“阿锦，这样和你一起醒来，真好。”

真实的触感和暧昧的话语都叫谢锦一惊，昨晚醉酒后的画面也瞬间涌入脑海，叫她记起自己的疯狂和大胆。

她艰难地咽了咽口水，脑袋里飞快地想着该如何应对：装不记得？当一切没发生过？

可沈从安未着寸缕的肩膀上鲜红的抓痕，她一丝不挂又酸软无力的身体，都清清楚楚地在提醒着她某种既定的事实。

过了好一会儿，谢锦才故作镇定道：“我们、我们昨天……”

“阿锦昨晚喝醉了，黏着我不松手，”沈从安接过话，“我送你回房后，你又哭又笑地闹了好一阵子。一会儿说报仇了很开心，一会儿说好像心里空了，不知道以后要做什么。最后你抱着我，非要亲我，还要我……陪你睡。你知道的，我从来不会对阿锦说‘不’的。阿锦，我心里很欢喜。”

谢锦听着，记起自己的荒唐，耳热得厉害，只匆忙说道："从安，我们……我们先起来，等我上朝回来再说。"

谢锦从来没有像现在这样想去上朝。她边说，边忍着身体的不适起身。

方才她太过震惊，都没注意到沈从安的胳膊一直搭在她的腰上。她想叫他拿开胳膊，却又开不了口，自己小心翼翼地扭动身子想退出来，却听见沈从安闷哼一声。他手上用力将她拉近两分，使两人更亲密相贴。

他声音暗哑，在她耳边说道："阿锦，现在已经巳时一刻了，你忘了今日休沐吗？况且，你现在也不方便走动，你若饿了，我叫人送吃食过来可好？"

"不好！"谢锦声音略尖。

她和沈从安一向以姐弟自居，若是被下人瞧见此情此景，怕不知要传出怎样不堪的流言蜚语来。她是无所谓，却不愿沈从安背上污名，于是随口编道："休沐也有公文要看，我没事，我可以起来。"

"当真没事吗？"沈从安追问，"那我们……"

"有事有事，我不起了，我不舒服，我疼着呢。"

不怪谢锦连忙改口，实在是沈从安炙热的眼神，叫她看一眼就觉得腿软，更别提两人如今还"坦诚相对"。

难得能见到这样露怯的谢锦，沈从安只觉得她可爱得紧。他轻笑一声，拥住她，故作体贴道："我就知道你不舒服，那我们再躺一会儿。"

谢锦无言以对。

6

陈瑶到谢府时，谢锦和沈从安已经用过午饭。

她跟着谢锦进了书房，装模作样地问道："阿锦，我瞧你面色红润，难掩春色，莫非昨晚红鸾星动，春风一度？"

谢锦冷哼："我倒不知，你何时懂看相了。"

陈瑶一笑，暧昧道："看相我是不会，不过是瞧着你走路的姿势跟我家几个嫂嫂进门第二日时有些相似罢了。阿锦初尝人事，可有食髓知味？不对，这个应该问沈从安的。"

"你既然好奇，何不去找御史中丞顾青书一试？"

“谢锦，你这个恶毒的女人！”

“多谢夸奖。”

陈瑶气结。顾青书是她的死穴，她追了这么多年，连个小手都没摸过。谢锦这人当真擅长在人心口上扎刀子。

她知道谢锦是反应过来了，怨自己昨日灌她酒，可自己也是被沈从安逼得没有办法。

这两人明明有情，但是一个迟钝不自知，一个不言爱却成痴，她瞧着都替他们着急，才会跟沈从安合计出“生米煮成熟饭”的馊主意。

“谢锦，你当真没有发现沈从安的狼子野心？”陈瑶干脆破罐子破摔，逼着谢锦正视内心。

谢锦睨了她一眼：“‘狼子野心’不是这么用的。”

“他沈从安不是狼是什么？被你一手养大，却一心想反扑你，活该你被他吃干抹净。我顶多算个从犯，沈从安才是主谋，你不能把气撒在我身上是不？最关键的是，谢锦，你当真对沈从安没有男女之情？”

谢锦与她对视片刻后，移开了视线，沉默不语。

陈瑶也不是非要她回答，只继续说道：“别说什么你们是姐弟的鬼话，不同父不同母的，连远房亲戚都够不上，你何必把自己框死在这层身份上？

“再说了，你是那种会被人随便算计的人？你敢说你昨晚和他颠龙倒凤翻云覆雨时，真的一点儿也不知道他是沈从安？”

谢锦仍是不说话，垂眸敛目，不知在想什么。

陈瑶说完，也不多留，起身就走。反正她不过是来瞧瞧这两人成没成事，至于道理，谢锦一定比她清楚，只看谢锦自己如何决定。

再说这两个人的窗户纸已经捅破了，她也算功德圆满，还是回去好好想想，自己该怎么拿下顾青书那个软硬不吃的浑蛋吧。

出了书房，还没走两步，陈瑶就被沈从安给拦住了。

“阿锦怎么说？可有怪我？”沈从安问道。

“你们家阿锦要是什么时候觉得你有错，我就去御街上唱大戏！”陈瑶没好气道。

沈从安睨她一眼，神情与谢锦简直如出一辙：“恭喜你，不必丢了陈大人的脸。”

陈瑶郁闷道：“你们一个护短，一个腹黑，两两毒舌，以后要孩子一定得谨慎，别生出个妖孽来，我真要被你们一家整死。”

“你以为我会想生个孩子出来，好让他夺走阿锦对我的注意力？”

7

那日，谢锦一个人在书房坐了许久，久到叫沈从安几乎坐立难安。

但她出来后，却未再同沈从安提起那晚的事，只和他照旧相处，仿佛一切没有发生过。

沈从安急得抓耳挠腮，陈瑶也无计可施。谢锦不愿意说的，谁也猜不出来，更问不出来什么。

不过可以确定的是，谢锦并没有恼怒沈从安，因为她还是那般护短。

这两日女帝居住的甘泉宫发生火灾，女帝暂时搬到了玉熙殿。

女帝询问诸位大臣该如何处理时，多数朝臣都建议女帝搬回大内，只有谢锦表示应该建造新的宫殿，且举荐了原工部主事、现礼部侍郎王政做监工，督建新宫殿。

最后女帝自然是采纳了宠臣谢锦的建议，大赞她能为君分忧，是国之栋梁。一干老臣却只差没指着谢锦的鼻子骂她奸臣小人了，王侍郎更是恨得咬牙切齿。

谢锦全不在意，自顾自地出了金明殿，往中书衙门走去。

“谢锦，你这是要害死王侍郎呀，该不会还是因为之前他家公子打了你们家沈从安的事吧？我记得那晚王侍郎就亲自上门赔罪了呀，你可是收下了人家的赔礼了。”陈瑶八卦道。

谢锦一副公事公办的模样：“监工可是肥差。”

陈瑶“嘁”了一声：“谢大人就别在我面前装正直了，我还不知道你？以往的宫殿监工自然是肥差，可现如今宫里的武台殿和长秋殿本就在修建，国库空虚是人尽皆知的事情，哪里还有钱财用在新殿上？王侍郎这监工不好做，可办得好是必须，办不好脑袋搬家都有可能，真是费力不讨好。”

“那就是王政他自己的事了。”谢锦不冷不热地道。

“你还说不是公报私仇？”

“我这明明是秋后算账。”

8

回到府里，谢锦听管家回禀，说沈从安不知从哪里捉了五只大雁回来。

白露起，雁南飞，如今小雪都过了，竟还能捉来大雁，谢锦好奇地问沈从安：“你从哪里捉来的？捉来做什么？”

“阿锦，不是捉来的。”沈从安说道，“我这两年，每年都会让人专门养几只雁在城外的庄子上。我问过，婚嫁六礼中，除了纳征不需要用雁外，其他都是需要的。我怕冬日里定亲，找不到大雁，便提前让人备着。”

谢锦没料到他会突然提定亲，更没想着他会连大雁都提前备好了，又想到他老早就动了心思，却还装模作样地做她的好弟弟。她心里不知怎么就憋了气，挑眉道：“我有说要嫁给你吗？”

沈从安脸色一白，“阿锦，我们已经同床共枕，有夫妻之实，你莫不是要对我始乱终弃？”

谢锦嘴角一抽，只得改口道：“我如今还不想嫁人。”

沈从安急忙道：“你不想嫁，我就等，我等得起。阿锦，母亲故去前，曾遗憾说没机会见未来儿媳，不知我会娶个怎样的女子，那时我便告诉她，阿锦就是。那年我虽然还小，但我想或许更早，早在那天你同我说话、带我们母子回府时，我便再也不能将你从我心里抹去。

“但我绝不是为了报恩，只是因为是你。所以算起来，我已经等了你十年。我又何惧再等一个十年，只要你身边的人是我就好。”

谢锦看着他，一时间又记起了与他初遇时的场景。

那是太和十四年的冬天，那年她十七岁。

彼时，她是女帝跟前正当宠的画师，他是随母亲来盛京寻父的小少年，然而他的父亲却早已为了前程另娶他人，且对他们母子抵死不认。

她既不心善，也不喜多管闲事。可那一日，谢锦听着沈母卑微地求沈父，说可以不要她，只要留下沈从安就好，又说沈从安如何聪慧上进，瞧见沈从安紧握的双拳，不经意间对上他无助却倔强的眼神时，她不知怎么就心软了。

“你恨吗？”她问沈从安。

沈从安没有回答，身体却整个绷紧了，如一只暴怒的小兽，戾气冲天。

她一笑，又说道：“可他的所作所为，纵德行有亏，却无可厚非，乃人之常情。”

沈从安猛地抬头，怒目而视：“你知道什么？”

“我知道他为了前程，抛妻弃子，我知道前朝晋王爱美人而舍江山。若以结果而论，自是前者要遭人唾骂，后者更值得称颂。可这样以选择的结果作比本就不对，因为他们本质上没有区别。

“与其说你父亲抛妻弃子，不如说他是丢掉了几乎跟随了他半生的贫穷和卑微；而晋王，不是选择了美人，只是抛弃了他与生俱来就拥有的权势和地位。

“让人愿意丢弃或是拿来做交换的都是自己轻易就拥有的东西。若晋王是一路厮杀才坐拥江山，若你父亲一出生就尊贵无比，他们或许会做出相反的选择。

“但也不乏品行高洁、信念坚定之人。只是你与其恨他，不如使自己强大，毕竟没有了父亲，你还有母亲。有朝一日，你也可以让你母亲成为他只能抬头仰视、绝不敢弃如敝履之人。”

“那你会帮我吗？”沈从安问。

“看我心情。”

恰好那一日，谢锦心情不错，便带了沈从安母子回府。

自此以后，她教他读书习字，教他辨人心，教他知世故。只是她明明没教过他如何爱人，他却自学成才，爱了她这么些年。

9

“从安，我只问一次，你当真心悦我？”谢锦问道。

“是。”沈从安坚定道，“从前是你，以后也是你。”

“好。”

谢锦并不是优柔寡断之人，只是她之前有心要晾一晾沈从安罢了。

她气他把她教的心眼用在她身上，她气他明明已经将她吃干抹净，却还在她面前装可怜，吃定她会对他心软，不舍得委屈他。

她其实记得那晚的事情。虽有些模糊，可她清楚地知道不是她主动的，是有人在她耳边哄她。

那人问她要不要尝一尝很甜很软的东西，她当是糕点，才一点头，他便吻了上来，吻得她天旋地转……

接着两人就倒在了床上，衣衫尽褪，肌肤相亲，后来她疼得哭着说不要，却架不住那人的诱哄。

她向来警惕心重，便是醉了，也不会对谁听之任之。可那人的气息她很熟悉，能让她安心的人，除了沈从安还能有谁。

正如陈瑶所说，她的潜意识里根本就知道是沈从安，她却还是同他一起荒唐。

这样的认知，才是她醒来面对他时惊惶无措的主要原因，毕竟她一直拿他当弟弟，毕竟她比他大了九岁。

但这些理由又算什么呢？

这世上能随心所欲的人不多，能及时行乐都是奢侈，可人生不过短短数十载，她谢锦便是由着心意胡来一回又有何不可？反正无论是怎样的结果，她都担得起、受得住。

两人把话说开后，当晚，沈从安就抱着枕头出现在谢锦房里。他眼里有藏不住的渴望，面上却强装淡然："阿锦怕冷，我来帮你暖床。"

谢锦还未应声，他就干脆利落地脱了外衣，爬上了床。

一开始沈从安倒真是规规矩矩，可不一会儿便开始动手动脚起来。少年的情欲总是来得猝不及防又热烈难挡，汹涌着、叫嚣着，直将谢锦也烧得热起来、燥起来。

可他对她极尽挑逗，勾得她难耐求欢，才假好心道："阿锦，我们还未成亲，你若有了身孕会被人说闲话的。我又不愿你服避子汤，太伤身子。你忍一忍，等咱们成亲后，我好好服侍你，嗯？"

"你这是色诱？逼我就范？"谢锦哪里不知晓他的心思，他无非就是想叫她应下成亲的事。

沈从安一脸无辜："阿锦，我当真是为你着想。"

谢锦瞪他一眼："那你还是回自己房间去吧。"

沈从安不肯，还是说着那句骗鬼的话："阿锦怕冷，我得给你暖床。"

一想到这般没脸没皮的沈从安都是自己惯出来的，谢锦有些哭笑不得，这算自食恶果吗？

为自己默哀片刻后，她又想起什么，问道："你哪儿学来的这些手段？"

"阿锦不是经常夸我书读得好吗？我其实不光读得好，还读得多，像《房中术》也是读过的，得空我拿来给阿锦瞧瞧。"

沈从安一面说，一面在谢锦身上摩挲，瞧见她在他身下动情的模样，自己便是忍得辛苦，也甘愿。

可谢锦又岂会一直处于被动状态？原本平日里清冷惯了的人，竟主动勾着沈从安的脖子，对着他笑得魅惑。

沈从安一时恍神，再反应过来时，已被她夺了主动权，压在了身下。

她笑道："你是我教的，你不知我也博览群书吗？"

谢锦这话说得不假，那些男女之情的禁书陈瑶私藏了不少，她也看过，不过从来没有实践过罢了。

她比沈从安干脆利落得多，一点儿也不要那些磨人的招数。

"啊！松手！不，别……"沈从安绷直身子，说话都自相矛盾了。

"你到底是要叫我如何呢？"谢锦不怀好意道。

沈从安咬着下唇，勉强回神，猛地推开她，将她用被子卷了，自己弓着身子背对她。

谢锦不厚道地笑："从安在这种事上都能忍，日后必成大事。"

沈从安闷不吭声，只怕自己同她说一句话就前功尽弃。

最后还是谢锦妥协了，反正她向来纵容他，也不在意这一回了。

可她才说了"同意"，连"成亲"两字都还未出口，沈从安就如饿狼一般扑了过来。她疑心只需再多等一会工夫，认输的都是沈从安了。

可最后结果也都是一室旖旎罢了，又何必再较真？

10

第二日，谢锦差点误了早朝。

她忍着腰酸腿软立在大殿上，脑海中只有那句“从此君王不早朝”的诗句。从前听人说初尝情爱的男人不懂节制，如今她才算真的知道了，沈从安当真是……精力无穷。

这般胡思乱想，谢锦自是没听见女帝的召唤。下朝后，她单独进了内殿，如实跟女帝说了自己在想男人，又表明了要成亲的意思。女帝赞她诚实，对自己没有隐瞒，还说等她成亲时要赏珍宝。

谢锦自是好一番谢恩后才告退。

出了宫，谢锦又回头看了看。巍峨的宫城，气势恢宏，的确值得无数英雄竞折腰。

可这其中又葬着多少人的欲望和血泪。从前她无牵无挂，一心要斗倒高阶父子，女帝说是宠信她，不过就是让她做一把刀，替自己铲除异己。

如今她大权在握，又太懂得揣摩女帝的心思，倘若再无弱点，迟早也要被女帝猜疑忌惮。

所以她公然在朝堂上走神，女帝不仅不恼，反而对她大加封赏。其实不过是觉得她到底身为女子，早晚要困于“情”之一字，便是位高权重，也翻不起大浪来。

谢锦深吸一口气，心想，不管前路如何艰难，如今她有沈从安，必要更谨慎地走稳每一步，好在这盛京谋一处安稳之地。

谢锦到府衙应卯后，就以身体不适为由提前离开了。结果一出府衙，就见到了立在马车前的沈从安。

“我怕你身子不适，想给你送个软枕过来，谁知正好能接上你。”沈从安解释道。

谢锦不自觉扶腰，恨恨道：“你还有脸说？”

等上了车，沈从安便贴心地帮谢锦揉腰。他知道自己昨晚孟浪了些，可谢锦同意成亲，他心里的欢喜无以表达，唯有身体力行叫她知道。

车外寒风凛冽，车内暖如春日，马蹄声渐行渐远。

男友太路痴

“现实里的路我跟你走，爱的路你跟我走，一定不会走丢的。”

1

对于路诚泽，朋友们有两种截然不同的评价。

一种说他是精英，沉着冷静，老成持重，无论专业能力还是待人接物，他都表现出色；一种说他是智障，是“路痴中的战斗机”，每天不是在丢别人的路上，就是在丢自己的路上。

对于第二种带有“侮辱”性质的评价，路诚泽无力反驳。尤其是，眼下他又一次把自己给弄丢了，他觉得除非自己的脸皮比地球的岩石圈还厚，否则真没勇气叫别人闭嘴。

路诚泽现在所在的位置是禹城的开发区，几条大路都是新修的，名字都还没定，导航一点儿也派不上用场。逼不得已，路诚泽给温又雪打电话求助。

“又丢哪儿了？”温又雪的语气里满是幸灾乐祸。路诚泽给她打电话，十次有九次都是因为迷路。

“开发区这边，有点儿像是咱们俩第一回遇见的地方。”路诚泽看着空旷的大路说。

“路诚泽，你这种级别的路痴就别玩旧地重游了吧。”温又雪调侃道。

“这不是又有个客户吗？我来谈工作。”路诚泽说完开始自我吐槽，“其实正经谈事就花了二十多分钟，可我找路估摸着用了一个多小时了。我能不能回去可全指着你了，回去了我请你吃饭。”

“别了，你还请我吃饭。估计我饭都吃完了，你还不知道在哪条路上打转呢。”温又雪十分嫌弃地说，“我给你说个办法，你这样，你念两句‘天灵灵、地灵灵’，说不准土地神能帮你一把。”

“那是太上老君，不靠谱的。我以前迷路的时候，连西方诸神都拜过，没用。”路诚泽跟说什么值得骄傲的事情似的。

温又雪叹了一口气：“神都帮不了你，那我一介凡人更不行了。挂了。”

“别啊，”路诚泽赶紧阻止，“救人一命胜造七级浮屠，你救我这一回，早点儿功德圆满，也可位列仙班。”

“我救你的次数都够我成仙八百回了，我成了吗？！”

路诚泽顿了顿，语气诚恳：“估计就差这一次了。”

“路诚泽，我要拉黑你！”

2

温又雪与路诚泽结识，缘于一场小型车祸。他是肇事司机，温又雪是受害人。

彼时，温又雪因为受不了一直被母亲唠叨相亲的事，骑了台小电驴在空旷的新区遛弯。

这里是她的秘密基地，心情烦躁的时候她就来遛一遛。她晃悠悠骑着小电驴，不急不躁，不必想目的地，更不必想该怎么走，笔直的大路望不到头，目之所及就是一片坦途，能叫人忘掉如同迷宫一般错综复杂的现实，换来片刻的清静安宁。

路诚泽因为迷路，也绕到了这里。按他的话说，他是因为终于看见人了，想追上去问个路，一时太激动没把握好距离，所以直接“亲”上了小电驴的屁股。

“这条路平时是没什么人走的。”温又雪说了一句，扶着路诚泽站了起来，又低头拍了拍自己身上的土。

路诚泽帮她扶起地上的电动车，说："你试试，看车子有没有撞坏。"

温又雪拿钥匙试了试，说："我这个是新买的。"

路诚泽看了一眼明显老旧的车子，又看看温又雪，只觉得应该收回之前对她的认知，他怎么会觉得这姑娘通情达理呢？他实在懒得与她理论，于是直接说道："我赔你钱，你再买个新的吧。"

温又雪点点头："那你给我四十块吧。"

"多少？"路诚泽掏钱包的动作一顿，他有点怀疑自己听错了。

"四十，一二三四的四。"温又雪重复一遍，指着挡风板的破口处，"这个挡风板是我前两天刚买的，是三十六块，可我没带钱包，就不给你找零了。"

"不用不用。"路诚泽连忙说，找出一张五十的递给她，"我也没零钱，就五十吧。"

温又雪也不推辞，接了钱放进口袋："多收你十四，就当路费吧，我带你走到大路上。"

她说完，也不等路诚泽应声，就酷酷地骑上电动车走了。路诚泽赶紧跟上。

等到了可以用导航的路上时，路诚泽再次跟温又雪表达了歉意和谢意，两人又相互留了号码，路诚泽说她之后如果有哪里不舒服就联系他。

3

当晚温又雪没有联系路诚泽，路诚泽倒是打过一个电话询问，可是没人接。

谁知，隔天路诚泽陪路妈妈逛商场时又走丢了，再次遇见了温又雪。她坐在一家半开放式餐厅里临近走廊的位置，对面坐了一个男人。

"你是残疾人？！"

路诚泽刚一走近，就听见那男人一声低喝，语气里的鄙夷叫人生厌，他下意识皱了皱眉。

"你拉椅子、拆餐具、拿东西全程都不用左手，你是不是残疾人？你有残疾还来跟我相亲！"男人一副上当了的样子。

"我左手有点儿不方便。"温又雪低声解释了一句。

"什么不方便？用词还真委婉！早说你是残疾人，我就不来跟你相亲了！"

眼见温又雪低下头不说话，一副柔弱无助的样子，路诚泽心里升起一股无名之火。又想到或许是昨天的车祸导致她的左手不舒服，她才被人这么讥笑，路诚泽忍不住走过去，隔着围栏，指着那男人冷声说：“向她道歉。”

路诚泽也就是路痴的时候看着像个“软白甜”，一旦面无表情，立刻就变得“狂跩酷”起来，气势逼人。

男人往后挪了挪椅子，看向温又雪：“他……他是谁？”

温又雪看了一眼路诚泽，赶紧说：“我不认识这个人，王先生，我……”

“你别解释了！”男人打断她，“你有男朋友还出来相亲，有病吧！这顿饭你付钱！”男人说完，又瞄了一眼路诚泽，迅速起身走了。

“他根本配不上你。”路诚泽说，扭头却看见温又雪一脸怒意地瞪着他。

“你疯了吗？我认识你吗？你就来搅局！你知不知道他回去会怎么跟别人说？你知不知道因为你，这次相亲失败全成了我的错！”

不同于温又雪的暴怒，路诚泽倒是冷静下来了。他有些不确定地问：“你故意的？故意想让他误会你残疾？”

温又雪冷笑一声：“没错，我故意的。我故意跟这种人出来相亲，我故意坐在这里让他羞辱，我故意给你看我这狼狈可笑的模样！有没有觉得很精彩？要不要给演出费？”

“对不起，我不是这个意思。”路诚泽说，他只是不太明白她为什么要这么做。

“不必。”温又雪低头在包里翻了翻，拿出两张单据递给路诚泽，“说起来我会被当成残疾人，还是拜你所赐。昨天我被你撞了，今天早上起来才觉得左胳膊疼，肿了一大片。我已经去医院拍了片，医生说是软组织挫伤。医药费一共三百六十元，看完把钱给我。”

路诚泽捏着单子还没说话，就听见了自家老妈的声音：“阿泽，你能耐了，你敢肇事逃逸！”

4

温又雪和路家母子坐在一起时，还有点儿蒙。

她发泄一通后，是准备走人的，谁知道突然杀出个路妈妈。路妈妈非要替儿子道歉，说只给医药费太不地道，怎么也得吃个饭赔罪，于是三人又重新找了一家餐厅坐下。

当然，温又雪是被强迫的，因为路妈妈一直挽着她不松手。

路妈妈很健谈，上一句还在温柔地询问温又雪的伤势，下一句就开始严厉地数落自家儿子。温又雪反而不好意思了，直替路诚泽说好话，解释刚才是自己心情不好才会那样。

吃完饭，路妈妈又坚持让路诚泽送温又雪回家。

“吓着你了吧？”路诚泽笑笑，“我妈有点儿像小孩子，喜欢拉着人就说这说那的。”

“不会。”温又雪应了一声，头靠车窗。

“那你什么时候需要去复查，可以联系我，我送你去。”

“不用了，医生说休息两周就可以了。”温又雪说完，手机响了。

路诚泽关了音乐，却不见温又雪接听，他忍不住扭头看她。她靠着车窗，身影显得有些落寞悲伤。

铃声再次响起时，温又雪接了起来：“喂，嫂子……对不起，让你操心了。不是，只是一个朋友……嗯……好的，再见。”

路诚泽没听清电话那头说了什么，只是听出来语气很不满，而照温又雪的态度，他觉得这不满是冲着她的，而不是冲着之前的男人。他忽然有点明白，她说的那句“这次相亲失败相亲全成了我的错”是什么意思了。

温又雪刚挂了电话，就又按了接听键。

“喂，妈……我有没有男朋友，你还不知道吗？她说什么你都信，你问过我了吗？你知道我见的都是些什么人吗？是我嫂子介绍的，是她介绍的所以就算对方是个白痴，我也得坐那儿跟他聊天，看着他那一副让我想吐的嘴脸，还得和他吃饭！求求你了，别托她给我介绍了行吗？”

再次挂掉电话时，温又雪侧了侧身，将脸埋在车窗与座位的缝隙里。

路诚泽瞥见她的肩膀轻微抖动着，随后听见她极轻的啜泣声。

路诚泽没说话，把抽纸盒往温又雪边上推了推，然后开了收音机，调大音量，让整个车厢被音乐充斥。

温又雪动了动，似乎要往他这边看，最终却没有回头，只是肩膀抖动得比之前更厉害，她开始哭出声来，却始终是小声的，隐忍压抑。

路诚泽莫名就想到了很久以前捡到的那只小狗，怯怯的，弱弱的，叫人忍不住心生爱怜。

哭了好一会儿后，她才慢慢平静下来，忽然转头说了什么。路诚泽没听清，于是关了音乐询问。

温又雪哑着嗓子重复了一遍："为什么还没到？你是不是走错了？"

路诚泽一愣，赶紧去看导航。

温又雪也不哭了，拿纸巾擦干泪，盯着前面看了看，肯定地说："你走错了。你绕到市政西街了，到前面那个红绿灯掉头，往回走。"

路诚泽讪讪一笑："不好意思，我很少能走对一次的。"

温又雪没应声，好一会后才小声说了"对不起"和"谢谢"。

路诚泽微微点了点头，让温又雪帮忙把副驾驶前面的手套箱打开。

温又雪照做，打开后才发现里面装的是巧克力。

路诚泽说："你喜欢巧克力的话，就吃巧克力，不喜欢的话，你往底下翻，有大白兔奶糖。"

温又雪拿了一块巧克力握在手上，扭头看着路诚泽。他的侧脸很好看，既不过分秀气，也不过分冷峻，有一种安静平和的气质。她想他应该是个不缺爱的人，才能这么温柔体贴，连安慰人都能做到不动声色又恰到好处，叫人觉得暖心舒服。

"你还随车带吃的。"

路诚泽实话实说："我这不经常迷路吗？怕万一哪回是持久战，所以就在车里备了点吃的。"

温又雪笑了笑，靠在座位上，不再说话。

等到了住的地方，她下了车，即将关上车门的时候，忽然问了一句："你说亲情是不是靠血缘关系维系的？"

她像是随意一说，没听路诚泽的回答就走了。

路诚泽看着她的背影，回了句"不是"。

5

路诚泽回到市区时已经七点多了，他给温又雪打电话，说请她吃饭。

“你听见响声了吗？”温又雪说。

“听见了，你在炒菜？”路诚泽问。

温又雪“嗯”了一声：“你也赶紧回去吧，不知道的还当你在披星戴月工作呢。”

“还真有人这样认为，以前我们小区楼下的门卫看见我回去晚了，都跟我说‘小伙子不要老这么加班，对身体不好’，我都不好意思跟他说实话。”

“难得你也有脸皮薄的时候。挂了，我要起锅了。”

“别别别，我是真打算请你吃饭的，现在就在你家楼下。你这已经做好了，就让我蹭一顿，改天补你两顿。”

温又雪没应，只反问道：“你确定是在我家楼下？不是在别人家楼下？”

“应该……不是吧？你楼下这个便利店是不是换名字了？”

“我们楼下的便利店早换成干洗店了，赶紧导航回家去吧，智障少年。”

挂了电话，路诚泽看着前面不远处的干洗店招牌，眼睫微垂。温又雪没有立刻答应下来，他就知道她的意思了，所以他故意报了错的位置。

跟温又雪认识大半年了，他还是拿不准她对他的心思。她明明可以跟他玩笑嬉闹，毒舌话痨得像是对待多年老友一样。可她也像个陌生人，对他的一切都不关心，不追问、不探听，好像随时就要斩断这段关系似的。

而关于她自己的事，她只是有时同他说两句，不会说更多的了。她只肯展现她想给他看的一面，而其他部分都被藏了起来，叫人琢磨不透。

温又雪也很少允许他进入她的私人领地。只有一次，她主动请他上楼。那天是他和路妈妈给她过生日，她很高兴，送她到家后，她笑眯眯地请他上楼喝茶。

是真的喝茶。温又雪很少喝饮料，只喝茶跟白开水。可你要说她养生，她又偏爱一切冰的食物，冰箱里塞满了各种口味的冰激凌。

路诚泽有时觉得自己是了解她的。他知道她不喜欢悲剧，却是个彻底的悲观主义者；知道她不相信爱情，却向往那种想到对方就傻笑的幸福；知道她是既热情又冷漠的古怪性格，对人时冷时热。

可有时他也觉得自己并不了解她。她在他面前乖张毒舌，却不会真的肆无忌惮，即使偶尔小心翼翼地试探他的底线，也从不会越界。

而她在别人面前，又完全是另一个她：随遇而安，不争不抢，安静到可以被忽略。她对着他们总是带着笑，可那笑意却未曾抵达眼底，只浅浅地浮在表层，如同一张虚伪的面具。

他曾经拆穿她，直言她笑得假。

她也不在意，只淡淡地说："人生的首要任务是学会虚伪，至于第二是什么，至今尚无人发现。"

回想着，路诚泽叹了一口气。温又雪的心像一个迷宫，叫人看不清，却神秘又吸引人，他很想冒险走进去，看看里面是什么模样。

6

自从路妈妈那回在商场见过温又雪后，她时不时就会跟温又雪联系，今天跟她讨论新买的衣服，明天跟她说新学的广场舞，后天又约她上家里吃饭。

温又雪跟自己的母亲都没有这样相处过，她一面觉得不适应这样的亲密联系，一面又贪婪地想要索取温暖。

但是，这个周末，路妈妈又打电话让她去尝自己新学的菜品时，她有点儿犹豫。路诚泽对她的心思越来越明显，她不能再装作不知道，她也没想过要接受，所以她不愿意在这个时候再去他家。

可她拗不过路妈妈，最终还是同意了。

到了路诚泽家所在的小区，温又雪在小区里绕了一圈，找到路诚泽后才一块上了楼。

"你真是够了，连你自己家都不认识吗？"温又雪习惯性吐槽他。刚才她快到的时候，路妈妈说路诚泽早到了，可半天都还没上去，应该是又走丢了，让她去找找。

路诚泽抓抓头发："这老小区的路七弯八拐的，每个单元还都长得一样。"

温又雪嫌弃地翻了个白眼。

到了路家，吃完饭，路爸爸回房午休，他们三个人就坐在客厅闲聊。

路妈妈说："小雪，你说阿泽这种程度的路痴，你们小姑娘会不会嫌弃哟。我真担心他以后找不到媳妇儿，毕竟不能跟人家小姑娘出去，还得让人家时刻看着他，跟带个儿子似的。"

温又雪一顿，笑了笑说：“现在小姑娘都看颜值，路诚泽这样的，很有市场的。”

路诚泽配合地摆个帅气的姿势：“妈，您儿子颜值和能力双高，除了不认路，没别的毛病。”

路妈妈还是很嫌弃：“儿子，要不你以后出门都跟别人说你是姓‘陆地’的‘陆’吧，姓这个‘路’还路痴，说出去别人会笑死的。”

“妈，不带你这样的啊。”路诚泽无奈一笑，“认路只是一项生活技能，我会别的不就行了？你不能一下就把我否决了，说的跟我的生活技能都为零似的。”

路妈妈还想说什么，电话响了，她说了句“小雪你帮我教育教育他”，就去屋里接电话了。

温又雪看着路诚泽，一脸认真：“你别多想，我没觉得你生活技能为零。”

路诚泽点点头，正想夸她，却听她继续说：“你一直稳居负数的宝座，没人跟你抢。”

路诚泽无力反驳。

7

从路家出来，温又雪有点儿沉默，路诚泽开车送她回去的路上，她始终闭着眼假寐。

到了她家楼下，她要下车，路诚泽却锁了车门，说要聊聊。

“聊什么？聊你生活技能不是零？”温又雪还是一副带笑的模样，可眼神却飘忽不定，始终不肯看路诚泽。

路诚泽的眼神却是牢牢锁住她：“你知道我要聊什么的。你比谁都要敏感，你肯定知道我的心思，所以你最近在躲着我是不是？小雪，你讨厌我吗？”

温又雪没说话，路诚泽也不着急。他早就发现她不善于表达感情，很少说“讨厌”“喜欢”这类词，可他想让她说出来，说出对他的感觉，而不是逃避。

过了好半天，温又雪才艰难地张了张嘴：“路诚泽，我不讨厌你，可我也不知道什么是喜欢，什么是爱。”

路诚泽没接话，静静地等她的下文，她难得有这样开口说自己的心里话的时候，他不能打断她。

温又雪往座椅上一靠，继续说："我很喜欢你跟伯母的相处模式，轻松自然，像是朋友一样。我跟我妈从来没有这么愉快地聊过天，要么她听不懂我说的，要么我不能理解她，我们能不争吵就很好了。

"我现在的父亲是我的继父，我的工作是他儿子帮忙安排的，相亲对象也是他儿媳在帮忙介绍。我妈对他们一家特别感激，经常跟我说以后要对我继父好，逢年过节要我去看我哥和嫂子，好像她不说，我就会做个白眼狼似的。

"可她越说，我就越难受。好像我们这么多年的相依相伴都是假的，不是因为你爱我、我爱你，而是彼此给了对等的东西做交换。每次我哥回来，我妈就会让我陪着说话，她自己在厨房忙得脚不沾地。等上了桌，又忙着让我哥吃这个吃那个。

"我知道她的热情有一部分是因为我，她希望我被这个家接纳。可每回看见这样的场景，我都更加觉得自己是一个外人、一个旁观者。到现在，我跟我哥和嫂子之间，也不过是维持着一种表面关系，实际上我们之间既客套又虚伪。

"我搜肠刮肚也只能跟他们说些问候的废话，他们对我更是冷淡到不喜欢我上他们家去。我以前特别想离开这里，可是后来填大学志愿，我还是留在了这里。因为我怕我走了后，我妈一个人会更难过，我怕他们会觉得我是白眼狼。这么多年，我像是被困在一座迷宫里，从来没有走出去过。"

温又雪不想哭的，眼泪却不受控制地往下流。她从来没跟任何人提起过家里的事，因为自尊，因为自卑。

路诚泽抱住她，轻声安慰："你已经做得很好了，真的。"

温又雪靠在他怀里说："我其实不喜欢现在的工作，也不喜欢她们为我安排相亲，可是我不能拒绝，因为我妈不同意，也因为我跟他们并不是真的毫无芥蒂的亲人。

"有一次相亲时间是中午，就和相亲对象一起吃了米线。我不知道他怎么跟我嫂子说的，我嫂子后来打电话过来，说我以后没看中人的话，就不要吃人家的饭了。她怎么可以这样说我，她凭什么……"

路诚泽的心脏一抽，疼得厉害。原来温又雪心里有这样的伤，他不知道她这么多年一个人默默背着这些是怎么过的，她该是受了多少委屈。

他替她擦泪，在她额头上轻轻落下一个吻："小雪，以后让我……"

"别说出来，路诚泽，"温又雪带着哭腔打断他，"你没说过，我没听过，我们之间什么也没有。爱与被爱对我来说，都太陌生了，我负担不起。"

8

那天过后，温又雪没再跟路诚泽联系过。

其实她原本不打算说的，无论是自己家的事还是拒绝路诚泽的话。但路妈妈说担心路诚泽找不到媳妇的话，是有心试探还是随口一说，她拿不准，她也不愿路妈妈撮合他们两个。

她没喜欢过谁，一直守着自己的一颗心，独自过活。她负担不起另一个人的喜怒哀乐，她的生活和工作就叫她足够操心了。况且她不愿意这样糟糕又不会爱人的自己拖着路诚泽，两人即便在一起，她也无法剔除自己骨子里的悲观，会时刻担心着哪一天会和他闹得老死不相往来。

虽然眼下的结果也好不到哪里去。

路诚泽还是会联系她，今天讲工作上遇到的奇葩客户，明天说自己终于凭着直觉找对了地方，他总有新鲜的话题跟她说。

她看着消息，却不回应，只截图保存下来，偶尔打开看一看。

路妈妈找来的时候，温又雪才发现自己已经整整一个月没见过路诚泽了。

"小雪，我不知道你跟阿泽之间出了什么问题，"路妈妈握住温又雪的手，"阿泽也是头一回喜欢一个姑娘。他一开始甚至傻得不知道自己喜欢你，只是每次跟我打电话三句不离你，还说你像他以前捡回来的小狗，弱弱的，叫人只想亲一亲、抱一抱、对你好。

"他就是这样，在感情上有些迟钝。小雪，其实阿泽是我跟你路伯父领养的，他是被亲生父亲抛弃的，那时阿泽已经记事了。他刚来我们家的时候，总是小心翼翼的，说话都不敢大声，慢慢才开始融入我们的。我老早就在想，以后会有个什么样的姑娘出现，代替我们陪着他、爱着他。

"你是他第一个主动跟我聊起的姑娘。但阿泽没有说过你的事，你也没提过。不过我看得出来你心思重，不像是被父母捧在手心里娇宠长大的孩子。

或许你对阿泽有别的考虑，可我想跟你说，如果你也对阿泽有心，就别错过他。人这一辈子很短的，能遇上喜欢的人，这就是天大的运气。”

温又雪紧紧回握住路妈妈的手，眼泪止不住地往下落。她一直以为路诚泽是被人一路呵护着长大的，可原来他心里也有抹不去的伤。

她忽然很想见他，现在、立刻，她想抱抱他，很想。

9

温又雪站在路诚泽家门口的时候，又有些胆怯。

路妈妈给了她钥匙，说路诚泽生病了，让温又雪替她来看看，让两人把话说开。

深吸一口气后，温又雪拿钥匙开了门。

“小雪，你怎么来了？”

路诚泽又惊又喜的声音吓了温又雪一跳，她一抬头，看见了正拿毛巾擦着头发的路诚泽。

“你没生病？路阿姨说……”后面的话温又雪没说口。显然，她是被骗了。

“我妈说我生病了？所以你来看我？”路诚泽问。

温又雪点点头：“你没事的话，那我走了。”

温又雪又想逃，可路诚泽哪里会放人。他腿长，三两步就到了门口，一把按住温又雪要开门的手，从背后抱住她，轻声说：“小雪，我很想你。”

两人从来没有过这样亲密的动作，他这猛然一抱，温又雪立刻就僵直了身子。他似乎刚洗过澡，身上散发着干净清爽的味道。明明很好闻，可她却觉得头晕。

“你……你放开我。”

路诚泽将头埋在她肩上，耍赖道：“不放，放开你就走了。小雪，我早就想抱你了，你都不知道我有多想。”他说着又紧了紧胳膊，发出一声满足的叹息。

温又雪不再出声，任由他抱着，反正她一开始也是想来抱抱他的。

有人说“爱不爱，身体知道”。她现在不讨厌被他抱着，应该就是喜欢他吧。

10

“谢谢我妈的助攻。”路诚泽听温又雪说完自家老妈做的事后，拉着她在沙发上坐下来，“也谢谢小雪正视自己的内心，开始接受我。”

“谁说我、我要接受你了。”温又雪还是有些不习惯表达心意。

“你没说，我说的。”路诚泽笑得开心，又黏人地抱住温又雪，“怎么办？我以前都不知道自己是怎么克制下来的，现在看着你一点儿也不想松手。”

温又雪被他说得耳热，不知道该怎么回应。她还是第一次被人这么直白地表白，也是第一次见到路诚泽这么无赖的一面，情话说得一套一套的，也不知道以前骗过多少个小姑娘了。

路诚泽像是知道她是怎么想的，接着就表忠心：“我这是真情流露，从来没跟别人这样过，真的。”

温又雪瞪他一眼：“我才懒得管你。”

“哈哈哈……”路诚泽忽然大笑起来，“你吃醋的样子太可爱了，刚刚瞪我的表情再来一个，我得拍下来。”

“路诚泽！”温又雪声音微恼，却带着撒娇的意味。

路诚泽又笑了一会儿，才恢复正经模样：“早知道告诉你我是被领养的，让你知道我以前也吃过苦、受过伤，这样就能让你对我爱心泛滥的话，我也不用煎熬这么长时间，想着该怎么叫你承认你喜欢我了。”

温又雪回抱住他：“不完全是因为这个。”

“我知道，主要是你喜欢我。”

“嗯。我……我喜欢你。”

后来温又雪跟路诚泽告白说：“我一直觉得爱情是一个巨大的迷宫，再聪明的人在里面都难免跌跌撞撞，轻则鼻青脸肿，重则伤筋动骨，能意志坚定找到出口的人没有几个。我不聪明，也没有多好的运气，所以没打算去爱。然而我却被你这个路痴给拐了进来，那就试试吧，看我们会不会迷失在这里。”

路诚泽亲一亲她，道：“现实里的路我跟你走，爱的路你跟我走，一定不会走丢的。”

男友太别扭

“我今天没带糖，需要你的甜言蜜语来补充一下能量。”

1

对钟慕久攻不下，盛夏准备采取传统的女追男策略——要拿下一个男人的心，先拿下他的胃。

于是盛夏报了个厨艺班。

只是厨艺大概也同智商一样，与生俱来的多，后天能补的少。尽管盛夏认真练习，严格按照老师教的步骤来做，可做出来的菜，卖相是惨不忍睹，味道是一言难尽，真是见者难受，尝者落泪。

可盛夏不死心，又转做甜点。于是治愈系的暖萌造型甜点也难逃魔掌，一个个被摧残成了狰狞恐怖的暗黑系代表。

譬如此时，说好的周冬雨同款小鸡仔面包，愣是被盛夏做成了难产的老母鸡。

苏白有些庆幸自己是刚端起咖啡还没喝，否则真说不好会不会笑得把自己给呛死，可他还是昧着良心说：“比之前做的好多了，再接再厉。”

盛夏反而不领情：“你能再虚伪点儿吗？”

“那我能说实话吗？”苏白问。

“如果不怕我打击报复的话，你试试。”盛夏眯着眼，威胁人的模样跟钟慕简直就是一个模子里刻出来的。

苏白气笑了：“我说假话你不高兴，我说实话你又要折腾我，还有没有一条活路了？”

“有啊，要不要我给你指一条？”盛夏勾勾手指，示意苏白靠近点，“你把钟慕灌醉了，让我俩犯点儿成年人会犯的错，我以后供着你都行。”

“别、别，我可受不起。”苏白连连摆手。他明白这小姑奶奶的意思，可他要敢按她说的做，回头钟慕绝对不会放过他。

苏白起身走到窗前，看了一眼走廊那头的会议室，对盛夏说：“钟慕对你也就嘴上说不要，身体绝对诚实得很，你就是霸王硬上弓，他还能真不理你？我要敢在边上推波助澜那么一下，得嘞，明儿我就卷铺盖准备滚蛋吧。”

盛夏也走到窗前，叹了一口气：“你说我这么一个花季美少女，就是对胡歌死缠烂打，也早该拿下了，可钟慕怎么愣是不动心呢？”

“咯咯咯……”苏白最终还是呛着了，“美少女，您都敢幻想胡歌了，拿下钟慕那是分分钟的事啊。”

“是吧。”盛夏应了一声，拉开门往外走，“择日不如撞日，就今天吧。”

2

钟慕走出会议室，祝凝快步跟了上来：“钟慕，没必要这么拒人于千里之外吧？我好歹是投资方代表，让你请我吃顿饭都不行吗？”

钟慕脚步不停，语气冷淡：“公司由苏总负责接待重要客户。”

祝凝不死心，直接挑明了说：“我就想跟你一起吃饭叙叙旧，不行吗？”

“不行！”

熟悉的声音抢先做了回答，钟慕下意识勾了勾嘴角，转瞬就又恢复成了一贯的面瘫样，扭头看向盛夏。

“盛夏。”祝凝脱口而出，“你怎么会在这里？”

“钟慕在这里啊。”盛夏回答得理所当然。

祝凝笑了笑：“那你说不行，是怕我们旧情复燃吗？”

盛夏冷哼：“那你们也得有旧情才行。”

“既然不是，那为什么？”祝凝又问。

盛夏没说话，只朝着钟慕走过去。距离钟慕还有两步远的时候，她像是忽然崴了一下脚，直接扑到了钟慕怀里。

苏白不忍看盛夏拙劣的演技，偏过头憋笑。会议室与员工办公区隔得远，他一点儿也不担心这边的动静会传到前边去，因此乐得在一旁看戏。

祝凝当然也识破了盛夏的伎俩：“平地崴脚？盛夏，你这表演也太业余了。”

“什么表演！我这是低血糖，一时头晕。”盛夏说得跟真的似的，又仰头对钟慕说：“钟慕，我今天没带糖，需要你的甜言蜜语来补充一下能量。”

钟慕低头看她，示意她适可而止。

她扑过来时，他还真当她崴了脚。可她随后手脚并用地抱住他不撒手，他就知道她这是在宣告主权呢，索性伸手揽住她的腰，无声配合。可祝凝到底是投资方代表，不能太让她下不来台。

盛夏偷偷在钟慕腰上摸了一把，才自找台阶说：“算了，你满嘴情话、热情如火的样子，还是私下里只给我看的好，才不能让别人看。”

钟慕轻咳一声，揽在盛夏腰上的手臂紧了紧，无声警告她。

苏白被“热情如火”四个字逗乐了，没忍住笑出了声。

祝凝像是看不出两人的眉来眼去，只揪住先前的问题：“盛夏，你不敢回答我吗？”

“原因很简单啊，”盛夏轻飘飘的语气带着三分得意七分炫耀，“钟慕被我养得嘴巴很刁，只肯吃我做的菜，吃不惯外面的。苏白倒是吃遍全市，你要是想吃饭，苏白奉陪，包你满意。”

“是、是，别的不敢说，哪家餐厅的饭好吃，我还真一清二楚。”苏白接过话，做了个“请”的手势，“祝小姐，您看您想吃什么？川菜、粤菜、日料？”

祝凝也没再纠缠，又看了盛夏一眼，对钟慕笑着说：“没关系，等你来TC集团总部的时候，咱们再一起吃。”

3

祝凝走后，盛夏跟进了钟慕的办公室：“钟慕，坦白从宽，抗拒从严啊。”

“你不是都看见了吗？”钟慕在椅子上坐下。

“那是我看见的，我没看见的呢？你们在会议室里说什么了？你要去 TC 集团总部？出差？”盛夏靠在桌子上，一副审问的架势。

“会议室里只谈工作。出差。”

钟慕惜字如金，语气又坦坦荡荡，压根不给她借题发挥的机会。盛夏张了张嘴，也不知道自己还要问点什么。

“你不是说今天做了面包吗？”钟慕换了话题，单手松了松领带，“哪儿呢？苏白办公室？”

盛夏不出声，只眼睛一眨不眨地盯着钟慕。

钟慕长得好看，在外总是一副不苟言笑的模样，又偏爱性冷淡风的笔挺西装，浑身上下散发着禁欲气息，叫人可远观而不可亵玩。可他此时单手松领带，衣领微乱，露出性感的喉结，瞬间就添了几分惑人的慵懒气质，叫人把持不住。

盛夏压根没听见他的问话，更不记得先前要算账的念头，脑子里只闪过苏白说的“霸王硬上弓”五个大字。她下意识咽了咽口水，暗暗想着应该把现在跳得太厉害的大心脏分一点儿给自己的小胆儿，好叫她有色心也有色胆地真干出点儿什么。

“盛夏，”钟慕叫了她一声，“别这么色眯眯地看着我，看了这么多年，按理说你早该免疫了。”

盛夏回神，一脸哀怨：“整天看得见吃不着，怎么免疫？你知道那句——‘你这个磨人的小妖精’吗？”

盛夏从上了大学开始就一心想扑倒钟慕。可钟慕也不知是太正人君子，还是太清心寡欲，全然无视她的明示暗示，一本正经得很。

钟慕嘴角抽了抽：“‘小妖精’这个词跟你更配。”

“得了吧，我哪儿是小妖精啊。”盛夏撇撇嘴，“您才是妖精本尊呢，而且是道行不浅、专擅媚术的狐妖，勾得我茶饭不思，心心念念……”

钟慕不理会她装出来的可怜相，又重复一遍：“你不是说今天做了面包？面包呢？”

盛夏这才想起来，连忙跑到苏白办公室取了面包过来。

“我就是被你这手艺养得嘴巴很刁？”钟慕“啧啧”两声，掰了一块儿面包放进嘴里，“走吧，去吃饭。这个我拿回去当零食。”

盛夏应了。两人走到停车场时，她才回过味来：“哎，我吃祝凝的醋还没吃完呢！吃什么饭啊！”

“又不是什么好吃的。”钟慕无奈一笑，“祝凝对我来说，仅限于认识，知道名字，没有旧情，也不会是新欢。”

盛夏当然知道，钟慕这人在感情上向来干净利落，绝不模棱两可。唯独这么些年一直吊着她，不进不退的，勾得她心痒痒。

可祝凝是她心里的疙瘩，她总得让这疙瘩发挥点作用不是？于是她开始翻旧账：“有没有旧情这可真说不准，你当年不是还送了她玫瑰吗？那可是你第一次送人玫瑰。你的第一次居然给了别人，好气啊。”

她说完，瞪着一双大眼睛看钟慕，一分委屈，两分卖萌，余下七分都是无声勾引。

钟慕不为所动：“你这打翻的是老陈醋？”

“是啊。”盛夏一脸委屈，“陈了这么多年，醋得我心肝脾肺肾都是酸的，只有跟你中和一下才能解。”

她撩人的话一般张口就来，说得多了，有时自己也分不清是有意还是无意，可她不放在心上，却叫听的人每每想歪。

钟慕突然觉得自己没资格笑她花痴，因为他同样受不得她一撩再撩他。垂眸敛目，压下心里的异样情绪后，才淡淡说：“我不吃酸。”

他说完，率先开门上车，盛夏立在原地跺了跺脚：“钟慕，我早晚要凭实力撩得你把持不住！”

4

盛夏说的玫瑰花事件，发生在六年前。

彼时，钟慕上大一，已经过了被耳提面命禁止早恋的年纪。祝凝和他同校，据说是对他一见钟情。

而盛夏当时还是个只惦记着吃喝玩乐的天真小丫头。

有一天，她给钟慕打电话，接电话的是他的室友。那人说钟慕在洗澡，又问她是不是钟慕的妹妹，还神秘兮兮地说她要有嫂子了。那人有些话痨，把祝凝追钟慕、钟慕送祝凝玫瑰花的事仔仔细细给盛夏讲了一遍。

盛夏当时没什么感觉，只是有些不满自己是从别人嘴里听来钟慕恋爱的消息。因为两家是世交，两人打小就玩在一起，盛夏可以说是钟慕的“小尾巴”，她自觉跟钟慕之间没有秘密。

不过盛夏没心没肺惯了，也没多纠结，挂了电话就睡。可夜里做梦，她梦见原本和钟慕两个人在一起的场景，硬是多出了一个第三者，而且钟慕对那人明显更温柔体贴，轻言细语的，一点儿也不像对自己那样严格。

这梦把盛夏给气醒了。之后，她就睡不着了，好不容易熬到天亮，她给钟慕打电话，追问祝凝的事。

钟慕矢口否认，说自己跟祝凝没关系。

盛夏一下就怒了：“钟慕，我有什么事都告诉你，你不就谈个恋爱吗？还不跟我说了，不说就不说，我还不稀罕听呢。”

钟慕也不知哪根神经搭错了，语气也很冲：“没有就是没有，你让我说什么？还是说你非得让我说我谈恋爱了，你才高兴？有空操心这事儿，不如好好看你的书。”

“钟慕，你浑蛋！”盛夏吼了一声，挂了电话。

两人不欢而散，自此谁也不理谁。

直到快要放暑假，听爷爷说钟慕要留在学校不回来，盛夏坐不住了。她请假买票，坐了三个多小时的车来到钟慕的学校。

盛夏第一次独自出门，天气原本就热，她又晕车，难受了一路。等到了学校，她问了几个人才找到男生宿舍，却看见他跟祝凝站在树荫下说话。

“钟慕！”盛夏吼了一声，眼泪就开始“啪嗒啪嗒”地往下掉。她一边哭，一边取下书包，把里面的书和作业拿出来朝着钟慕扔过去。

扔一本，她骂一句：“钟慕，你这个骗子！”

再扔一本，她接着骂：“你是男生还那么小心眼，你暑假不回去，以后都别回去算了。”

钟慕吓得不轻，快步跑过来，慌慌张张地撩起T恤给她擦脸：“你怎么来了？请假没？”

这一问，盛夏哭得更厉害了："你就会管我，你谈恋爱你怎么不说！"

钟慕看了一眼走过来的祝凝，认真说："我没谈。"

"那她是谁？"盛夏看着祝凝问。

恰好此时祝凝走到了跟前，钟慕便对着她说："祝凝，如果我送你花让你有什么误会的话，我向你道歉。可能很多人把玫瑰当作爱情的象征，可我不是。那天临时被人拉去参加你的生日会，我不好意思空手去，就随手买了一束花，谁知道正好拿了玫瑰。

"我打小就不太认得花的种类，除了向日葵，其他花在我这里都是统称，没有具体名字，没有象征意义。"

最后，祝凝深深看了盛夏一眼，扭头走了。可谁知，现在她又再次出现在钟慕身边。

5

TC 集团的总部在 A 市，钟慕预计要去三天，具体谈投资的事情。

原本他以为，按盛夏的性子，她肯定会吵着说要一起去，可谁知她安静得很，在他出发的当天，她甚至连面都没露。

眼见钟慕拿着机票还不进去，苏白笑他："人家天天缠着你的时候，也不见你多喜欢。人不来了，你还不爽，你这不是自找的吗？赶紧检票登机去吧，都说情场失意，职场得意，我有预感你一定能顺利拿下那些老油条。"

钟慕淡淡地看他一眼："情场失意？"

苏白一抖，暗道自己不该得意忘形，正想补救，又听钟慕说："你知道我向来不喜欢失败，所以我是不是应该回去挽回一下，避免失意？你去 TC 集团谈投资？"

"别别别，"苏白拽着钟慕的胳膊往登机口拖，"我错了、错了，钟哥、钟大爷、钟祖宗，咱们公司是生是死可全指着 TC 集团的投资呢。盛小姑奶奶那儿我给您摆平，您一落地，黏糊糊的电话绝对就给您打过去行不？"

钟慕"哼"了一声，又看了一眼门口，才往登机口走去。走了两步，他又回身，对苏白说："忘记告诉你了，如果你小姑奶奶知道是你大爷想让她打电话的话，你大爷就是到了 TC 集团的会议室也会转身走人的。"

“钟慕，你能要点脸吗？”苏白咬牙切齿。

“我对自己的脸很满意，看不上你那点。”钟慕毒舌起来就不是人。

等飞机落了地，拖着行李出站却还没接到盛夏的电话，钟慕皱眉站在大厅里，盯着电子屏上的航班表，似乎真在考虑要买票回去。

“钟慕。”

“钟慕。”

异口同声的呼喊打断了钟慕的思考，他下意识扭头看向熟悉声音传来的方向，就看见盛夏那张灿若桃花的笑脸。

另一侧，不必看，他听得出来是祝凝，但她与他无关。

钟慕立在原地没动，盛夏笑着跑过来扑进他怀里，他觉得原本有些空荡的心一下就被填满了。

“盛夏,看来你对钟慕也没什么信心。”祝凝走过来,一开口就是挑拨离间。

盛夏看都不看她，只对着钟慕故作无奈地说：“你看看你，我不就是来看小姨吗？过两天就回去了，你还打着出差的幌子巴巴地跑过来。钟慕，你这么喜欢我，可怎么办啊？”

听着她颠倒事实，钟慕也不拆穿，还难得配合地说：“我也不知道该怎么办。”

祝凝看不过去，不屑地道：“盛夏，有没有人告诉过你，你真的很不会演戏。”

“所以我没报戏剧表演专业啊。”盛夏说着点点头，好像很为自己的自知之明感到骄傲。

祝凝一噎，钟慕已经说道：“我记得会议时间是下午两点，到时我会自己过去的，祝小姐如果没事的话，我就先回酒店了。再见。”

钟慕说完，并不听祝凝回答，揽着盛夏往外走。

祝凝看着两人的背影，勾了勾嘴角。

6

出了机场，盛夏想溜，却被钟慕拽上出租车，跟着他到了酒店。

“先斩后奏？”钟慕一脸严肃，“盛夏，你又长本事了。”

盛夏心虚，却还是梗着脖子说：“这叫惊喜。你敢说你在机场看见我的时候没有很开心？别否认哦，你当时眼睛都亮了，还笑了，我看得清清楚楚的。”

虽然嘴上这么嘚瑟，钟慕一个眼神扫过来，盛夏还是不争气地低下了头。没办法，这么多年都被他压着，惯性使然。

“逃课了？”钟慕问。

“没有，”盛夏赶紧说，差点儿没对天发誓，“正儿八经地请过假的，是小姨给辅导员打的电话。你要批评就去找小姨。”

钟慕“哼”了一声：“你这是有人撑腰了？”

盛夏抿着嘴不说话，只一双大眼睛滴溜溜地转着。

过了一会儿，眼见钟慕没有继续算账的意思，盛夏又恢复了山大王模样，凑过去笑嘻嘻说：“你数落完了？那该我了，跟你透个信，赶紧过来哄我，要不然等见了小姨你就惨了。”

“哦？”钟慕漫不经心地应了一声，“我怎么了？”

盛夏清清嗓子，学着小姨的声音和动作开始表演：“盛夏，你怎么看着又瘦了？是不是钟慕没好好照顾你？看把你给瘦的，来一阵风，我都怕把咱家这宝贝刮跑了，那才叫钟慕哭呢。”

她学得一点儿都不像，钟慕忍着笑追问：“你没替我说说好话？”

“我才不说呢！”盛夏傲娇地抬一抬下巴，“不但没说，我还告你状了。”

“怎么告状的？”

“我跟小姨说，”盛夏卖了个关子，走近两步，攀着钟慕的脖子，吊在他身上，“我说，钟慕都不让我吃。”

她说最后一个“吃”字时，声音很轻，不仔细听都要错过了。可这一声，恰如小猫弱弱的叫声，哀哀怨怨，轻轻糯糯，任你再是铁石心肠，也禁不住要心头一软，想宠着她、纵着她、任她为所欲为才好。

当然，这个字也绝不是字面上的意思。

钟慕的眼神暗了暗，他觉得有些口干舌燥，心里像被她挠了一下，酥酥麻麻的。他有些想要吻她。

偏偏她还不知道危险，继续扬扬得意：“钟慕，你说你要不要求求我？你求我的话，我就帮你……”

未尽的话，全部被钟慕吻了回去。

7

下午，钟慕去 TC 集团开会，可是很快就回来了。他一向擅长隐藏情绪，盛夏也猜不出他和 TC 集团的合作谈得顺不顺利，可他不说，盛夏也不问，只欢欢喜喜地叫上他去跟小姨吃饭。

席上，钟慕自是少不了要被小姨训话，盛夏也在一旁跟着帮腔，其乐融融。

吃完饭，盛夏说要住在小姨家，钟慕就独自回了酒店。

快晚上十点的时候，钟慕房间的门铃响了。

钟慕开门，没看清来人，只见一个戴着帽子、捂得严严实实的小个子闪了进来，且迅速用后背抵住门将门关上了。

“这位帅哥，要客房服务吗？”小个子低着头，轻声细嗓地问。

钟慕沉默了一会儿，往前一步，将小个子困在自己与门板之间，低声问：“什么服务？”

小个子一惊，下意识要抬头，却又生生低了下去。小个子没说话，只是小手不安分地摸上了钟慕的腹肌，以动作代替回答。

钟慕是刚洗了澡出来的，裸着上身，腰间只裹了一条浴巾，精壮的身材一览无余。尤其他身上还带了丝丝雾气，叫人觉得眼前雾蒙蒙的，看不清，立不稳，心痒难耐。

偏偏他还故意靠近了，连他身上的热度也传了过来。

盛夏装不下去了，一把摘了帽子，露出泛红的小脸，恶人先告状：“钟慕，想不到你是这样的人。”

钟慕冷哼：“你看都不看，也不怕走错房间！”

盛夏咬着嘴唇，眼睛转了两下，开始瞎编：“我就是来给你做错误示范的，提醒你以后住酒店要有点儿警惕心。你看，首先不能像我这样低着头往房间钻；其次，你说你问都不问是谁就开门，万一是哪个贪图你美色、心怀不轨的小姑娘呢？你岂不是很危险？”

“你说你自己？”钟慕问。

“不！”盛夏摇头，“我不是心怀不轨，我对你那是‘司马昭之心，路人皆知’。”

“哦？”钟慕一副虚心求教的样子，“那要是遇见你这种小姑娘应该怎么办？”

盛夏皱眉，做出一副严肃思考的样子：“这种小姑娘很执着，不达目的决不罢休，所以你还是乖乖从了她的好，要不然她可是会对你霸王硬上弓的。”

钟慕黑了脸，抬手在她脑袋上敲了一下。

盛夏捂着脑袋哇哇乱叫：“你让我说的。”

“我让你乱用词了吗？”

“反正就是那意思呗。”

8

钟慕没再说话，盛夏又在他腰上摸了一把，迅速侧身往屋里走。

“站住！你去哪儿？”钟慕问。

盛夏不应声，反而快走两步，夸张地扑倒在床上后，才暧昧地说：“咱们房都开了，你说我去哪儿？乖乖在床上等你呗。”

钟慕一早就想到盛夏不会乖乖待在小姨家里，晚上肯定会过来。可他以为，她最多撩拨他一下就撤，没料到她真的要留宿。

盛夏见他看着自己不知在想什么，于是跪坐起来，表情严肃认真：“钟慕，我可没有什么定力的，你再这样看着我，我就把你吃掉。”

钟慕斜她一眼：“要不要我借你个胆子。”

他很了解盛夏，她也就是看起来胆子跟老虎那么大，可实际上是兔子胆。不然也不会过了这么长时间，都不敢真的做些什么，只敢逞一逞嘴上威风。

盛夏被他这一眼给激怒了，气呼呼地从口袋里掏出一个东西扔给他，高声说：“我胆子大着呢。这是我半路买的，怕酒店的不好用。”

钟慕看着手里的避孕套，惊得说不出话来。

很快，钟慕反应过来，走到墙边关了灯，房间里顿时漆黑一片。

盛夏怕黑，赶紧拿出手机点亮屏幕：“钟慕，你干什么？”

钟慕不应声，借着她手机的光亮稳步走到床边，然后夺了手机将它扔到一旁，把她扑倒在床上，哑着嗓子说：“干你想我也想的事。”

盛夏尿了，“你……你平常不是很能忍的吗？”

钟慕“哼”了一声：“你第一回撩我是什么时候？三年前？我拒绝你，你就把我所有社交账号的头像都换成了忍者神龟，现在我腻了，想换头像。”

“你就是为了这个？”盛夏很生气。

钟慕低头亲了她一下：“狼吃羊的时候，总要找那么一个理由的。”

盛夏想哭：“我还是送上门的羊。”

“是啊，所以再不吃，我都觉得自己傻。”

9

隔天，祝凝来敲门的时候，盛夏正跟钟慕吵着呢。

昨晚盛夏的心情真是比坐云霄飞车还起起落落。原本她是觉得钟慕的合作一定没谈拢，想逗他开心，才来撩他，没打算真的跟他一起睡。可他说要睡，她虽然没有做好心理准备，却也不抗拒。

但问题是，他居然没碰她。明明他都有反应了，却跟她讲什么童话故事，结果愣是把她熬到睡着了。

“你还想换头像，你做梦吧！”盛夏很生气。

钟慕摸一摸鼻子，讨好说：“以后我的头像你做主。”

“谁稀罕！”盛夏说着往外走，“你这个骗子，大骗子！”

钟慕哪里会放人，赶紧抱住她：“乖，别生气了。今天买票回去，回我家，那边已经装修好了，就是咱们以后的新房。而且我要告诉伯父伯母，咱们正式谈恋爱了。”

“又不是结婚，你还要大张旗鼓地告诉他们？你别蒙我。”盛夏怀疑地说。

“你以为我为什么吊着你，不早点顺水推舟和你在一起？”钟慕说，“我怕你追着我只是一时兴起，要是哪天后悔了，就闹着要分手。咱们两家认识，这样的好处是我可以一直待在你身边，即使你不爱我，我也可以占一个哥哥的身份。可坏处就是，如果你只是和我玩玩，我们最后分手，两家很有可能就老死不相往来。我怕。”钟慕说到这里顿了顿，“所以，你最好有觉悟，我们在一起了，就一辈子别说分手的话。我回去会正式跟伯父伯母说跟你交往的事。如果你没想好，可以当这些都没发生过，我会退回到朋友的位置。”

盛夏还没回答，门铃响了。

开了门，看见祝凝，钟慕要关门，却听她说：“我找盛夏。”

“她不在这里。”钟慕语气不耐，他大概猜到她要跟盛夏说什么，“我的容忍是有限度的，如果你敢动她，我一定毁了TC集团。”

“你不用这么草木皆兵，你的态度我已经知道了，我只是跟盛夏说两句话罢了。”祝凝说。

昨天下午，钟慕去TC集团开会，一进会议室，只看见祝凝一个人，他扭头就走。

祝凝立刻追了出去：“我以为你是同意了我的条件才来的。”

钟慕面无表情：“我以为我六年前就已经说得很清楚了。”

祝凝不死心：“钟慕，你是个聪明人。盛夏很可爱，是个不错的恋爱对象，却不适合结婚。她天真、安于现状，而你野心勃勃，你们并不是合适的伴侣。况且她什么也不能带给你，而我可以给你整个TC集团，你知道它意味着什么。”

“我知道，”钟慕罕见地笑了笑，同以往的认真严肃有几分不同，带了两分无所谓的洒脱和痞气，“祝凝，TC集团是业内龙头，的确是我优先考虑的合作对象，可它不是唯一的，我退而求其次也未尝不可。你能带给我的，我不稀罕，可盛夏给我的，你永远也做不到。”

“还有一点你说错了。盛夏的确天真、安于现状，可我野心勃勃却是为了她能够一直如此。我没想过一步登天，所以你的提议一开始对我就没有吸引力。我之所以来这里，也不过是想做最后的努力。可现在看来，TC集团也不过如此。”

10

盛夏听祝凝说完，沉默着没有说话。

祝凝笑了笑：“盛夏，如果你真的喜欢钟慕，不如放手，劝他接受我的提议跟我结婚，这样对他才好。”

“我疯了吗？”盛夏一脸平静。如果没听钟慕之前的一番话，她或许会犹豫，可现在她一点也不会动摇，“钟慕选择了我，我为什么要背弃他？他如果想要走你这条捷径，他自己会做出选择，我不聪明，不会擅自替他决定。”

“盛夏，”祝凝叫了她一声，“他现在或许只是被你迷昏了头，以后呢？一年、两年、十年后呢？他如果始终得不到我今天所能给他的一切，他后悔了怎么办？你们会争吵、撕破脸，他会怪你、怨你。”

盛夏坐直了身子：“你根本不了解钟慕，他不是一个会靠女人上位的男人，而且他一旦做出决定，就从来不会后悔。退一万步说，就算他后悔，那现在选择你，他日后就一定不会后悔吗？既然是对半的可能性，那我为什么不选对自己有利的？我的爱很自私，我要他，要他留在我身边，我绝不往外推，无论什么理由。”

“我不只不了解他，我也不了解你。”祝凝苦笑，她没料到盛夏会给出这样的回答，她以为盛夏会不知所措，会自以为是地替钟慕做决定，“真羡慕你们对彼此的感情。”

“羡慕死你！”盛夏又恢复了小孩儿脾气。

“你回去告诉钟慕，下午来签合同吧，我们TC集团考核投资项目，也考验项目领导人，他通过了。原因就不用我说了吧，他的优秀品质，你比我清楚。”祝凝说，“不过你可以告诉他，我更希望他接受我的结婚提议来通过考验。”

“你做梦！”盛夏恶狠狠地说，“你再敢用这么卑鄙的招数，我就让钟慕真的搞垮你们TC。”

“我卑鄙？你不卑鄙吗？要不是你当年小孩子一个，哭得上气不接下气，钟慕会把话说得那么绝？说什么除了向日葵根本不认识别的花，他怎么不说除了你是女人，别的都不是女人呢？！”祝凝也很生气。

“谁卑鄙了！我当时可是不喜欢钟慕的，只是气不过他骗我！”盛夏跳脚，“而且，我告诉你，要卑鄙也是钟慕卑鄙，他老早就惦记我了。证据就是我读书的时候他就偷偷亲过我，不过我当时还没喜欢他，没放在心上罢了。”

“你读书时他就亲你了？”祝凝有点不敢相信。

“骗你是小狗。”盛夏肯定地说。

祝凝有点嫌弃：“我还当他多一本正经呢，原来这么闷骚。”

盛夏点头：“是挺闷骚的。”

两人似乎又站在了统一战线上，女生的友谊有时也来得莫名其妙。

最后，祝凝还告诉盛夏，她后来不死心，又去找过钟慕，钟慕更绝，他说："这辈子很多人会叫我的名字，可这两个字，我只会给盛夏。钟情是她，爱慕也是她。"

祝凝叹了一口气："他说这话，深情是真的，绝情也是真的，一个给你，一个给我和别的女生。那时我不信，觉得是他没有经历过现实，不够世故，才会轻易许诺。所以我才想这么试探他，可是现在知道了，他是认真的。我彻底死心了。"

11

钟慕不放心，出来找盛夏。

盛夏见了他，欢欢喜喜地蹦过来，一点儿不见之前生气的样子，还小声说："回去跟我爸妈说过以后，一定要睡啊，再不睡的话，我就真不理你了。"

钟慕怕她反悔似的，连连点头。他又看了看祝凝，想知道两人说了什么，她们似乎看着比之前亲密了。

谁知祝凝嫌弃地看了他一眼，低低说了声"变态"，就潇洒走人了。

"她怎么了？"钟慕问盛夏。

盛夏眨眨眼，一脸无辜："不知道啊。"

钟慕盯着她看了一会儿，盛夏就乖乖坦白："我为了让她死心，就说我读书的时候，你就亲我了。我就是想证明咱们是青梅竹马，两情相悦，谁知道她理解成你是变态了，这不是我的错。"

盛夏说完，还以为钟慕会黑脸，结果他偏过头不看她，耳根似乎有点儿红。

"钟慕，你不会真亲我了吧？"盛夏问。

钟慕咳了一声，结结巴巴说："没、没有，真没有，我就是……想了那么一下。"

盛夏听完，笑得前仰后合。

钟慕脸红了："我比你大五岁，那时候年轻气盛的，有点儿什么想法都是正常的，你不准说我变态。"

盛夏笑了好一会儿，扑到钟慕怀里："才不说呢，只说你喜欢我喜欢得不行了。"

钟慕松了一口气："好不容易才等到你开窍，其实还要谢谢祝凝，没她的话，你还不一定知道自己的心思。”

“不准谢她。”盛夏蛮横道，“她收了你一束玫瑰的事，我要记一辈子的。”

钟慕无奈：“我真的分不清那些花的，我人生中第一束代表爱情的花早送给你了。你不记得了，以前人民公园有一大片向日葵，当时你说喜欢，我就偷偷摘了送你。这么多年一直送你的都是向日葵。”

“我只顾着气你送她玫瑰了，都忘了问，为什么是向日葵？”盛夏说，“是因为我是你的小太阳？”

“是啊。”钟慕点头，“还有一个原因，是向日葵的花语。”

“你还研究花语啊？”

“你会不会抓重点？向日葵的花语有两个，一个是沉默的爱，一个是忠诚。代表爱的花很多，可以爱的花也很多，可是忠诚才最可贵。”

“这一句的重点是，你爱我，还很忠诚。”

“你知道就好了。”

“我也爱你，也忠诚。”

“好。”

男友很黏人

蒋熙明就像她的那只小京巴。

1

在毕业半年，“炒”了七个老板后，蒋熙明被大哥蒋熙诚扔进自家的娱乐公司，当起了模特。

蒋熙诚的原话是：“既然你不能凭本事吃饭，那就靠脸吧，总得废物利用不是？”

蒋熙明不服：“我可是正儿八经的C大高才生。”

“你以C大为荣，C大以你为耻，就别给母校抹黑了。”蒋熙诚一向毒舌。

蒋熙明很委屈：“哥，你伤害了我。”

“怎么，求安慰？”蒋熙诚冷哼，“别白费功夫了，我只会伤害了你还一笑而过。赶紧收拾收拾，滚去片场吧，直接找阮相宜，我跟她说过了。”

蒋熙明“啧啧”两声，往门口走。开门出去后，他又把脑袋探进来对蒋熙诚做了一个鬼脸，恶狠狠地说：“亲弟弟都卖，万恶的资本家！”

他说完就迅速关门，等听见什么东西砸在门板上发出的闷响后，才心情不错地哼着小调往片场去。

蒋熙诚说的阮相宜，是当今时尚圈最受追捧的摄影师。

她的摄影风格极具个人特色，本人又擅长观察人，能精准地抓住并呈现出所拍人物的特点，为其留下令人过目难忘的风格大片，因此许多明星大腕的杂志封面都是请她拍摄。

凡是被她拍过的明星、模特，红的会更红，不红的也会一朝爆红。

蒋熙明之前不关注这些，只是从蒋熙诚那里听过几次阮相宜的名字。到了片场，要不是助理领着去见人，他连阮相宜是谁都认不出来。

因为阮相宜的作品虽然红，拍的也大多是红得发紫的腕儿，她本人却相当低调，很少在公众场合出现，甚至连网上都没有关于她真容的照片。

“你就是阮相宜……阮摄影师？”蒋熙明有些难以置信。

眼前的阮相宜一身性冷淡风，看上去比他大不了几岁。她肤色偏白，面容寡淡，只眉眼较一般女生多了几分慵懒和倔强，一身气质疏离又冷漠。

阮相宜没说话，盯着他看了好一会儿，才低头继续摆弄拍摄器材：“等下开始拍。”

蒋熙明应了一声，忽然有些局促，不知道是该继续说点什么，还是跟着沉默。

正好蒋熙诚的电话打了过来，问他见没见到人。

蒋熙明往边上走了两步：“哥，你怎么没跟我说阮相……阮摄影师这么年轻啊。她看上去挺高冷的，你怎么说动她帮我拍摄的？她刚才一直盯着我看，盯得我发毛，你们之间不会有什么交易吧？”

“蒋熙明！”蒋熙诚吼了一声，“不看你怎么拍？阮相宜最讨厌话痨，你别在她面前啰唆个不停，要是敢搞砸了这次拍摄，看我怎么治你！”

蒋熙明尿了，赶紧连连应好。开玩笑，自家大哥发起飙来，那摧毁力可是堪比台风过境的。

但他还是小心翼翼地又问了一句：“哥，听说娱乐圈挺多潜规则事件的，我应该遇不上吧？”

电话那头明显在自我克制的深呼吸声令蒋熙明打了个哆嗦，他正想补救，却听一道冷淡的女声响起：“至少在我这里遇不上，我对笨蛋没兴趣。”

阮相宜说完，对着电话高声说：“学长，你之前可没说我要拍个笨蛋，这次的拍摄费用要再提高一个点。”

蒋熙明僵在原地。他这还没赚钱就又让大哥损失了一笔，大哥会不会宰了他？

2

阮相宜准备好器材，看了看四周，确认此时的光线最好，适合拍摄。

可蒋熙明还没准备好。

“不戴，坚决不戴。”蒋熙明拧着眉道，“我一大老爷们戴朵花，太搞笑了！”

助理连连跟造型师道歉，又回身对蒋熙明解释：“明哥，阮老师这次的拍摄主题就是‘花样少年’。这花挺小的，就夹在耳朵边上，一点儿也不影响您的男子汉气概。”

蒋熙明可不是通情达理的主：“不戴，再小也是花。”

助理正想再劝，看见阮相宜过来，赶紧打圆场：“阮老师，明哥马上就好了，马上。”

阮相宜示意助理和造型师都出去，等屋里只剩下他们两个人时，对蒋熙明说：“要么戴上，要么现在走。”

蒋熙明从小到大都是被哄着捧着，敢用这么强硬的态度跟他说话的，除了他大哥，只有阮相宜。

可能大多数人是吃软不吃硬的，但蒋熙明绝对是吃硬不吃软的人。尤其是眼下，屋里还没个能帮忙说话的。所以，听了阮相宜的话，他立刻收了脾气，咬着嘴唇，委委屈屈地问：“真的要戴？”

阮相宜睨他一眼：“你连潜规则都想到了，还怕戴朵小花？”

一时脑抽说的浑话被阮相宜再次提起，蒋熙明有些不好意思，赶紧拿起桌上的花戴在耳边。

“怎么样，我就是戴朵花也照样很爷们吧！”蒋熙明对着阮相宜求表扬一般说道。

奓毛奓得特别快，服软的时候又特别能打脸，说的就是蒋熙明这种人。

阮相宜向来是宁折不弯的性子，突然对上这么一个没有原则和底线的人，一时竟有些不知道该怎么回应。

过了好一会儿，她才回过神，指导蒋熙明调整花的位置，以便在照片里呈现她想要的效果。

“往哪边？”蒋熙明问。

“前面一点，露出整朵花。”阮相宜说。

蒋熙明调了两回都不对，干脆取下来递过去：“你帮我。”

他的手很好看，骨节分明，细白修长，是那种随便一拍就能令手控们为之舔屏的手。

正巧，阮相宜就是个手控。

她盯着他的手看了好一会儿，然后像受了蛊惑一般，伸手接过花，甚至克服了自己不喜跟人肢体接触的毛病，亲自替他戴好。

3

整个拍摄过程很顺利，一个多小时就拍完了。

这当然要归功于阮相宜的实力。她没有在现场加任何光源和反光板，甚至连闪光灯都没有用，完全依靠自然光线。

蒋熙明压根没意识到是在正式拍摄，就被告知已经结束了。整个过程里，阮相宜并没有让他刻意摆什么动作，只是让他坐在窗户旁边的沙发上，像平常一样放松就好。

期间，她对他提的唯一要求是让他扭头对她笑，他照做了，仅此而已。

“这就、就拍完了？”蒋熙明还是有点不敢相信。

“嗯。”阮相宜低头收拾器材。

蒋熙明愣了一会儿，不知想到什么，欢天喜地地凑过来帮忙，还嘴甜地攀起了关系：“阮姐姐辛苦了，应该好好歇着，这种活儿我来就可以了。”

阮相宜的拍摄器材一直都是自己收，别人都知道她的东西不让人碰，也就蒋熙明傻乎乎地凑过来。但她也没有拒绝，只是冷眼旁观。

无事献殷勤，非奸即盗。

果然，等收拾完了，蒋熙明对着她讨好一笑，说：“我以后都由你拍好不好？”

“为什么？”阮相宜问。

“因为你拍的时候，对我完全没有要求，我拍完还能生龙活虎的。跟别的摄影师拍，他们不仅让我化各种奇奇怪怪的妆，还命令我做这样那样的动作，把我弄得跟个提线木偶似的，每拍一次我能丢半条命……”

原来在来之前，蒋熙明就已经接过几个拍摄工作了，跟其他摄影师一比，阮相宜简直是一股清流。他像是好不容易找到可以吐苦水的人，啰啰唆唆吐槽了一大堆。

阮相宜面无表情地听他说完，丢下两个字：“不好。”

“为什么？”蒋熙明追问。

阮相宜看了他一眼，没有回答，径直离开了。

4

那次拍摄结束后，蒋熙明没再见过阮相宜，但她的确让他一朝爆红了。

“花样少年”主题的照片一出，“蒋熙明”三个字立刻上了热搜榜，他的粉丝数暴涨，人气飙升，广告代言也纷至沓来。

“要说拍人，还是得阮相宜。”蒋熙诚把平板递给蒋熙明，“她能拍谁是谁，拍的不只是脸，还有气质，这不是随便一个摄影师就能做到的。”

蒋熙明看着平板里的照片，没有说话。

这组照片采用的是极简主义的表现手法，没有明显的后期处理痕迹，给人清新自然、温暖治愈的感觉。

照片中，穿白色衬衣的少年坐在沙发上，耳边戴一朵小雏菊，慵懒中添了两分调皮。他似是被谁呼唤，侧头微笑，明灭的光线映在脸上，将他身上纯粹干净的少年气息发挥到了极致。

之前的摄影师都只注意到了蒋熙明活泼欢快的性格，便竭力塑造他阳光开朗的形象，但未免千篇一律。阮相宜却选择了他的安静，放大了他身上并不明显的内敛含蓄的一面，呈现出了另一个他。

蒋熙明忽然很想见一见阮相宜，和她聊聊这组照片，又或者说点别的什么。可他磨了蒋熙诚半天，也没要来阮相宜的手机号码。

“我不会说的，你死了这条心吧。”蒋熙诚拿起桌上的文件，“我说她讨厌话痨真不是骗你，她脾气很怪，毛病一身，就你这样的，分分钟能踩了她的雷区。”

“没有吧。”蒋熙明不相信，“开始我是觉得她挺高冷的，可也不难相处啊。”

蒋熙诚头也不抬，边看文件边说：“她拍摄有三不原则。第一，她的东西不准别人碰；第二，她不跟模特有肢体接触，实在要指导动作，就手上拿个东西对着模特戳戳点点地调整；第三，她不准别人对她的拍摄提出异议。

“不过她的确有实力，这些艺术家的怪脾气也是可以理解的。你别去惹她，以前有模特想跟她攀关系的，或自以为是提要求的，都被她拉进了黑名单，连同他们公司的其他模特也都受了牵连。”

蒋熙明想到自己在片场的所作所为，心里有些不安：“哥，拍之前你怎么不跟我说？”

“忘了。”蒋熙诚回答得很随意，末了想到什么，坐直了身子看他，“你该不会已经犯了她的忌讳吧？”

蒋熙明心虚，却死不承认：“没有，你也知道我的性格的，她看着不好惹，我都没敢往她身前凑。”

蒋熙诚松了一口气：“你知道就好。不过她除了乖张些，别的倒没什么。其实，在她家那样的环境下生活，能长成她这样，已经很不容易了。”

“她们家？阮家？”蒋熙明的大脑飞快运转着，“难道是阮氏地产？”

蒋熙诚点头：“她是阮氏当家人的小女儿，看他们家这些年闹腾的动静，看他们家其他那些龙蛇鼠蚁、豺狼虎豹，她算是最正常的一个了。”

阮家在A市挺出名的，只是令人熟知的不是阮氏地产的品牌，而是阮氏当家人阮海国的狗血感情史。

他光结婚就结了五次，跟每一任妻子都生了孩子，所以五个子女都同父不同母。据说几个孩子打小就不亲近，这些年在公司里更是斗得你死我活，阮氏到现在还没倒闭，一直是业内的一个奇迹。

知道了她的家庭背景后，蒋熙明忽然觉得，阮相宜身上的冷漠疏离或许不是天生的，而是后天感情的缺失。所以她比一般人更敏感，更细腻，更能捕捉到人身上的美。

只是她观察和表达的方式都是透过镜头，那么落寞，那么孤独。

5

或许是念念不忘，终有回响。

蒋熙明再次遇见了阮相宜，在凯瑞酒店的电梯里。

彼时，他是去试镜，她却是去……相亲，应该说是被逼相亲。

阮相美妆容精致，穿着一身利落的职业套装，浑身上下散发着精明干练的气息。她看了一眼素面朝天、衣着随意的阮相宜，面露不满。

"如果不是阮氏施压，你以为网上会真的没有关于你的信息流出来？这么多年你能自由地玩你的摄影，说到底还是因为靠着阮氏这棵大树，所以你也应该适当回报，可你现在穿成这样是要丢谁的脸？"

蒋熙明背对着两人，看不见阮相美的表情，却听得出她语气里的趾高气扬。

阮相宜没有说话，阮相美继续说："知道你不会配合，我叫人准备了衣服和首饰，一会儿你先去收拾一下再见人。今天要见的是吴董事长的小儿子，吴氏集团是阮氏一直以来的合作对象，你最好不要给我出幺蛾子。毕竟，你对阮氏也就这点儿作用了，你说呢？"

她说完，轻蔑地"哼"了一声。

阮相宜始终一言不发。

蒋熙明却气不过，立马掏出手机拨通蒋熙诚的电话，直接问："哥，你会为了利益逼我去联姻吗？"

他问完，打开免提。

电话那头茫然地"嗯？"了一声，随即蒋熙诚无语的声音传过来："你这一天天的都在想什么？肥皂剧看多了？哪儿来那么多联姻？你现在不是去试镜吗？问的什么乱七八糟的，挂了。"

蒋熙明赶紧拦住："哥，我认真的，你快回答我。"

蒋熙诚顿了顿，语气多了两分郑重："蒋熙明，咱们家没有皇位要传，也没有江山要巩固，用不着你去联姻。再说，你当你老子和你哥我这么热衷赚钱是为了你以后受委屈用的？你能不能用用你那C大教出来的脑子？"

话已经说得很明显了，蒋熙明还是厚着脸皮再次求证："所以，哥，你不会逼我去联姻的吧？"

蒋熙诚叹了一口气："其实不是我不会，关键是就算联姻，对方只要脑子没问题，就只看得上我，看不上你。况且联姻又不是结仇，我送你这么个蠢货给人家……”

他话没说完，蒋熙明飞快说了句“哥我爱你”，然后迅速挂断了电话。

电梯里恢复了静默，蒋熙明才觉得脸红耳热，他原本是打算臊一臊阮相美的，可眼下似乎连自己的脸也一并丢了。

此时冷静下来，他才有些后怕，怕阮相宜并不喜欢他插手。可他向来不是忍气吞声的主，脾气上来就炸，往往炸完了才觉出不够理直气壮来。

不过他也没多纠结，因为电梯很快到了。

阮相美走了两步，回头瞪了一眼蒋熙明，率先出了电梯。

阮相宜却没有跟上。她站在电梯里，对着阮相美无所谓一笑：“你说错了，我连这点作用也没有。”

6

电梯门再次关上时，电梯里只剩下阮相宜和蒋熙明。

阮相宜大多时候会刻意忘记拍过的人的长相。因为只有这样，她才能不将谁的面孔固定在脑海里，才能在面对一个全新面孔时迅速找出他的特点。

可蒋熙明那张脸、那双手，还有那堪称“人间极品”的性子，她却记得清楚。虽然她一开始就很理智地拒绝了他的请求，及时地阻隔了两人的联系，但还是没能将他从脑海里删除。

所以他一进电梯，她就认出他了，但她并不打算和他打招呼。

可他却替她出头，这种被人护着的感觉，已经很多年没有过了。

“我刚才的行为不会给你惹麻烦吧？”蒋熙明有些忐忑地问。

“不会，谢谢。”阮相宜一如既往的惜字如金。

蒋熙明挠挠头：“不用不用，以后她再欺负你，我还帮你教训她。我要是斗不过，就让我哥帮忙。”

阮相宜没再说话，盯着电梯门不知在想什么，蒋熙明又试探性地问道：“你现在去哪里？”

“回家。”阮相宜说。

“我送你吧。”

"不用。"

蒋熙明"哦"了一声，移开视线，伸手去按电梯按键。

他在别人面前都很自来熟，能秒变话痨，哪怕被拒绝也能越挫越勇。可对上阮相宜，他却有种自己是哑巴的挫败感，明明不知道说什么，可又迫切想说点儿什么，左右为难。

阮相宜下意识去看他的手，这双手还是那般漂亮，她却莫名看出一种委屈的情绪来。

从手上看出情绪？阮相宜暗笑自己手控的毛病越来越严重，嘴上却已经解释道："你还要试镜。"

蒋熙明眼睛一亮，立刻顺杆爬："那你等我一会儿好不好？等我试镜结束了，我再送你。"

阮相宜想拒绝，在对上他热切的眼神时，却微微地点了点头。

他似乎有种神奇的魔力，总是让她一再破例。

"你答应了啊，不准反悔。"蒋熙明很高兴，"那把你的电话号码报给我，免得一会儿我又找不到你了。"

阮相宜报了一串数字。

蒋熙明欢欢喜喜地记下来，整个人又开心起来。

阮相宜想起了自己从前养过的一只小京巴。它平常特别闹腾，她训它，它就瞪着水汪汪的眼睛委屈地看着她，直看得她心软不忍。可只要对它好点，它就又开始撒欢似的围着她摇尾巴，忒黏人。

蒋熙明就像她的那只小京巴。

7

蒋熙明去试镜，阮相宜一直等在门外，他试镜结束，匆匆忙忙跑出来时差点撞上她。

看见她，他才收了风风火火的性子："我怕你走了。"

"没走。"阮相宜应了一声。

蒋熙明松了一口气，笑眯眯地说："我刚才表现超好，这个代言应该十拿九稳了，不过我觉得他们肯定都没你拍得好。我把你拍的照片发给我妈看了，我妈特别喜欢，说要放大了洗出来，放在我家客厅里，给我哥嫉妒的……”

他似乎又找回了自己的话痨属性，在旁边说个不停，压根不需要阮相宜回应。他说的那些家的温暖和亲人的呵护，都是阮相宜从来没有感受过的。

阮家的几个孩子都同父不同母，原本就不亲近，而且他们似乎都很讨厌她，从来不带她玩。她还小的时候，曾试图跟他们示好，主动去牵他们的手，却总是被他们推开。次数多了，她就学乖了，心里再渴望那些温暖，面上也表现得毫不在意。

她看着喋喋不休的蒋熙明，忽然问：“你银行卡密码是多少？”

蒋熙明想都没想就回答：“199503。”

“难怪你哥说你傻。”阮相宜说完，忍不住笑了，笑得停不下来，后来更是眼泪都快出来了。

蒋熙明一脸委屈，等她笑够了，才辩解道：“不是谁问我都说的，是你问，我才说的。所以，我连银行卡密码都告诉你了，你是不是也该拿秘密跟我交换？”

阮相宜反应极快：“我问你答，这是你情我愿的事情，什么时候变成交换了？”

“那不公平！”蒋熙明将手撑在墙上，挡住阮相宜的去路，“你问我的时候，我是没有警惕的，所以算不上你情我愿，是你投机取巧。我不管，反正你占了便宜，你得跟我交换。”

阮相宜看着蒋熙明，没有说话。

他到底是蒋熙诚那只狐狸的弟弟，就算外表人畜无害，内里也丢不了腹黑本质。从刚才对付阮相美，到现在套路她，真是一点都不含糊。

“我收回之前说你傻的话。”阮相宜说。

蒋熙明一愣，随即反应过来，骄傲地抬一抬下巴：“我本来就不傻，聪明着呢。”

“是，怼人和套路我，都聪明得很。”阮相宜说得意味深长。

“不不，我其实都是跟我哥学的，他说怼人就得指桑骂槐，明明骂的就是那个人，可就是要让他不能理直气壮地骂回来。”蒋熙明果断甩锅给自家大哥，“但我没有套路你，这不是话赶话赶到这里了吗？”

阮相宜一笑，没再多说，只问道："你想知道什么？"

"随便，你想说什么就说什么。"蒋熙明说，末了又补充一句，"不准说'不想说'。"

那天阮相宜权当自己是玩游戏输了，选择了真心话，对蒋熙明说了很多从未对人提起的事，还有从未宣之于口的孤独。

那时她才知道，原以为一辈子也不会对人说的话，其实只是没有遇见可以说的人。

8

自那以后，阮相宜开始频繁接到蒋熙明的电话、收到蒋熙明的信息。

她那如死水一般单调无趣的生活，因为他变得丰富多彩起来。

蒋熙明似乎对她的一切都很好奇，问她喜欢什么、讨厌什么，问她今天在做什么、昨天做了什么、明天想做什么……

阮相宜性子冷淡，除了摄影，对其他什么都算不上喜爱。她不工作的时候，或者说就算是工作的时候，也是很无趣的，所以她给他的回答几乎千篇一律，无非就是吃了什么、喝了什么、听了什么歌、看了什么书这些琐碎的事，可蒋熙明却一点儿也不觉得无聊，总是不厌其烦地追着她聊天。

真就像一只黏人的京巴。

啰唆又琐碎的嘘寒问暖和彻夜闲聊，她从前完全没有经历过的东西，他统统放在了她面前，让她也能像其他人一样，沾染这俗世的烟火气。

起初阮相宜没在意，后来才发现蒋熙明问过她后，隔天朋友圈晒出来的吃的喝的都跟她前一天说的一模一样。

"我的生活很有趣？值得你模仿？"阮相宜开了视频问他。

这是蒋熙明要求的，他说不喜欢打字，说话就得面对面。

蒋熙明实话实说："我就是想跟你做一样的事，吃一样的东西。"

阮相宜皱眉："你是不是白羊座？"

"你连我的星座都知道，你是不是喜欢我？"蒋熙明一脸期待的表情里还带了那么点羞涩。

阮相宜白了他一眼："我只是听说白羊座都很'二'，你都快'二'出新高度了。”

“你一定听错了。”蒋熙明换上严肃的表情，“白羊座男生很好的，尤其是感情上很专一，都是不到黄河心不死，不撞南墙不回头，只肯吊死在一棵歪脖子树上。白羊座男生，你值得拥有。”

“听着都不像什么好话。”阮相宜总结了一句。

见她完全没有抓到重点，蒋熙明很受伤，趴在屏幕前，半天没再说话。

阮相宜也不理他，继续对着电脑修照片。等她终于弄完了，一抬头对上蒋熙明委屈的眼神，才淡淡地问道：“你是不是喜欢我？”

尽管没有正式表白，但他的行为只要不是瞎子就都看得出来，阮相宜自然不会真的不明白。

蒋熙明一惊，没有回答，而是丢下“你等我”三个字后就关了视频。

9

门铃响的时候，阮相宜用脚趾头猜都猜得出来是谁来了。

她打开门，果然看见了气喘吁吁的蒋熙明。

他说：“我怕我在视频里说，你肯定眼都不眨地拒绝我，我现在在你面前，你怎么也得心疼我一下，话肯定不能说死说绝了，要不然我就哭给你看。”说到这里，他顿了一顿，更认真地说，“阮相宜，我喜欢你，跟我交往吧。”

阮相宜定定地看着他，一言不发。

少年眉眼认真，语气诚恳，明明羞涩紧张，却强自镇定和她对视，傲娇的霸道和微妙的青涩感并存，平添了几分令人无法拒绝的魅力。

过了半晌，阮相宜侧了侧身：“你要进来吗？”

蒋熙明愣了愣，才连连点头，跟着她进屋。他刚才真怕她冷漠地说“谢谢”，能叫他进屋，应该不是要拒绝吧？

等进了屋，阮相宜说：“把你的上衣脱了。”

蒋熙明的脸瞬间爆红，他揪着衣角，结结巴巴问：“脱、脱衣服做什么？这样会不会太快了？”

阮相宜淡淡地看了他一眼，道：“你想什么呢？我不讨厌你，可我也不知道什么是喜欢。我长这么大，从来没有跟人亲近过，我妈不管我，我那些哥哥姐姐不理我，开始我渴望他们的亲吻拥抱，后来却害怕肌肤相碰的温热触觉。我看过医生，知道自己有轻微的肢体接触恐惧症，所以我想我的身体会比我的心更诚实地告诉我答案。

“第一次见你时，我很稍稍触碰了你的手和耳朵，但我没有觉得难受和不妥。现在我想试试对你的身体是不是能接受，就摸一摸，如果我受不了的话，那答案……”

“不会的，你一定不会受不了的。”蒋熙明打断她的话，三下五除二就把外套脱了，又开始脱毛衣，“我最近锻炼得很勤快，有腹肌，但也不会太壮，肤色也够白，你一定会喜欢的。”

原本阮相宜也没多想，被他这么一说，忽然觉得气氛有些暧昧。

蒋熙明说话本来就不过脑子，说完了才觉得自己有点“王婆卖瓜”的嫌疑，关键卖的还是自己。他也有些脸红，轻咳一声，才挺了挺肩膀说：“你摸吧。”

阮相宜这才抬头看他。

的确如他所说，他有在锻炼，肌肉结实紧绷，不会太夸张，刚好看得出腰间腹肌的轮廓，带着一种介于少年和男人之间的性感。他本身肤色白，此时又因着紧张羞涩而微微泛红，更添几分惑人的魅力。

阮相宜暗暗吸了一口气，故作淡然地伸出手，用指尖小心地在蒋熙明腰间探了探，自己似乎没什么感觉，她才把整个手掌贴在他腰上摩挲了两下。

蒋熙明忽然闷哼一声，她吓了一跳，手正想缩回去，却被他猛地握住。

他的手掌很烫，烫得她也跟着脸红起来。

“我背过身去，你再摸。”蒋熙明的声音比平时暗哑了些，他边说边转过身，动作有些怪异。

阮相宜想到什么，才说了一个“你”字就被蒋熙明打断了。

“我这是正常反应！”蒋熙明有些急，语气不稳，抓着她的手也用力了些，“我第一次喜欢上一个人，难免不矜持，可这正是小处男的小骄傲。我是真的喜欢你，你就是看我一眼，我有时候都会忍不住心里荡漾，何况现在……而且男生的腰部一般都比较敏感，我已经很努力控制了，可是……这真的是正常反应，男生都会有的，真的。”

他一再强调，生怕她不信。

“你这是准备给我开生理卫生课？”阮相宜的声音有点闷。

蒋熙明以为她误会他了，急得想转身，又不方便，声音里也带了委屈：“只要让你不把我当成不正经的人，我就是给你开‘小葵花妈妈课堂’，甚至从小讲到大都没关系。”

“没有误会。”阮相宜说，蒋熙明听了正想松一口气，却听她又说，“其实，我原本想说你是不是怕痒。”

蒋熙明惊得扭头看她，看到她一脸憋笑的表情，随即满脸通红，羞愤欲绝。

10

“把衣服穿上吧。”阮相宜看着装鸵鸟的蒋熙明说。

蒋熙明头顶着墙，一动不动，也不知是在生闷气，还是觉得丢脸。

过了好半天，他才出声问：“你不摸了吗？”

阮相宜把衣服递给他：“嗯，不摸了，怕你一会儿又要给我讲课。”

蒋熙明做了半天的心理建设顿时坍塌成了一片废墟，他又不争气地脸红了。见阮相宜似乎一点也没有不好意思，他心里就不平衡了：“你为什么这么淡定？”

阮相宜看着他，淡淡地说：“我不是怕你不好意思吗？”

蒋熙明想哭，却还是梗着脖子做出强势模样：“那你摸了，也已经把我看光了，你得负责。”

“嗯。”阮相宜低低应了一声，如果不是仔细听，蒋熙明几乎要以为是幻觉。

“你答应了？”蒋熙明瞪着眼睛不确定地问，随即又欢快地自我肯定，“你答应了，我听见了。那今天起我们就算恋爱了，不准反悔，反悔无效。”

他这一会儿孩子气、一会儿大男人地来回切换，阮相宜有点想笑，又怕伤了他的自尊，硬是憋着笑认真地点了点头。

蒋熙明这才高兴了，欢欢喜喜地把衣服穿上：“你不知道我来之前多害怕你拒绝我，现在好了，我踏实了。不过今晚我估计还是睡不着了，因为太高兴了。”

他整个人都洋溢着快乐的气息，阮相宜也受到感染，久违地觉得心里暖得不像话。

她看着他，忽然叫了一声他的名字。

蒋熙明侧头看她："做什么？"

"没什么。"阮相宜说完，又叫了他一声。

蒋熙明了然一笑，凑过来，不正经道："'我想抱抱你，我想亲亲你'，你是不是藏了后面的话？"

阮相宜不承认："没有，你知道我有肢体接触……"

她未说完的话被蒋熙明的吻给吞没了，他说："嗯，我知道你有病，我就是你的药、你的例外。"

好吧，那就让他成为她的药、她的例外吧。

相爱的人，本该相亲的。

后来，蒋熙明正式把阮相宜介绍给蒋熙诚时，蒋熙诚很吃惊："果然傻人有傻福。"

蒋熙明咧着嘴笑，阮相宜却说："他不傻。"

蒋熙诚挑眉："哟，这就护上短了？"

阮相宜一笑，不置可否。

蒋熙明在她脸上亲了一口，看着自家大哥，语带挑衅："以后别随便骂我，我媳妇最见不得我被你欺负。"

蒋熙诚冷哼："你也就这点儿出息了。"

蒋熙明很骄傲："我这辈子最出息的事就是这件了。"

蒋熙诚捂脸："弟妹，你以后多担待，货物已出，概不退换。"

阮相宜很满意："不退不换。"

蒋熙明撇撇嘴："不准你们联合起来欺负我。"

两人异口同声回他："闭嘴。"

再后来，两人接吻的照片被有心人爆出来，蒋熙明的身份被故意隐去了，网上开始有大批水军刷屏造谣，说他是靠潜规则上位的，所以一出道就有阮相宜做摄影师。

蒋熙明一点都没回避，而是大大方方发了条微博消息："@阮相宜，求潜规则。"

阮相宜万年长草的微博很快回应："@蒋熙明，好。"

蒋熙诚也火速赶来认领两人："给大家介绍一下，@蒋熙明，我亲弟，@阮相宜，我弟妹，我们是一家人。"

谣言不攻自破，各路吃瓜群众纷纷寻着狗粮味围过来，谩骂变成了此起彼伏的祝福。

蒋熙明原本可以借此机会再大火一把，却果断宣布以后要转到幕后，因为他不想被外界打扰，要认认真真上班赚钱养老婆。

阮相宜没有意见，反正不管他怎样，她都喜欢和接受。

蒋熙诚很受伤，他砸在蒋熙明身上的宣传费还没捞回本呢。

但是能怎么办呢？谁让他们是一家人呢？只能继续相亲相爱下去了。

男友太霸道

他既然确定了对林顽的心思，就只会高歌猛进，绝没有徐徐图之的道理。

1

自从蒋熙明谈起恋爱，蒋家父母像是终于想起自家老大还是个孤家寡人，于是蒋爸爸强行给蒋熙诚批了年假。

蒋爸爸说："找不到女朋友就别来上班了。"

蒋妈妈说："你如果要找个男朋友，我们也是可以接受的。"

蒋熙明说："赶紧找啊，要不然你儿子到时候要叫我儿子'哥哥'了。"

对于蒋熙诚来说，工作才是爱人，离不得舍不得。可他拗不过自家爹妈，也看不惯智障弟弟太嘚瑟，于是交代了工作准备休假。

不过临走前，他还尽职尽责地替公司解决了一件难事。

公司旗下的当红演员林衍，死活要拒接一个需要即刻赶往国外拍摄的剧本，可这个剧的男主角形象简直是为他量身定做的，如果出演，绝对可以让他的事业更上一级台阶。

可林衍节假日基本不接工作，尤其现在临近过年，他简直恨不得宅在家里，什么大的小的通告一律能拒就拒，原因就是要照顾放寒假在家的妹妹林顽，十足的“妹控”。

经纪人左说右劝无果，就报告给了蒋熙诚。

蒋熙诚向来是个雷厉风行的人，他直接绕过林衍，派人接了林顽回蒋家，美其名曰替他照顾妹妹。

林衍立刻就找了过来：“你一个工作狂，照顾得好顽顽吗？”

“虽然我很喜欢‘工作狂’这个词。”蒋熙诚一脸惋惜，“可是不巧，我最近不得不休年假，有的是时间。别说你就一个妹妹，十个八个我都帮你照顾好，安心去工作吧，能工作多幸福啊！”

“也就你喜欢工作，”林衍很嫌弃，“反正我是要陪顽顽过年的。”

“我说了会帮你照顾好她。”蒋熙诚敛起了嬉笑神色，“机会总是可遇而不可求，抓住了，再往高处爬，你才更有拒绝的权利。我已经跟林顽说过了，她也支持你去工作，难道你要她觉得是自己耽误了你？”

“蒋熙诚，你真卑鄙！”林衍生气又无奈。

蒋熙诚目的达成，才不在意他说什么：“我等着你来感谢我的卑鄙！”

2

蒋熙诚安排人送林衍去机场，又交代好公司的事，才去蒋家老宅领了林顽回自己的别墅。

林顽抱着包，坐在副驾驶上：“不是说只做做样子吗？你直接送我回家就可以了。”

“不行。”蒋熙诚扭头看她，“我答应你哥照顾你的，你要是不待在我那儿，他万一尥蹶子跑回来，更麻烦。”

“你当时不是这么说的！”林顽小声抗议，“你说等我哥出国后，就送我回去的。”

“是啊，回去，回我的别墅。”蒋熙诚说得理所当然。

“无赖！”林顽“哼”了一声，侧过身头靠着车窗不再说话。

如果蒋熙明敢这么背对着他、给他甩脸色，蒋熙诚早就一个巴掌打过去了，用武力镇压。可林顽是个小姑娘，娇娇弱弱的，自己又的确有点不地道，所以他一时有点不知道该怎么办。

沉默了一会儿后，他放轻语气诱哄道："我们都希望你哥好好工作对不对？所以你安心住在我那里，我对你哥好交代，也避免让你一个人待着，万一出点什么意外都没人知道。这是对双方都有好处的选择，你说呢？"

林顽没说话，蒋熙诚权当她默认了。

想了想，他又补充了一句："不准跟你哥瞎告状。"

多年来，他欺负蒋熙明后总会被告状，现在他说这句话纯粹是因为留下了后遗症。事实证明，这句话还是有点作用。

刚到别墅，林衍的电话就打过来了，追问林顽现在是什么情况。

林顽下意识地看向蒋熙诚。

蒋熙诚挑眉，威胁意味十足。

"哥哥……"林顽叫了林衍一声，语气闷闷的，眼睛却是看着蒋熙诚，眸子亮晶晶的，活像一只涉世未深却天生狡黠的小狐狸。

蒋熙诚了然，掂一掂手里的车钥匙，指指外面，做了一个"请"的姿势。

"怎么了？是不是不习惯住别人那里？是不是蒋熙诚欺负你了？"林衍语气很急，"你等着，我现在就回去。"

"没有没有，"林顽赶紧说，换上撒娇的语气，"我就是想你了，你好好工作，工作结束了就赶紧回来吧。我在这儿挺好的，他没欺负我，他的别墅很大很宽敞，装修风格也是我喜欢的，没有不方便……"

林顽很快就安抚好了林衍。等挂了电话，她让蒋熙诚兑现诺言："这下可以送我回家了吧？"

蒋熙诚笑得人畜无害："嗯，我这别墅是不错，又大又宽敞，装修的时候我也是出了力的。既然你这么喜欢这里，我怎么忍心让你走，只好请你在这里小住了。"

林顽瞪他："言而无信，出尔反尔！"

蒋熙诚耸耸肩，不置可否。

3

虽然蒋熙诚平时算不上有绅士风度，但也绝对不会这么无耻地欺负人家小姑娘。

可他一想到明天、后天以及之后好多天都不能工作，就觉得生无可恋，他总得给自己找点儿事情做不是？

正巧，林颀就撞在这个当口儿了。

以前蒋妈妈刚怀二胎的时候，全家人都希望是个小公主，能凑成一个“好”字。蒋熙诚也一度以为自己会有一个软糯可爱的妹妹，谁知生出来的却是个讨人嫌的弟弟。

不过有了蒋熙明在前，蒋熙诚觉得自己照顾人也算得上有经验，就算不能跟林颀相亲相爱，和睦相处总该没问题。

可现实总是残酷的。

第二天一大早，蒋熙诚就把林颀惹恼了。

原来，蒋熙诚刚开始休假，生物钟还没调过来。他一早收拾好，出了门才想起来今天不上班，只能又怏怏地拐回来。

之前走得急没注意，进门后，他才发现沙发上堆着一条棉被，被子里裹了个人，那人只露出个后脑勺对着他。

“这是上赶着来给你哥解闷儿啊。”蒋熙诚勾起嘴角，懒洋洋地走过去，抬脚踢了踢被子，“起床起床！”

那人没反应，蒋熙诚把脚探到被子里。

他估摸着探到那人屁股的位置，一脚踩上去，还来回搓了两下，痞气十足地说：“蒋熙明，再不起来，我可不是轻轻踩一下就……”

他的话未说完，被一道茫然的小奶音给打断了：“你干什么？”

林颀从被子里探出脑袋，扭头看蒋熙诚，视线往下，落在他屈起的腿上。

此时，蒋熙诚的脚竟然压在自己的屁股上。

“喀喀喀……”蒋熙诚被呛到了，“怎么是你？我以为是、是我弟弟蒋熙明……”

林颀有起床气，发起飙来跟平时简直判若两人。她冷冷地看着蒋熙诚，动了动屁股，直接问：“你要把你的脚搁在我屁股上到什么时候？”

蒋熙诚被林颀这么直白的用词给惊到了，愣了一下才反应过来，赶紧把脚往回缩，并再次澄清：“我真以为是我弟弟，他偶尔会来这边睡，就跟你喜欢蜷缩在沙发上一样。”

“闭嘴！”林顽很有气势地吼了一声，连带着睡意的小奶音也有了两分威慑力，“你再敢碰我试试！”她说完，抓着被子蒙住头，又继续睡了。

蒋熙诚风中凌乱了，他这是被小姑娘当成流氓警告了吗？

4

林顽一直睡到中午才从沙发上爬起来，慢吞吞地洗漱完坐到了餐桌前。

她不提早上的事，蒋熙诚自然是跟着装鸵鸟。

两人沉默着吃完饭，蒋熙诚下意识地想避开林顽回书房，林顽却忽然说：“你早上是不是碰我屁股了？”

蒋熙诚打了个趔趄，这姑娘是要秋后算账？

他深吸一口气，定了定神，看着林顽语重心长地说：“林顽，用词一定要准确，汉语博大精深，一不留神就容易产生误会。我那叫‘踩了一脚’，不是‘碰’。关于‘踩’我可以跟你道歉，但是‘碰’我就不承认了。我二十七岁，你十九岁，我比你大八岁，你在我眼里就是个小丫头。”

蒋熙诚说着，走了过去，想揉一揉她的脑袋以示慈爱。

她个子小，勉强到蒋熙诚胸口的位置，他揉起来很顺手。可他这人从来没跟姑娘亲密接触过，最多跟自家弟弟假装兄友弟恭时拍个肩膀，暗地里也是各自下狠手斗法。此时他手下就没个轻重，直接把林顽梳好的头发给揉散了。

林顽忍无可忍：“你离我远点儿，又是踩又是揉的，你是要变相虐待我吗？！”

蒋熙诚看看林顽乱了的头发，又看看自己的手，讪笑两声：“说‘虐待’太严重了。你不知道，兄弟之间相处都是很简单粗暴的，我这不是一时切换不过来吗？”

“我哥从来都很温柔。”林顽的炫哥属性上线。

“那是你哥对你。”蒋熙诚不信，“他要是跟我一样养个弟弟，他难道能动作温柔地掀开弟弟的被子，再摸摸头说‘弟弟起床了’？你能想象两个大男人那样腻歪地相处吗？”

林顽抿着嘴不说话，似有几分动摇，可明显还是生气的。

蒋熙诚赶紧换了话题：“再说，我也没想到是你睡在沙发上是不是？”

“我认床，还不是你非要我住过来。”林顽噘着嘴，气鼓鼓的模样。

“那好办，”蒋熙诚打了个响指，“把你家钥匙给我。”

“你要送我回去吗？”林顽飞快应声。

蒋熙诚笑：“回去多麻烦，直接把你的床搬过来，你还有什么认的，都拿过来。”

林顽耸了耸肩膀，这人怎么这么霸道。

5

一整个下午，林顽都待在自己房间没出来过。

蒋熙诚又不能闯进去把她揪出来。

他这才深刻地意识到弟弟和妹妹真是两种完全不同的生物。要是蒋熙明不服他的决定，一定会扑过来跟他打一架，结果就是挨一顿揍还得接受他的安排，也不影响以后的相亲相爱。

可林顽她不声不响、不言不语，他真不知道该拿她怎么办。

蒋熙诚叹一口气，开了电脑，在搜索框输入“如何跟妹妹相处”。搜了半天，翻了好几页，网上说的“妹妹”都是女朋友的意思。蒋熙诚只找到一条深得他心的话：如果妹妹不是用来欺负的，那将毫无用处。

可这话明显不适用。

正纠结着，林衍的电话打了过来，问他林顽怎么样。

蒋熙诚自然不会说实话，随便糊弄几句，反叮嘱他认真拍戏，就匆匆挂了电话。

原以为这样就到头了，可短短半天时间里林衍居然打了好几个电话。

蒋熙诚不耐烦：“你直接打给你妹啊，你问我干什么！”

“我怕顽顽嫌我烦啊。”林衍实话实说。

“你也知道自己很烦啊？！”蒋熙诚怒了，“我是你老板，你搞清楚，再烦我我跟你没完！”

“要不你开除我？”林衍凉凉的语气，透着一股“你奈我何”的得意。

“滚！”

蒋熙诚憋屈地挂了电话，才想到：还有谁能比林衍更清楚该如何跟林顽相处呢？于是他又故作姿态地在微信上让林衍把林颀的喜好发过来，他好替林衍照顾妹妹。

林衍很快发过来一大堆：颀颀喜欢喝牛奶，要袋装的，她得叼着喝；颀颀喜欢原味薯片，尤其讨厌番茄味的；颀颀睡觉一定要抱着东西……最重要的是，对颀颀一定要温柔，不要霸道，不要暴脾气。

“这是养妹妹还是养女儿？”蒋熙诚吐槽了一句。

林衍回他：“你不懂，养妹妹就跟养女儿差不多，到时候都要看着自己家的美白菜被不知道哪来的丑猪给拱走，为了弥补那种心酸，这个时候就一定要加倍对她好。”

蒋熙诚懒得理他，扔了手机开始想该怎么跟林颀和好，并和她友好相处下去。

6

最终蒋熙诚还是采用了自己的办法，简单粗暴地把林颀家里的床、衣柜、书桌，甚至地毯、垃圾桶都给搬了过来。

他想的是，既然她认床，那干脆给她复制一个完全熟悉的环境。

林颀很无语：“其实你送我回去更省事。”

“不行。”蒋熙诚毫不妥协，“在你哥回来之前，我休假结束前，你必须留在这里。”

于是，林颀就这么住了下来。

林衍还是经常会一天好几个电话地追问林颀的情况，蒋熙诚从最开始的暴躁，改为温和以对，却还是被他各种挑刺嫌弃。

蒋熙诚觉得自己的脾气快要被这对兄妹给磨没了。他们俩一个话痨似的电话不断，还动不动就拿罢工威胁；一个看着柔柔弱弱好说话，却时不时就对他冷暴力。

偏偏他还拿他们没有办法。

但好在，正是因为每天被他们折腾，他才顺利度过了这段完全没有工作的日子，甚至已经开始学会享受这种放松的、无所事事的状态。

譬如此时，他看着窗外的大雪，就忽然起了要堆个雪人的兴致。

“不去，太冷了，我就坐在窗户这儿看看好了。”林顽打了个寒战。

蒋熙诚不乐意，一本正经地哄骗道：“我这都是按照你哥的要求，带你出去活动活动。你当我是三岁小孩吗？还喜欢堆雪人？”

林顽想到他一早起来对着落了雪的院子发出惊叹时的模样，真想点点头。

可这一段时间相处下来，她知道他是个很要面子的人，要是拆穿他，保不齐他恼羞成怒后又霸道属性上线，逼着她出去。那还不如她自己主动配合。

“那说好了，我只在边上看，不动手。”林顽讨价还价。

蒋熙诚点头，指挥着林顽戴好帽子、口罩、手套、围巾，又拿了一件自己的羽绒服给她套上，看她整个人裹得像一只熊了，才带着她出门。

“穿两件羽绒服，我这低头都看不见路了。”林顽不满。

“还不是你因为又瘦又弱的，万一给你冻病了，你哥又要用‘杀回来’这招威胁我。”蒋熙诚说着，看林顽走得艰难，他走过去牵住她的手，“你哥也就在你面前脾气好，你看看他天天怎么对我的？你还说他温柔，哼！”

“不准你说我哥！”林顽说着要挣开他的手。

蒋熙诚扭头看她。

原本只顾着给她裹严实，这仔细一看，她全身上下就露着两只眼睛，这时候还瞪得圆圆的，又笨又可爱，真要把他的心给萌化了。

他难得妥协：“好、好……不说不说，你可别瞪着眼睛了，笑得我没法走路了。”

7

两人在别墅后面的雪地上堆了一个大大的雪人。

林顽负责指挥，蒋熙诚负责动手。

堆完雪人，拍了照片，蒋熙诚习惯性发给了林衍，免得他一会儿又打电话来问林顽今天做了什么。

蒋熙诚以为林衍会感谢自己替他履行哥哥的职责，谁知林衍却怪他大冷天带林顽出去玩雪，把林顽冻感冒了怎么办。

蒋熙诚正想怼回去，这货却又觍着脸让他多发两张，说要发朋友圈。蒋熙诚懒得理他，把手机放回兜里，牵着林顽往回走。

进门后，林顽去换衣服，穿得太厚，她觉得不舒服。

蒋熙诚在沙发上坐下，也准备发个朋友圈，却看见林衍已经先发了，是几张林顽和雪人的合照，并配文：看，我家小姑娘堆的雪人。

“呸！脸真大，你敢不敢说清楚那雪人是谁堆的！是我堆的好吗！你凭什么不放有我的合照！你家小姑娘？你家小姑娘现在在我家，那是我家小姑娘！”

“你是疯了吗？”

蒋熙诚对着手机数落得正起劲，林顽的声音忽然在身后响起，他一惊，立刻反问：“你听见什么了？”

“你跟念咒似的，我什么也没听见。”林顽说的是实话，她从屋里出来，就见蒋熙诚在发神经，他有时候真是孩子气得很，“你是不是又骂我哥呢？”

“没有，我骂他做什么？”蒋熙诚不承认，从沙发上站起来，“我去洗澡了，刚才出了一身汗。”

他说完，逃也似的回了自己的房间。

其实他倒不是被林顽给惊着了，也不是因为骂人家哥哥被抓了个现行觉得尴尬，而是被自己刚才那句“我家小姑娘”给吓着了。

“我家小姑娘……我家小姑娘……”

蒋熙诚痴痴地又重复了两遍，一边自己都忍不住嫌弃自己，一边又觉得心里饱含着一种说不出来的幸福感。

8

蒋熙诚洗完澡出来，看到林顽正在跟林衍视频聊天。

林顽跟林衍说话的时候，声音轻轻糯糯的，总是带了点儿撒娇的意味。

蒋熙诚忽然就有点儿上火，她跟他住了半个月了，还从来没用这种语气跟他说过话。

“蒋熙诚，你把衣服穿好！”屏幕里的林衍突然吼了一嗓子。

蒋熙诚下意识地低头看了看自己齐整的居家服：“我又没露胳膊露腿。”

“你敢露胳膊露腿试试！穿上你的外套去，正经一点的。能遮住脖子的，露着锁骨给谁看！”林衍不依不饶。

蒋熙诚从林顽手里抢过电脑：“林衍，你别说得我跟穿了皇帝的新衣似的见不得人！难道我在家还穿上西装打上领带？我锁骨好看，就喜欢露着，你有意见？”

“蒋熙诚，你知不知道什么叫害臊！”林衍指着屏幕，“一大把年纪了，还敢说自己锁骨好看，有我的好看吗？别荼毒我们顽顽的眼睛。”

蒋熙诚怒了，把领口扯得更大一些对着林顽：“林顽，你告诉他，我锁骨是不是很好看。我不光锁骨好看，我脸也帅，还身高腿长，我这人得亏是没去拍戏，我要去了，还有你什么事儿？”

“那你去啊，你怎么不去？”林衍回呛，“就你那一点就着的脾气，能跟响尾蛇毒液媲美的毒舌功力，分分钟被人黑得体无完肤！”

林顽在一旁，眼见两个大男人隔着屏幕还能吵得不可开交，也是觉得很神奇。

过了半晌，见两人都没有停下来的意思，林顽起身回自己房间。

“顽顽，你不跟哥哥说话了吗？”

“林顽，你不跟林衍说话了吗？”

两人同时说道，林顽脚步不停，只丢下一句：“我觉得你们更有话说。”

关上门之前，林顽还听见两人相互嫌弃：“谁跟他有话说。”

过了一会儿，客厅终于安静了，林顽出来倒水，发现蒋熙诚靠在沙发上发愣。

“你怎么了？”林顽问。

蒋熙诚抬头看着她，好半天没说话，一开口却是学着林衍叫她“小姑娘”。

林顽不明白他唱的哪一出，愣在原地没出声。

“小姑娘……”蒋熙诚又叫了一声。

林顽礼尚往来地回了一声：“大叔。”

“我叫你‘小姑娘’，你叫我‘大叔’，我这平白长了一辈，我有那么老吗？”蒋熙诚还是很介意林衍说他老。

林顽皱眉，很快改口道：“小伙子！”

“林顽，你也就是不熟的时候是只闷葫芦，其实内里蔫儿坏。”蒋熙诚乐了，“不让你把我叫老，你就想占我便宜。”

林顽不承认：“您不是想年轻点儿吗？”

蒋熙诚不再跟她绕，直接说：“叫‘哥哥’。”

林顽很乖巧地叫了一声。

蒋熙诚还不满意：“得跟你哥区分开，叫‘蒋哥哥’。”

“蒋哥哥。”

“哎……”蒋熙诚眉开眼笑地应着，又得寸进尺地问，“我跟你哥谁好看？”

“我哥。”林顽脱口而出。

蒋熙诚很受伤：“喂不熟的白眼狼！”

9

托林衍那张乌鸦嘴的福，林顽没冻感冒，蒋熙诚先病倒了。

这天一早起来，他就觉得不对，喷嚏打个不停，嗓子也难受得很，到了晚上，他又发起烧来。

“去医院吧。”林顽很担心。

“不去。”蒋熙诚拒绝得很干脆，“吃两片退烧药就好了。”

林顽狐疑地看着他：“你是不是怕去医院啊？怕打针输液？”

“才没有！”蒋熙诚梗着脖子不承认，“我会怕打针？我会吗？我根本不会。我跟你说，你年纪小不知道，发烧属于那种睡一觉就好的病，用不着上医院。”

“你是觉得我傻，还是你已经傻到开始自欺欺人了？”林顽叹了一口气。

蒋熙诚一噎，干脆破罐子破摔：“不去！就不去！”

“那你睡吧，等你睡着了我再走。”林顽说着，替他掖好被角。

为了不影响蒋熙诚休息，房间里只开了床头灯，光线略暗，为林顽的侧脸镀上了一层柔和的光，越发显得她温柔美好。

蒋熙诚忽然心跳得厉害，忍不住又拿她和蒋熙明做比较。他想，如果是蒋熙明知道他病了，一定会幸灾乐祸地过来围观，再“啧啧”两声说：“你个铁人居然也会生病，真神奇。”

可林顽却会细心照料他，还有求必应。

这么一对比，他就有些嫉妒林衍了，想着林衍生病时林顽肯定比现在更贴心。

“你哥生病的时候，你也这么照顾他吗？”蒋熙诚忍不住问出来了，语气略酸。

林顽摇头：“哥哥生病总是忍着，从来不在我面前表现出来。”

蒋熙诚没出声，林顽继续说：“我知道他是怕我担心。他一直都是这样，什么事都自己扛，把我当孩子一样护着。我五岁的时候，爸妈就出车祸去世了，是哥哥把我带大的，他可能想把父母的那份爱也给我，所以加倍地对我好。他刚开始拍戏的时候，演的都是那种小角色，好多都要等到半夜才拍，我就陪着他等，实在困了就靠着他眯一会儿，后来他就不让我跟着了。

“但是那样，我们有时候好几天都见不到，他回来的时候我去上学了，我放学的时候他还在片场。所以他现在才会节假日都不工作，你不要以为他是耍大牌啊，他都是为了我。”

她说得云淡风轻，蒋熙诚却听得心疼，他撑起身子，把她拉进怀里。

林顽没动，乖乖让他抱着。

“当哥哥的都是这样，你不必觉得亏欠。”蒋熙诚轻声说，“我从十八岁就开始在公司实习，这么多年压根儿没有自己的时间，全部被工作占满了。因为我想替我爸妈分担，不希望他们太操心，也希望弟弟能快快乐乐的，他们开心我就开心。我不是为了让他们觉得亏欠、愧疚，而是我心甘情愿为他们这么做。”他顿了顿，又接着说，“你哥哥肯定也是这样想的，所以你只要开开心心就好了，像你的名字一样，做一个顽皮的长不大的小孩子，尽管任性，尽管张扬。我以后也会护着你的。”

林顽点头：“谢谢，你们都是最好的哥哥。”

10

蒋熙诚病好以后，做的第一件事就是给蒋熙明打电话，问他怎么追的阮相宜。

蒋熙明实话实说：“我看见她就围着她转，一会儿看不见她就追过去找她。你还记得咱妈以前养的那只小京巴吗？特别黏人，你一开始很烦它，但它看见你就撒了欢地凑过来，你后来不是不烦了？还很喜欢。”

“你是说你跟条狗似的才把人追到手？”蒋熙诚抬高了声音，“你还有没有点尊严了？”

“老处男你还跟我讲尊严？哥，你是准备单身一万年吗？”

蒋熙诚赏了他一个“滚”字，挂了电话。

蒋熙明那种磨磨蹭蹭、死缠烂打的方式，蒋熙诚是不屑的，他既然确定了对林顽的心思，就只会高歌猛进，绝没有徐徐图之的道理。

尤其林顽有个哥哥在，还是一个妹控，他要真是慢慢磨，说不定得磨到猴年马月去。

但贸然表白也不是他的风格，他要一击制胜。

隔天，林顽窝在沙发上看书时，蒋熙诚忽然凑过来说要她帮一个忙。

林顽没多想就点头应了。

蒋熙诚清一清嗓子，打开手机接通视频，蒋妈妈的笑脸出现在屏幕里。

“这就是顽顽吧？”屏幕里的蒋妈妈先说话了，“这还是小诚头一回带小姑娘给我看呢。我本来说要过去看你，他不肯，说怕把你吓着。顽顽，阿姨有那么吓人吗？”

林顽下意识地摇头，结结巴巴叫了一声“阿姨”，才反应过来得解释自己不是蒋熙诚的女友。

可她还没说话，蒋熙诚忽然揽住她的腰，正式跟蒋妈妈介绍道：“妈，这是我女朋友，林顽。”

“谁是你女朋友！”林顽去掰蒋熙诚的手，压低了声音说，“你别让阿姨误会了，赶紧解释清楚。”

“帮帮忙，不然我妈会逼我去相亲的。”蒋熙诚歪着头跟她咬耳朵，语气中带了点儿撒娇的意味，气息又呵在林顽耳朵上，激得林顽身体一颤。

林顽不自觉就点了点头，做了他的同谋，“阿姨……阿姨好，我是林顽。”

“好好好……阿姨好着呢，看见你更好了。我们家小诚哪儿找来这么乖巧可爱的小姑娘，我看着就喜欢。你们什么时候来家里吃饭？你喜欢吃什么？我都给你做……”

蒋妈妈说了半天，林顽都安安静静听着。

等挂了视频通话，蒋熙诚忽然问：“你什么时候跟你哥说？”

林顽茫然道："说什么？"

"说咱们恋爱的事。"蒋熙诚目光定定地看着林顽。

林顽吃惊道："咱们什么时候恋爱了？"

"就刚刚，不是都见过家长了吗！"蒋熙诚心里虽虚，面上却故作强势，"我们家可没有始乱终弃的坏毛病，你也不准有。"

"你！你！"林顽气得想打他，"你不是说是帮忙吗？再说，有你这么跟别人谈恋爱的吗！你问过我喜欢你吗？问过我有没有男朋友吗？问过我哥了吗？"

蒋熙诚一愣，他只顾着怎么套牢林顽，还真没多想。

"你不喜欢我吗？可是我喜欢你呀，你也赶紧喜欢我吧。"蒋熙诚拧着眉道，"我都没有女朋友，你哪儿来的男朋友，你也不准有！你哥那儿，我会说的，但首先得让你同意，要是先过他那一关，我怕被他剁成肉泥都还追不到你。"

林顽冷哼："活该！我才不喜欢你，你没有女朋友是你的事，我是要找男朋友的。"

"找什么找呀，多费时费力啊，我这不都送上门来了吗？"蒋熙诚耍无赖，凑过去抱住林顽倒在沙发上，"真的不喜欢我？一点也不喜欢？"

他的声音压得很低，不似平时那般自信响亮，多了几分喑哑性感。

林顽耳热，推他又推不动，只能狠狠掐了他一把："不喜欢，哪有你这么霸道的？追求也没有，表白也没有，就骗着我见家长。"

"我不是怕你跑了吗？"蒋熙诚抓了她的手放在自己胸口，"你感受一下，我的心跳是不是特别快？都快跳出来了，我也是头一次这样连蒙带骗的，也很紧张害怕。我知道这样不好，可是我得在你哥回来之前跟你确定关系啊，要不然我怕他把你带走，我就没机会了。"

难得见到这样弱势的蒋熙诚，又感受到他强烈的心跳，林顽一下就心软了。这个霸道的男人，原来也会紧张不安，只为确定她是不是喜欢他。

"就算确定了关系，我也还是会跟我哥回去的，哪有一直住在你这里的道理？"林顽小声说。

"那你是同意了？"蒋熙诚眼睛一亮，"我哪敢让你一直住这里。我是想你同意了，咱们就是两情相悦，你哥怎么也得看在你的面子上，不能往死里折腾我，偶尔还能让咱们见个面。可你要是不同意，那我就是单相思，他肯定严防死守，不准我靠近你。”

林顽觉得哥哥真做得出来这事，道：“可就算我同意了，哥哥肯定也不会轻易放过你的，而且我还气你骗我这事儿呢，不会帮你求情的。”

“你怎么高兴就怎么来，直到你出气为止。你哥那里我自己想办法，反正是会让他同意的。”

“好吧。”

后来，林衍结束拍摄后，发了一条微博，说收工返程了。蒋熙诚立刻转发了，并配文：“哥哥，我跟顽顽在家等你，一路平安。”

蒋熙明再转发：“亲家哥哥，等你哟！”

蒋家父母跟着转发：“亲家，我们跟顽顽在家等你回来。”

林衍立刻就把电话打了过来：“蒋熙诚，你发什么疯！”

蒋熙诚伏低做小，态度超好：“哥哥，我跟林顽在一起了。”

“谁是你哥哥！我比你还小一岁呢！别叫得这么顺嘴！想拐我们家顽顽，做梦！你等着，我回去揍不死你！”林衍暴跳如雷。

后来，蒋熙诚一瘸一拐地从林家出来的时候，蒋熙明不厚道地嘲笑道：“哥，我让你慢慢磨，你非明抢，挨揍了吧。”

蒋熙诚虽负伤，可气势不减：“挨揍我乐意。你哥是狮子，学不来你那‘狗模式’。”

蒋熙明冲他做了一个鬼脸：“是狮子是狗，不都是妻奴？你嘚瑟什么？”

蒋熙诚作势要打他，蒋熙明反应灵敏地躲开，跳着跑走了。

林顽走过来，拉住蒋熙诚：“为什么我哥会同意我去你家住呀？”

蒋熙诚牵起她的手，在她额头轻轻一吻：“因为我说，我想给顽顽一个家，一个像我们家一样和睦的家。”

林顽一下就红了眼眶，主动抱住他：“可是哥哥怎么办？我会想哥哥的，哥哥也会舍不得我的。”

蒋熙诚揉一揉她的脑袋：“我们可以让他搬过来一起住呀。但是你不准偏心帮他，肯定是他仗着哥哥身份欺负我的时候多，你得多帮我，如果我吃亏了，你要补偿我。”

“好，我帮你。”林顽点头道。

“你也不问问怎么帮、怎么补偿？不怕我把你卖了？”

“不问，”林顽看着他道，“你这么霸道，要是真想卖我的话，肯定说——‘林顽过来，今天去把你卖了！’”

“哈哈哈哈……”蒋熙诚大笑着紧紧抱住林顽，“嗯，你说得对。可是我舍不得你这个小姑娘，谁来也不卖，我想和你一辈子在一起，欺负你、喜欢你、爱你。”

“好。”

男友爱撒娇

顾可舟的眼睛直勾勾地盯着她，意有所指地说："水可载舟，亦可覆舟。"

1

五年前，顾可舟不告而别，之后一个电话、一条信息都没有，于水水只能在心里问候他祖宗十八代问候了五年。

五年后，顾可舟一个电话打过来，就要于水水丢下工作去接机。

于水水直接赏了他两个字："做梦！"

可她拒绝得有多干脆，自己打脸就打得有多响。

挂了电话，不知道第多少次因为魂不守舍导致工作出错后，于水水跟领导请了假，火速赶往机场。

当于水水站在机场大厅看着顾可舟一步步向她走来时，她的心底早就掀起了滔天巨浪，面上却强撑着像死水一般平静的表情。

不动声色，不露情绪，是她最后的骄傲。

顾可舟俊朗帅气更胜从前，眉宇间少了锋芒毕露的少年气，多了沉稳内敛的气质，俨然从一个意气风发的大男孩长成了稳重可靠的男人。他穿了一件长款的黑色羽绒服，更显得他身姿挺拔，如一棵倔强挺立的松树。

可于水水知道，他不过是“金玉其外，败絮其中”。

果然，顾可舟在距离于水水两步远的位置停下来，眯着眼看了她一会儿，就再也装不下去，露出从前那副玩世不恭的浑蛋样来。

他痞笑着冲于水水张开手臂：“来，小馒头，快让我感受一下祖国人民的热情。”

于水水不动，故意曲解他的意思：“揍你的热情吗？”

“那多不好。”顾可舟忸怩作态，“打是亲，骂是爱，你这一上来就要亲我，我怕我受不住。”

于水水冷笑，扭头走人，论厚脸皮她是怎么也赢不过他的。

顾可舟追上来，两步就越过她，然后回身紧紧抱住她。于水水挣扎，他就在她耳边哀求一般小声说：“别动，让我抱一会儿。”

他的怀抱太暖，他的语气太温柔，于水水到底心软了，任由他抱着，不推不拒。

“真好。”顾可舟满足地叹息一声。

“好什么！”于水水的话里带了赌气的意味，“再好也留不住你，再好也能叫你狠心到整整五年不闻不问！”

她说着，不自觉红了眼眶。顾可舟不说话，按着她的后背让她更贴近自己，脸颊在她耳边蹭了蹭，好一副深情的模样。

念了多年的男人此刻就在自己身边，于水水转瞬就忘了“要把他千刀万剐”的誓言，忍不住回抱他，却听到他说：“大了，软了。”

他离得近，说话时嘴唇轻轻擦过于水水的耳郭，激得她全身皮肤都起了一层鸡皮疙瘩。

被他这么撩拨，于水水差点就不争气地红了脸，一抬头却看见他的视线正暧昧地落在自己胸口处。

她立刻就清醒过来，咬牙切齿道：“顾可舟，你真是江山易改，本性难移！”

2

于水水一把推开顾可舟，怒道：“披着一张禁欲皮囊，行的却是流氓之事，你真是白长了这张脸。”

顾可舟被骂了也不收敛，反而俯身捧起于水水的脸，在她下巴上来回搓了两下，手劲儿还不小。

于水水吃痛，狠狠踢他一脚："怎么？恼羞成怒了，要杀人灭口啊？"

顾可舟跟没有痛觉似的，只顾捧着她的脸左看右看，还连声叫她的名字："于水水、于水水！"

"魂没丢，叫什么叫！"于水水语气不善。

"是什么让你变成了现在这个样子。"顾可舟说着松开手，表情可谓伤心欲绝，"以前我摸摸你的小手你就脸红心跳，恨不得找个洞钻进去。现在我抱你、调戏你，你都没反应。你是不是戴了厚脸皮面具，快点儿揭了，还我那个会脸红害羞的小馒头来。"

于水水觉得顾可舟不去混娱乐圈简直可惜了，这张脸配上这演技，分分钟能拿影帝。

她拍掉他的手，盯着他的眼睛，冷冷地说："顾可舟，五年了，我总得长点出息不是？谁都不会一直站在原地的，我也一样。"

顾可舟脸色一变，垂下手没再说话。

于水水暗暗握紧拳头，告诉自己别再被他的可怜相给骗了。

直到出了机场、坐上车，两人都没再说一句话。

只是上车的时候，于水水准备坐副驾驶座，顾可舟却硬拽着她进了后座，让她和自己并排坐。

顾可舟也不知是理亏还是真的累了，一直靠在座椅上闭着眼假寐。

于水水用余光打量他，这才注意到他眼下一片青黑，明显没有休息好。她一边心疼，一边暗骂自己瞎操心，最后偏过头看窗外，眼不见心不烦。

"包子，别气了。"顾可舟忽然说。

"谁是包子？"于水水下意识反问。

"以前只有馒头大小。"顾可舟的视线又落在她胸口，还伸出手比画两下，"现在鼓鼓囊囊的，是包子了。"

于水水气得要打他："顾可舟，你一会儿不耍流氓就缺氧吗？"

顾可舟无赖一笑，手臂环上她的腰，紧紧箍住："是啊，看见你就正经不起来。别闹，我困了，让我抱着睡一会儿，到了你叫我。"他说完，也不管于水水的挣扎，强行把头枕在她肩膀上，闭上眼。

“谁闹了？还不是你这个浑蛋。”于水水不再动，嘴上却嗔怪着。

3

一路上，顾可舟都很安静，于水水以为他是装睡，后来才知道他是真的睡着了。

因为下车时，于水水叫了他两次，他才猛地一惊醒过来，茫然地看着她，苦笑着说：“小馒头，我又梦见你了，看来是真的太想你了。”

于水水一下就红了眼，原来他也会想她、会一直梦见她吗？

可顾可舟这人天生就不是能叫人心疼的主，才真情流露了一秒，就又不正经起来。他把脑袋凑过去贴在于水水胸口处，色眯眯地撒娇：“还是梦里好，你对我有求必应，我这样抱你也没关系。”

于水水深吸一口气，压下想打死这货的冲动，狠狠推开他：“有求必应？你还是继续做梦吧！”

“是真的？”顾可舟很吃惊，随即抬手掐了于水水一把，见她吃痛，才彻底清醒过来，“是真的，我回国了。”

“你要验证就掐自己啊，掐我做什么！”于水水捂着胳膊怒斥道。

“这不是欺负你欺负惯了吗？”顾可舟简直无耻到极致了。

于水水冷哼道：“隔了五年，你的习惯不断层的吗？”

顾可舟一愣，神色复杂地看了她半晌，轻轻叫了声“水水”。

于水水偏过头不看他。她也不想总这么用话刺他，可她心里有气，不自觉就带了出来。

“水水，小舟。”杜若兰在小区门口冲两人招手。

于水水慌忙应了一声，不再理顾可舟，朝着杜若兰快步走去。

顾可舟也收了情绪，换上一张灿烂的笑脸：“杜女士，你英俊帅气的儿子回来啦。”

4

杜若兰是顾可舟的母亲，也是于水水的高中老师。

他们母子是于水水的救命恩人。

于水水的父亲于长远是一个暴躁无能的男人，除了喝酒，最能耐的就是打老婆。老婆被他打跑后，于水水就成了他新的发泄对象，时不时就被他拳打脚踢。

有一回打得狠了，于水水躺在地板上半天都动不了。她很想哭，可是眼泪却不配合，或许是早就流干了，又或许是知道哭也没有什么用。

她闭着眼躺了很久，认真想着这一次是不是就不会再睁开眼了。于她而言，这也算一种幸运。

在她最接近死亡的那一刻，意识变得涣散，眼睛和耳朵都像是被堵住了，一切都变得朦胧模糊。她以为终于要结束了，却忽然听见杜若兰着急的呼喊声：“于水水！于水水！”

她听见了，却没有回应，一是因为没力气，嗓子发不出声，二是她以为自己幻听了。刚开学见到杜若兰时，她就被杜若兰身上那种温柔的气质吸引了，还幻想过如果她是自己的母亲该多好。现在，她只当这幻听是自己临死前的得偿所愿。

果然，没一会儿杜若兰的喊声就停了，于水水微微一笑，觉得自己也算圆满了。

可很快，外面又响起了剧烈的砸门声。

于水水蹭着地板挪了挪身子，脸朝向门口。

这一次，她确定不是自己幻听，因为伴随着砸门声，还有于长远由远及近的吼叫：“哪儿来的臭小子，跑到别人的地盘上撒野！还敢砸门，我今儿就叫你……啊啊啊！我的胳膊，你小子！别别别……我开门我开门。”

隔着门，于水水只能凭着于长远断断续续的话猜测他是被谁制服了，那人强逼着他开门。

等门开了，先冲进来的是一个少年。于水水只来得及看清他脚上的一双白色运动鞋，他就已经风一样冲到她身前蹲了下来。

“你怎么样？能动吗？”少年焦急地问。

他蹙着眉，一脸焦急愤怒，难掩一身戾气，于水水却莫名觉得安心。

那个少年就是顾可舟。

顾可舟俯身抱起她往外走的时候，顾可舟一脚踹倒要阻拦的于长远的时候，于水水恍惚间觉得看见了天使。

原来是杜若兰见于水水一直没去上学，就过来家访，顾可舟只是碰巧跟了过来。

但无论怎样，他们救了她，之后又帮忙起诉于长远家暴，送他进了监狱，让她再也不用生活在被拳打脚踢的地狱里。

后来于水水才知道，顾可舟之所以那么愤怒，是因为杜若兰也曾遭受家暴。只是那时他还小，帮不上忙，只能眼睁睁看着母亲挨打，所以于水水的处境让他心生同情，一下就激起了他的保护欲。

那时，顾可舟对她说，以后他会罩着她，就算于长远出狱，她也不用担心。

于水水一度把他当成自己的英雄，哪怕慢慢发现他其实是个小色鬼、臭流氓。可后来她才知道，他还是个会不声不响去留学的浑蛋。

那是于水水高考结束后发生的事情。

于长远出狱没多久就遭遇车祸，当场死亡。顾可舟和杜若兰帮忙料理后事，于水水整个人完全不在状态，只是机械地配合着。

那段时间顾可舟一直陪着她，逗她开心、陪她吃饭，简直有求必应。有一晚她做噩梦，梦见浑身是血的于长远朝她走来，犹如地狱中走来的恶鬼，说要她给他陪葬。于水水被吓醒了，给顾可舟打电话。顾可舟连夜赶过来，小声安抚她，陪她一起在床上躺下来。为了分散她的注意力，他很不正经地对她动手动脚，这里亲一下，那里摸一下，结果后来险些擦枪走火。

这么一折腾，于水水是不害怕了，半是羞涩半是紧张地睡了过去，一夜好眠。

可是没两天，顾可舟却一声不响地留学去了，连杜若兰也是被临时通知的。

他出国后，杜若兰生了一场病，于水水就搬过来跟她一起住了。

5

“你的房间我跟老师都没动过，东西都还在原来的位置，你应该比我们清楚。”

于水水说着，视线扫过整间屋子，床、衣柜、书架、书桌……最后定格在顾可舟身上。

他走后，她经常会一个人坐在他的房间里发呆，翻他翻过的书，睡他睡过的床，放任汹涌的思念将她吞没，甚至她会假装他还在。那种自欺欺人的感觉她记得太清楚，清楚到此时竟有些分辨不出眼前这个人是真的，还是她幻想出来的。

顾可舟像是感受到了她的情绪，走过来轻轻拥住她："水水，我回来了。"

于水水和他静静相拥片刻，吸了吸鼻子，压下心里翻腾的情绪，淡淡地说："房间每天都有打扫，现在你不必手忙脚乱地收拾。你休息吧，一会儿吃饭的时候叫你。"

她说完就要走，顾可舟却猛地拽了她一把，两人一起倒在床上。

于水水小小地惊呼一声，撑着胳膊要起来："你发什么疯？老师还在外面。"

顾可舟更来劲儿了，一个翻身压住她，无耻地威胁说："所以你别叫，乖乖陪我睡一会儿。"

这人从来就正经不过两分钟，于水水暗恼，伸手推他："我不困。"

顾可舟纹丝不动，直勾勾看着她，语气认真："其实我也不困，尤其这么和你……一上一下，我更精神，那我们要不要来继续五年前那晚的事？"

"你敢！"于水水低喝一声，看着有气势，可其实色厉内荏。她吃不准顾可舟的话是真是假，怕他万一犯起浑来，丢人的还是她。

"你要睡就赶紧闭上眼，瞪着两只眼干什么，好看吗？"于水水虽然妥协了，嘴上还是不饶人的。

顾可舟得了便宜还卖乖："就知道你想跟我睡。"

6

吃晚饭时，于水水简直恨不得把头埋到碗里去。

刚才杜若兰来敲门，她才猛地清醒，发现自己居然不知不觉睡着了。原本两人待在房间半天就够说不清了，偏偏顾可舟还怕人不知道似的，睡眼惺忪不说，还故意甩了甩胳膊，说被她压麻了。

要不是顾及着杜若兰，于水水绝对会拿针缝了他的嘴。

于水水小心地看了一眼杜若兰，见她神色一如往常，才把高高悬着的心放了回去。

吃完饭，三人坐在客厅闲聊。

于水水犹豫再三，才鼓起勇气说："老师，我……我打算下周搬出去……"

"你别搬。"杜若兰打断她的话，斜眼看了看顾可舟，"让他搬出去吧，反正五年不在家，我也习惯了。倒是你，水水，你才是我的贴心小棉袄，谁走你都不能走。"

"我……"于水水还想再说。

顾可舟突然打断了她的话："我不搬。杜女士，您儿子野够了，现在就想被圈起来养着，哪儿都不去。小馒头也别搬，楼上又不是只有一间房，就算只有一间……"他说到这里一顿，眼睛看向于水水，神色暧昧。

于水水急了，用眼神警告他别乱说。顾可舟冲她眨眨眼，又接着说："就算只有一间房，以您儿子目前的地位，也不敢多讲究，打地铺就成。"

"你愿意打地铺是你的事，我不管。"杜若兰说，"你得跟水水说。水水要是搬走的话，我就跟水水一起走。你自己在这里，是打地铺还是睡床铺，没人管你。"

"杜女士，"顾可舟去拉杜若兰的手，撒娇道，"您这是对五年不见的儿子说的话吗？太伤我心了。"

杜若兰抽回手："伤了就伤了吧，男孩儿不能惯着。"

顾可舟讨不着好，又转向于水水，做出一副可怜相："小馒头，不对，包子，你忍心让我走吗？"

于水水白他一眼："忍心。"

顾可舟像是不敢相信她会这么绝情，夸张地捂住胸口瘫倒在沙发上，瘫了好一会儿又坐起来，看着两人，态度强硬地说："那你们搬走吧，走的时候请带上我，谢谢。"

7

最终，于水水自然是继续住了下来。

杜若兰说让顾可舟搬出去或许是假，想留下她却是真，于水水又怎么能不体谅她的心情。

可跟顾可舟同住一个屋檐下，于水水觉得自己无异于羊入虎口。

杜若兰还没退休，现在又是高三班的班主任，平时忙得很，两周才休息一次。所以大多数周末，只有顾可舟和于水水两人在家，这就给了顾可舟充分的“作妖”时间和空间。

他一点儿也不收敛，不改从前的恶劣性子，逮着机会就要占于水水便宜。

今天收了于水水晾在阳台上的内衣，面对她的质问，还一本正经地说：“哦，收错了，罩杯太小，我以为是抹布。”

明天裸着上半身在于水水眼前晃，骄傲地说：“就我这脸和身材，你这么免费看可不行，要不你看我，我看你？等价交换？”

后天又装醉耍酒疯，抱着于水水又亲又摸，被掐被打都死不松手，只反复嘟囔：“牡丹花下死，做鬼也风流。”

于水水也不是五年前的小姑娘了，应对起来自然也是得心应手。

他收她的内衣，她就把内衣都拿出来让他选喜欢的挑：“我不歧视有特殊癖好的人，不过你在自己家发疯就行，要不然改天我得去派出所赎人就不好了。”

他裸着上身在她眼前晃，她就大大方方地看，还顺手搜了顶级男模的照片作对比：“腹肌轮廓是有了，可是肌肉线条还不够完美，什么时候练到了人家这程度再出来秀，我绝对满足你所有要求。”

他耍酒疯，她就看着他闹，等他以为她心软了，要得寸进尺时，她就直接一杯水泼过去：“醒酒带洗脸，一步到位，不用谢。”

两人斗智斗勇、斗嘴斗法，就这么胶着着，像情侣又像仇家。

他们都闭口不谈五年前的事，可各自的心思却不一样：于水水不提，是想让顾可舟主动解释；顾可舟不提，却是想蒙混过关。

8

两人看似风平浪静地相处着，可问题始终都在，触雷不过是早晚的事。

先炸的是顾可舟。

导火索是于水水一连两个周末都外出赴约，接送她的还是同一个人模人样的西装男。

“他是谁？做什么的？你们什么关系？为什么一直跟他见面？为什么这么晚回来？你们去做什么了？”顾可舟连珠炮似的发问，丝毫不掩饰自己的醋意和嫉妒。

于水水看了他一眼，走到沙发边坐下来，才轻描淡写地说：“朋友。”

“朋友的区分多了。”顾可舟跟过去，“泛泛之交是朋友，点头之交是朋友，君子之交是朋友……”

“顾可舟，”于水水打断他的话，盯着他的眼睛，“委婉不是你的风格，你不就是想问我们是不是男女之交吗？”

她眼神平静，语气也平淡，顾可舟却心里一紧。这样平静的于水水让他觉得不安，他宁愿她不耐烦地直接告诉他或是冷漠地避而不谈，也不想她用这种态度跟他说话。

这样的她太陌生，让他觉得两人之间仿佛隔了什么，是五年的时光，又或是心。

“是。”顾可舟点头。他不能放任这种疏离的状态存在，理直气壮地说，“我是想问你们是不是男女之交。”

“跟你有关系吗？”于水水还是一脸冷漠。

“怎么跟我没关系！”顾可舟提高了音量，“我对你的心思，只要不是瞎子，都看得出来。你是我的，从前是、现在是、以后也是，谁都别想抢走！”

“我是你的？”于水水嗤笑一声，眼里泛起泪光，“顾可舟，你知道我现在喜欢什么，讨厌什么吗？你知道我走过哪些路，看过哪些风景吗？你知道我身边的同事朋友换了几波，谁还在、谁离开了吗？你知道我想你想到发疯、发狂的那些夜晚，我是怎么熬过来的吗？你知道吗？”

“水水……”顾可舟脸色一白，想要去牵于水水的手，却被她躲开了。

“顾可舟，你不知道。”于水水说着，眼泪已经顺着脸颊流了下来，“五年，五年足够改变一切。我的喜好变了，审美变了，我身边的朋友也换了一波又一波，我从学校走入了社会……所有的变化你都没有参与，你凭什么说我是你的？我们之间失去的这五年时光，不是你说两句不正经的话、亲亲抱抱占占便宜，就能蒙混过关，就能当不存在的。

“我承认我还是喜欢你，会对你心软。可是当年你一声不吭就走，一句解释也没有，绝情到五年都不联系我。你这样的行为始终是一根刺，扎在我心里这么多年，一直隐隐泛疼。你知道我的性子的，我眼里容不下沙子，除非你能把这根刺拔出来，否则我们之间没有可能。”

顾可舟心痛得厉害，伸手替她擦泪：“水水，我以后都会在的，无论怎样都不会再离开，我欠你的用一辈子来还你好不好？”

于水水苦笑：“你到底还是不愿意说。”

她说完，和他对视片刻，在心软前一秒起身走人了。

9

于水水回了自己房间，躲在被子里哭，一边哭一边骂顾可舟“浑蛋”。

可她今天出去走了一天的路，早就累了，所以哭着哭着就睡着了。

睡得迷迷糊糊的时候，于水水感觉到有人爬上了自己的床。她一惊，迅速甩手给了那人一巴掌，又干脆利落地把他踹下了床。

“啊！”

伴着一声闷哼，于水水也摸到开关开了灯：“顾可舟！”

跌坐在地上的人正是顾可舟，他一手捂脸，一手捂屁股，模样滑稽得很。

“于水水，你完了你完了！你把我打毁容了，还把我摔残疾了！”顾可舟夸张地说。

“你少恶人先告状！”于水水裹着被子坐起来，“谁叫你半夜不声不响来爬床的！我没往死里打你就不错了！”

“什么不声不响？我叫了你好几声，是你自己没听见。”

“你叫我做什么，我们吵架呢，不知道吗！”

“知道啊。”顾可舟叹了一口气，“可我怕你哭得眼睛肿起来，明天没法去上班，想给你敷眼睛。”

于水水这才注意到他胳膊上搭了条毛巾，心里一软，嘴上却逞强：“不要你管！敷眼睛敷到床上来了，你当我不知道你那点心思！”

“我不管你谁管你？”顾可舟在床边坐下来，语气坦坦荡荡，“不过我也的确是存了心思，老话不是说‘床头打架床尾和’嘛，我来求和。”

“求和还是占便宜，你心里清楚。”于水水瞪他。

顾可舟没说话，盯着于水水看了一会儿，忽然把她从床上拽了下来，两人站到穿衣镜前。

“于水水，来，摸着你平坦的胸部，看着我的脸，你说咱们俩谁会占谁便宜？”顾可舟一脸严肃。

于水水拿胳膊肘顶他：“你能不能正经点！”

“正经不起来。”

最终于水水还是被顾可舟半哄半强迫着敷了眼睛。他一贯会打个巴掌再给个甜枣，没脸没皮得很。

10

那晚过后，两人说不清是和好了还是没和好，就这么稀里糊涂、一如往常地相处着。

只是顾可舟变得忙碌起来，他在为创业拉投资、做准备，一扫之前的懒散状态，连着两周都是早出晚归，几乎忙得脚不沾地。

这天于水水下班回家，发现顾可舟难得回来得早，只是累得衣服都没换就躺在床上闭着眼。

于水水走过去，发现他只是睡着了，除了脸色不好，没别的问题。她这才放下心来，轻手轻脚地替他盖上被子，然后在床边蹲下来，静静看着他。

顾可舟长得很不错，睫毛很长，鼻梁很高，嘴唇也好看，叫人忍不住想亲吻。平时笑的时候，他总是先勾起一侧嘴角，带了点痞气，坏得叫人心动。此时像这样睡着了，安安静静的，又完全符合那句网络流行语——“一个安静的美男子”。

就冲这张脸，于水水觉得自己栽在他手里一点也不亏。

于水水正看着，顾可舟突然睁开眼，一把把她拉到怀里，让她趴在自己胸口。

“是不是很好看？”顾可舟的声音里还带了点沙哑，性感得要命。

于水水下意识就点了点头。

顾可舟像是知道自己的魅力所在，又刻意压低了声音，诱惑道：“那有没有让你见色起意？”

于水水咽了咽口水，勉强拉回理智：“没有。”

“啧啧，你听听你这隔十米都听得到的心跳声，还有这比胡萝卜还红的脸，你还敢说‘没有’？”顾可舟毫不留情地拆穿她。

“就是没有。”于水水死不承认。

顾可舟挑眉看着她，笑得得意。

于水水受不了他这么嘚瑟，做了一个“杀人灭口”的手势，恶狠狠地说：“你知道什么叫‘看破不说破’吗？”

“不好意思，我打小就这么诚实。”顾可舟笑得很欠打。

于水水恼了，猛地凑过去，狠狠亲了他一口。看着他惊讶地瞪大眼睛，于水水自觉占了上风，得意地说：“你都这么说了，我不做点儿什么，岂不是白担了污名？”

她本意是想叫顾可舟别那么得意，谁知，这人很没有节操地冲她暧昧一笑，扯了扯衣领说：“原来你好用强啊，早说啊。”

“顾可舟！”于水水捶他。

“嗯，在呢。”顾可舟应了一声，“说吧，你想对我做什么，我都不反抗，绝对配合。”

“谁稀罕？”于水水气急。

“我稀罕。”顾可舟淡定。

于水水完败。

11

两人这么一闹，顾可舟又精神起来，抱着于水水不撒手，说要一起睡。

被于水水严词拒绝后，顾可舟开始卖惨：“水水，我比你大一岁，都二十四岁了，生生克服了男人的本能，一直为你守身如玉这么多年，你真的不可怜可怜我吗？我也不是想那什么，就盖棉被纯聊天好不好？”

于水水“哼”了一声：“这大概是你编过的最没有诚意的谎了。”

顾可舟丝毫没有被拆穿的尴尬，反而紧了紧胳膊，欢喜道：“还是水水了解我。”

于水水没出声，沉默了一会儿，忽然主动攀住顾可舟的脖子，跟他脸贴着脸，气息交缠：“顾可舟，跟我说你五年前离开的原因，我就留下来，好不好？”

她的尾音很轻很勾人，顾可舟的呼吸一下就变得急促起来，理智却还在：“水水，除了……除了这个，你要我做什么都行。”

于水水一听这话，立刻变脸，冷淡地道：“那算了。”

她说完就要起来，顾可舟却不放人，她发狠地打他：“你松手，顾可舟，你这个浑蛋！你这么有原则，那你跟你的原则在一起啊！你们过一辈子，别再来招惹我！”

顾可舟任她打、任她骂，就是不松手。

“顾可舟，你到底知不知道？”于水水打累了，停下来，“你刚走的时候，我每天都在想，是不是我哪里做错了，惹你生气了，是不是你突然不喜欢我了，又不好意思开口，所以一走了之。我还想你是不是生病了，你一个人该怎么办……”

“不是不是，水水，不是你的错。”顾可舟有些着急，“不是你的错，是我的错，我欠你的。”

“顾可舟，最后一次机会，跟我说你五年前离开的原因。”于水水摸了摸顾可舟的脸，“你说，无论什么原因我都接受；你不说，我会从你身边消失，以后再也不见你。”

“不准！”顾可舟红了眼，“水水，我不希望你知道那个原因，我害怕。”

于水水没说话，静静地看着他。

顾可舟闭了闭眼，再睁眼时，视死如归一般说：“于长远出车祸前，我见过他。”

12

五年前，于长远出狱后，第一个找的人不是于水水，而是顾可舟。

他拎着一根钢管，堵在顾可舟回家的路上。

“小子，把我送进去住了两年，你打算怎么了结这笔账？啊，还有，听说你现在跟我家那个赔钱货走得挺近，睡了？好歹我把她养这么大，不能就这么不明不白地给你睡了，这笔账又该怎么算呢？”

“嘴巴放干净点。”顾可舟冷着一张脸，语气不重，像是暴风雨来临前的宁静，“有什么就冲着我来，你要是敢动水水一根头发，我就废了你！”

“呵呵，”于长远不屑，“倒是挺会撂狠话。看来那丫头是你的心头肉啊，那就更好玩了，除非你杀了我，否则她这辈子都别想逃出我的手掌心！我往死里打她，才能折磨得你心疼……啊！”

他说着就挨了顾可舟一拳，还听见顾可舟冷冷地说：“那你就试试。”

少年眼神如刀，满身戾气，如同修罗，叫人看着就心生胆怯。

“那跟你不告而别有什么关系？”于水水不明白。

“那天，我把他狠狠打了一顿。”顾可舟回忆道，“我抢了他的钢管，朝他腿上抡了几下，没有骨折，但至少半个月都好不了。我想的是正好叫他安分养伤，你能安心享受高考结束后的假期，不必提心吊胆。可是、可是他当天……”

“可是他当天就出了车祸。”于水水接上。

“是，”顾可舟语气自责，“他当时走的时候，就一瘸一拐的，受了伤腿脚不利索。如果不是这样的话，或许他就……”

“顾可舟，”于水水打断他的话，隐约猜出了顾可舟的想法，“你觉得是你害了他？是你打伤了他，让他腿脚不灵活，躲闪不及，他才出了车祸？”

顾可舟不出声，可痛苦的表情明显在说他就是这样想的。

“顾可舟，交警的鉴定报告和现场的监控视频都很清楚，证明是于长远喝得烂醉闯了红灯，人家司机也是刹车不及才撞了他，司机都不是全责，跟你更没有关系。你就算没打他，他就算腿没事，喝醉了闯红灯，也是他自寻死路。你傻呀，这跟你有什么关系，你往自己身上揽什么责任？”

于水水又气又心疼，怎么也没想到会是这个原因。

“水水，我不是为了他。”顾可舟小声说，“那时候我陪着你处理他的后事，你整个人都不在状态，有时候突然就哭了，半夜还会做噩梦。我觉得你是伤心，他毕竟是你的父亲，你对他还是有感情的……所以我就觉得是自己的责任，是我害你没有了父亲。”

“他算哪门子父亲！我才不认！”于水水哭了，“我哭才不是因为他。我从来没有在他那里得到过父爱和温暖，对他的记忆也只有那些拳打脚踢。我哭是为我自己，为我挨的那些打、受的那些苦……你明白吗？”

“明白了、明白了。”顾可舟连连点头，如释重负一般，“水水，是我瞎想，误会了。”

“明白什么了？你说。”于水水抽噎着问，她要确定他是真的想开了。

“水水，我那时只是太害怕了，怕你觉得是我害死了于长远，怕你觉得我们之间隔了血仇，我们就再也不能像从前一样了。可我又不能当什么都没发生过，我会良心不安，所以我才不告而别。

“我宁愿你以为我是说翻脸就翻脸的负心汉，或是突然玩消失的浑蛋，我宁愿你误会我，在心里怨我、怪我、恨我，也不想你知道原因，这样我才能好受一点。五年不见你、不联系你，是对我自己的惩罚，是我的赎罪……”

“你有什么罪？你这个傻瓜，大傻瓜！”于水水哭着打他，又忍不住抱住他，“他的死跟你一点儿关系都没有，你要有罪，也是抛下我的罪和现在叫我这么心疼你的罪。”

他真是个大傻瓜，一个人躲在异国他乡，背着秘密和不属于自己的罪，他该有多难受。

顾可舟也红了眼，伸手替她擦眼泪：“我有罪，我叫你这么心疼，以后给你当牛做马还你好不好？”

“要一辈子，你得还我一辈子，还要跟我约定，以后我们有事情都要跟对方说清楚，不准自己瞎想。”于水水泪眼模糊，神色却坚定，“首先我告诉你，我之前是骗你的，我一直站在原地，从来没变过，还是喜欢你爱着你。”

“我答应你，水水，我就知道你没变。”顾可舟激动又欣喜，紧紧抱住于水水。

两人这才真的雨过天晴了。

抱了半晌，顾可舟忽然开口：“可是怎么办？水水，我变了。”

于水水一惊：“顾可舟，你……”

她话未说完，就被顾可舟封住了嘴，他吻她，放肆热烈，不顾一切，好像要把这些年亏欠的全部补上。

13

过了五年才解开误会，于水水是想跟顾可舟温存一番的，却也没做好立刻就跟他“坦诚相见”的准备。

她背过身不说话。顾可舟一点也不跟她磨叽，手已经开始不安分地乱摸：“于水水，你要敢不兑现诺言，我可没什么节操底线的，我什么都做得出来。你要是喜欢我用强，呵呵，我也是可以满足你的。”

听了这话，于水水对他的心疼和愧疚霎时烟消云散，语气微恼：“哪有刚确定关系就立刻想那什么的？渣男才这样。”

“那我就是渣男。”顾可舟完全不管不顾了，“反正不管渣男、暖男还是什么，都只对你。况且，什么叫‘刚确定关系’，都七年了！”

“这是从哪里算起的？难道七年前你就……”于水水后面的话没说出来。

“没有，我才没有。”顾可舟终于想起来为自己正名，“那时候你跟豆芽菜似的，我才看不上，这不是想增添点筹码吗？”

“豆芽菜？”于水水翻过身对着他，“这才是你心里话吧。豆芽菜、小馒头，委屈您了，您还是去找‘氢气球’吧！”

“不去不去。”顾可舟小心翼翼地蹭了蹭她，厚脸皮地撒娇，一个劲儿地叫于水水的名字。

于水水不理他，自顾自地装鸵鸟。

“你别以为你装鸵鸟就能躲过去。”顾可舟绕回原点。

最后于水水被他磨得没有办法，咬一咬牙：“烦死了，睡睡睡，睡还不成吗！”

她话音还没落，顾可舟就急吼吼地脱她的衣服，于水水扶额，她这是找了一只泰迪精吧。顾可舟自然也没辜负了“泰迪精”的名头，折腾得于水水恨不得把他踹下床。

只是此时明明之前是顾可舟死皮赖脸求着于水水，现在却觉得自己吃了亏，跟于水水算账说：“我又帅又专一，却吊死在你这棵树上，你怎么回报我？”

于水水看了他一眼，淡淡地说：“无以为报，以身相许。”

顾可舟不满：“那还不是我亏了？关键我还累。”

他如今耍流氓的功夫已经到了不露痕迹的地步，于水水仍是一派淡然：

“那你想怎么样？”

顾可舟的眼睛直勾勾地盯着她，意有所指地说：“水可载舟，亦可覆舟。”

于水水绷不住红了脸：“你下流。”说着，她的眼睛往下瞟了瞟，然后凑到他耳边说，“说实话，你是肾虚还想纵欲吧？”

顾可舟怒了，一个翻身把她压倒：“说谁肾虚？”

于水水看着他不说话，笑得勾人。

顾可舟叹了一口气，以后再谋福利吧，现在还是自己受点儿累，做自己喜欢的事吧。

男友很能作

“整个海陆空，我只想停泊在你心上。”

1

都说“上辈子作孽，这辈子做物业”。

直到遇上陆泊这个难缠的新住户，于心才对这句话有了深刻体会。

一大早，于心刚走进办公室，桌上的投诉电话就响了，跟掐好了时间似的。

这已经是这个月第七次了！

“又是401的新住户吧？”王姐投过来一个同情的眼神，“他这都快赶上打卡签到了。”

“估计是。”于心叹了一口气，“一大早的好心情就这么没了。”

“你别接，就晾晾他。”王姐支招，替她抱不平，“你说他好好一小伙子，看着少言寡语的，怎么是个讨人嫌的性子！芝麻大点的事就投诉，还没完没了了。”

“可能长得好看的人都娇气呗。”

“你这话应该当着401的面说，好好臊一臊他。”

两人笑闹两句，电话又不依不饶地响了一阵，才终于消停了。

“看，这不就老实了？”王姐颇有经验地说，“这些人就不能惯着。”

于心深以为然地点点头，走到位置上坐下，准备工作。

她原本也没打算接电话。

反正陆泊投诉的，翻来覆去也无非是“楼下装修太吵”或“对门小孩太闹”之类的内容，她已经安抚到词穷了，只能适当地实行“惹不起就躲”的政策。

可刚开了电脑，于心就瞥见门口钻进来一只熟悉的哈士奇。

它嘴里叼着个画板，上面画了一个Q版的女生头像，旁边斗大的黑字写着：于不忍，HELP！！！

2

这一刻，于心觉得自己完美诠释了“手疾眼快”这四个字。

只一眼，她就立刻认出那画板上的头像不是别人，正是她自己。而“于不忍”的称呼，除了陆泊那个幼稚鬼会这么叫，还会有谁？

在王姐看过来之前，于心迅速起身从狗嘴里抢过画板，又撵着它出门，直奔二单元401。

陆泊站在窗前，看于心气冲冲地往这边赶来，露出得逞的笑。

刚才他明明是看着她走进办公室才打的电话，她居然不接！那他只能用些手段逼她来见他了。

门铃响的时候，陆泊故意磨蹭了一会儿，才慢腾腾地走到门口开门。

“陆先生，我有没有说过……”听见开门声，于心就举着画板抗议。可话说一半，看到陆泊出现在门后时，她却犯了花痴失了神，忘了要说的话。

陆泊有一副好皮囊，五官精致得如同漫画里的美少年。此时他穿着一件宽松的黑色毛衣，领口略大，露出白皙的锁骨和好看的喉结。黑与白的强烈对比，冲击着于心的视觉感官。

偏偏他还懒懒倚着门框，嘴角噙着一抹若有若无的笑，更添一种坏男孩的致命吸引力。

“陆泊。”陆泊出声纠正于心的称呼。

于心回神，暗暗鄙视了自己一把，才继续说：“陆先生，我说过请叫我的名字，不要再给我起外号！”

“可我也说过要你叫我的名字。”陆泊看向于心，颇有些赌气的意味，“是你先不叫的。”

“陆泊。”于心毫无原则地立即改口。本来她就是故意叫他“陆先生”的，想和他划清界限，免得他不拿她当外人，理所当然地使唤她。

陆泊赢得小小的胜利，勾一勾嘴角，自然地转移话题说：“我之前投诉的事情处理得怎么样了？”

“关于你之前投诉的楼下楼上以及对门的噪音问题，我们已经很努力地跟各方沟通过了。”于心换上职业微笑，“不过宜居苑毕竟是老小区，隔音效果肯定比不上现在的新小区。另外这边大多是三世同堂的住户，老人和小孩多了，更热闹更有人气，自然就会有些吵闹，也希望您能理解。”

“笑得好假。”陆泊皱眉，随即却难得好说话地点点头，“嗯，可以理解。”

前一句还叫人恨得牙痒痒，后一句就一扫之前毫不通情达理的模样，这算打一巴掌给个甜枣吗？于心在心里腹诽着，面上却仍是笑着：“那画板是什么意思？有什么需要帮忙的吗？”

“你故意不接我电话？”陆泊不答反问。

“怎么会！”于心立刻否认，一脸无辜，“我正准备接，电话已经挂了。我想着忙完手头的工作就亲自过来跟你解释，谁知道你正好派‘使者’过来。”

“是吗？”陆泊挑眉，明显不信。

“是。”于心用力点头，眼睛毫不躲闪地和陆泊对视，当真一副坦坦荡荡的模样。

陆泊倒也没有继续纠缠，转身进了屋，边走边说：“民安物业的宗旨是不是‘最大限度地满足业主的需求’？”

于心下意识地跟上：“是的。”

“那好，”陆泊忽然停住，扭头冲于心一笑，“麻烦你帮我换下洗手间的灯泡。”

3

于心承认陆泊笑得很好看。

不是初见时故作潇洒的无所谓的笑，也不是平时气得她跳脚的坏笑，现在的笑带了点蛊惑人心的意味，笑得很勾人。

可是……换灯泡？

于心觉得自己是幻听了。先不说物业原本就没有这项义务，就算有，陆泊他一个大男人，居然叫她给他换灯泡，他究竟是怎么厚着脸皮说出来的！

可于心再三确认，陆泊都理所当然似的坚持自己的无耻要求。

“你可能不太明白物业的管理范围。”于心决定跟这个脑回路清奇的“陆幼稚”做一个简单科普，“我们负责的是小区全体业主的共用设施，例如道路、停车场、路灯等的养护、维修和管理，不包括各业主家里个别设施的维修。换灯泡、搬家具、修马桶……需要您自己或找专业人员解决。”

“所以你是不肯帮我换了？”陆泊总结了一句，半眯起眼，“那我是不是应该打个投诉电话，让你们经理来帮忙？”

“不是我不肯。”于心尽量和颜悦色地说，“你有一米八吧？”

“你是不是眼神不好？我一米八三！”陆泊骄傲地挺直了背。

于心深吸一口气，压下想打人的冲动：“可是我只有一米六，咱们小区房屋的顶灯高度大约有两米三，所以……”

她说到这里一顿，眨着眼看陆泊，希望他能明白她的委婉拒绝，可这人却故意曲解她的意思：“嗯，这次估算得不错。”

“所以陆先生，”于心提高了音量，决定放弃温和委婉的路线，干脆拒绝道，“我根本够不着，帮不了你。”

“陆泊。”陆泊再次纠正一句，才出谋划策般说道，“正常人都够不着。你踩着凳子上去，再踮起脚，伸长胳膊，就没问题了。”

我踩你算了！于心在心里怒吼一声，耐心告罄，“你这么清楚，那肯定知道以你的身高，再加个凳子，可以相当轻松地换个灯泡吧。”

陆泊诚实地点头，“是没问题。”

“那你换吧，我先走了。”

于心说完，准备转身走人，她怕再多待一秒，都会忍不住要打人。

“我换不了。”陆泊拦住她。

“为什么？”

“我恐高。”

“恐高？！”于心气笑了，这回真是忍无可忍了，她冲着陆泊的小腿就是一脚，“见过恐高的，没见过您这么恐高的。离地几十厘米都害怕的话，那您一米八三的身高是不是让您挺有负担，走路低个头都心惊胆战的？那么出于人道主义，我觉得有必要帮您把腿打折了，降低您自身的高度，以免您低头看路觉得太高了，自己吓死自己！”

4

如狂风暴雨般发泄一通后，于心就头也不回地开门下楼。

不管陆泊之后会不会跟经理投诉，于心都决定要像王姐说的那样，不再惯着他了，这种人就不能惯着。

要不是初见时于心撞破了陆泊的秘密，知道他是父母离异、没人要的“陆可怜”。她才不会同情心泛滥，对他比旁人更温和可亲，甚至偶尔纵容。

那是陆泊搬来宜居苑的第一天。

于心为了替一个业主找吉娃娃，蹲在小区门口的绿化带里，而送陆泊的车正好停在了绿化带旁边。

陆泊的哈士奇先下了车，一下车就撒欢，猛地跳进绿化带，吓得于心差点尖叫出声，它却绕过她往里面追那只吉娃娃去了。

“它不会咬人的，”陆泊跟着下车，对于心说，“只是喜欢恶作剧。”

“你能不能让它别追了？”于心一脸焦急地看着绿化带里大狗撵小狗的场景，“我好不容易才找到它的，别再给吓跑了。”

“你的吉娃娃？”陆泊问。

于心摇头：“一个业主的。”

“你是物业管理员？”陆泊嘟囔一句，想到什么，忽然低声说，“帮我个忙，我帮你把吉娃娃找回来。”

于心压根没注意听陆泊说话，只顾看吉娃娃往哪里跑，正准备追上去，却冷不防被陆泊抓住了胳膊。

她正想问他做要什么，副驾驶座下来一个优雅妇人，她叫了一声陆泊的名字，又对于心说：“你好，我是陆泊的妈妈，你是陆泊的朋友吧？”

于心还没说话，陆泊已经抢先一步说：“以后我会跟你介绍的，江叔叔还在等你，你先回去吧。”

“你在怨我吗？”陆妈妈蹙着眉，看上去很伤心，“如果你愿意，你可以跟我去A市，你江叔叔不会介意的，我们以后一起……”

“没有。”陆泊打断她的话，冷漠地说，“大家都是成年人，无论做什么样的决定，自己能够承担结果就好了。你和我爸是在一起还是分开，都只是你们的事，我不该也不想成为你们之间的牵绊。”

“况且你们的决定对我没什么影响，我原本就是感情淡薄的人，对所谓的‘完整的家’也没什么执念。以后我会继续画我喜欢的漫画，做我喜欢的事情，像从前一样。也会像其他人一样，遇见喜欢的人，恋爱结婚生子。我的生活没什么翻天覆地的变化，你没必要感到愧疚。”

“那让我送你进去，帮你收拾收拾屋子吧。”陆妈妈红了眼，“这老房子好多年没住人了，打扫要花一番力气的。”

“不用。”陆泊拒绝，看着于心笑着说，“这不是有她吗？”

他笑得随意，眼神里却透着无声的恳求，眼底的悲伤更是无处可藏。

于心这才明白他说的“帮忙”是什么意思。他强装潇洒，故作冷漠，却还怕做得不够，想找她一起撒谎，只是为了不让母亲心有愧疚，可以安心地开始她的新生活。

她忽然很心疼他，便主动替他圆谎，笑着对陆妈妈说道：“您放心吧，我会帮忙收拾的。”

陆妈妈走后，于心想陆泊或许希望一个人待着，准备离开时，陆泊却喊住了她，要她兑现诺言。

当时于心以为陆泊是伤心过度，想找个人陪，便跟着上楼帮他收拾了房子，惹得他笑问她是不是对谁都爱心泛滥、于心不忍。

于心因此得了个“于不忍”的外号。

自那以后，无论大事小事，陆泊都来找她，一旦得不到满足，就仗着业主身份各种投诉增加她的工作量，简直是恩将仇报。

眼下，他分分钟就从“陆可怜”变成了作天作地的“陆小公主”，于心简直忍无可忍。

5

换灯泡事件后，陆泊安静了好长时间，连王姐都说上班听不见投诉电话响有些不习惯。

于心却很开心："他就是一典型的'静如自闭症，动如精神病'患者，现在也该进入静的阶段了。"

"你倒是了解他。"王姐靠过来，八卦道，"其实要认真说，他也没什么大毛病。人长得秀气好看，讨女孩喜欢，还会画漫画，算半个艺术家吧。看他一个人住，应该也没女朋友，你也没男朋友，要不你们正好凑一对欢喜冤家？"

"才不要！"于心高声拒绝，生怕王姐把他们扯上关系似的，"王姐，你要有点儿立场，你前两天还跟我一块儿数落他呢，不能这么快叛变啊。谁跟他是欢喜冤家！每次因为一点小事，他就打投诉电话，打得我头都大了，我巴不得他离我远远的。"

"好好好，不要不要。"王姐笑起来。

"我才不喜欢他这样的。"于心再次郑重道，"他就是个娇气包，又懒又宅，喜欢使唤人，还嘴巴毒、没风度、作，完完全全的幼稚鬼一个……"

她正罗列着陆泊的种种缺点，桌上的电话响了。

"我猜这是'说曹操，曹操到'，肯定是401打的。"王姐站起身，"你接吧，我还要去保洁部说点事。"

王姐说完，就往门口走，于心却莫名觉得王姐是故意走开，想给她制造一个单独空间。

"呸呸呸……什么单独空间，不就接个投诉电话吗？怎么搞得跟真的有什么一样。"

自言自语完，于心深吸一口气，拿起桌上的电话："您好，这里是民安物业……"

那头没人说话，于心也忽然卡了壳，两边各自沉默着。

片刻后，陆泊出声叫了于心的名字。他的声音很轻，有点委屈的感觉。

于心一下就想到初见时他的可怜模样，全然忘了先前斩钉截铁说的嫌弃他的话，她心里一软，不自觉就放柔了声音："怎么了？"

“你真的不帮我换灯泡吗？”陆泊问，语气半是撒娇，半是委屈，任谁听了怕是都要上赶着去满足他的任何要求。

于心却一瞬清醒过来，他这是撒泼威胁不成，改走撒娇装可怜路线了？让她换灯泡？做梦！

想到之前对陆泊打也打了、骂也骂了，于心懒得收着脾气，语气很冲地说：“如果没有要投诉的事，麻烦别占着线，挂了。”

“别挂。”陆泊慌忙拦下，“我要投诉。”

“投诉什么？”

“我家空调外机上跑来一只猫，下不来上不去，一直叫个不停，吵得我没法安心画画了，你来把它捉走。”陆泊说。

“这次还是恐高？不敢踩着凳子上去帮小猫下来？”于心冷嘲热讽。

“不是，这次是怕猫。”

于心无言以对。

6

于心到401的时候，陆泊和他的哈士奇竟然等在门外，这让她有点受宠若惊。

再仔细看，陆泊居然换下了一贯的宽松居家服，穿起了白衬衣加黑色长裤，看起来简单利落。头发也不像之前那样总是乱糟糟的，散发着一股艺术家的颓废劲儿，一看就知道精心打理过。

“你额头是怎么回事？”于心指着陆泊额头上鼓起的包问道。

“没事。”陆泊拨弄头发试图盖住伤口，“就是撞了一下。”

“在洗手间撞的吧。”于心肯定地说，“活该！有本事你就一直别换灯泡！”

陆泊听着，不但不恼，反而咧着嘴笑起来。

于心觉得他这个笑跟之前的都不一样，带了点讨好的味道，可她不明白他的转变是因为什么。明明她态度恶劣，一点也没有之前对待他的好脾气，他怎么反而变得温和起来。

难道被她那一脚给踢傻了？

可她又没踢他的头。

“你笑什么！”于心瞪他。

“没什么……”陆泊仍是笑。

只是他似乎不太敢看她的眼睛，看一眼就赶紧躲开，再看再躲，透着股说不出的诡异。如果非要形容一下的话，大概有点儿像少女看到暗恋的少年时，那种强烈羞涩和雀跃心情并存的状态，想靠近又不敢，不靠近又舍不得，只能偷看一眼又看一眼，自我甜蜜，自我折磨。

于心被这个想法给吓到了，觉得自己是被王姐的话搅乱了心神。陆泊怎么可能喜欢她，他欺负她还差不多。

定了定神，于心问：“猫在哪？”

“在次卧的阳台上，我带你去。”陆泊率先穿过客厅往前走。

于心跟上，眼睛却一眨不眨地盯着他的背影，试图看穿他葫芦里卖的什么药。

她不信他是喜欢她，那就只有可能他是别有所图。

可要说他是心里有鬼，憋着坏想捉弄她，他完全可以做得更不露声色，就像之前骗她试吃他做的黑暗料理一样，自然而然得很。可要说他是幡然悔悟，对之前要求她换灯泡的行为感到羞耻，又怎么会再次上演这样的捉猫事件？

“啊！”

于心想得太入神，没注意陆泊停了脚步，直接撞在他背上，她捂着额头龇牙咧嘴：“你背上怎么没点肉，骨头那么硬，撞死我了。”

她只顾留心陆泊的变化，却丝毫没有察觉自己对待他的态度也发生了改变，变得更亲昵自然，不自觉就流露出对情人才会有的小女儿姿态。

“你别捂着，我看看。”陆泊有些着急地去掰她的手，“你怎么不看路呢。”

于心听到这话，以为陆泊是怪她自己不小心，当下有些恼了：“谁让你突然停下来的。”

“好、好，都怪我。疼不疼，我看看。”陆泊说着，已经捧起于心的脸，指尖轻轻拂过她被撞的地方，像哄小孩一般吹了两下。

他的指尖冰凉，气息温热，一冷一热同时触到于心的皮肤，带起一丝酥麻感，又迅速沿着额头蔓延至全身，甚至勾得她心里也起了异样，脑子里更是突然响起了王姐说的欢喜冤家的话。

于心一下涨红了脸，心跳得厉害。

她是如此，陆泊也好不到哪儿去。

他轻吹于心额头，完全是下意识的动作。此时见她白皙的脸颊迅速染上红晕，又表情呆呆地看着他，一副不知所措的可爱模样，他实在舍不得松手。

可不松手，再这么暧昧下去，他觉得自己要失控了。

毕竟眼前是自己喜欢的姑娘。

7

换灯泡那天，于心走后，陆泊在原地愣了一会儿，然后给好友陈南打了个电话，知道了一个一直被自己忽略的事实。

彼时，电话一接通，陆泊就问陈南："你说我是不是有点儿像受虐狂？"

陈南在电话那头呛了一下，反问："你知道什么是受虐狂吗？"

"你问我这么白痴的问题，不会不好意思吗？"陆泊毒舌道。

陈南深呼吸的声音隔着听筒也清晰得很："陆泊，你摸着你的良心说，就你这分分钟怼死人的态度，你能是受虐狂？你就是一典型的施虐狂好吗！"

"是吗？"陆泊难得没有反击，疑惑道，"可是我刚刚被于心踢了一脚、骂了一顿，怎么反而觉得她发怒的样子尤其可爱。她瞪着眼，鼓着脸颊，气鼓鼓又凶巴巴的样子，真是怎么看怎么可爱。"

"要不是她走了，我都想服个软，好好哄一哄她，她说让我干什么我就干什么。她原本和颜悦色对我的时候，我可没这样，你说我是不是有点儿受虐倾向。"

陈南是陆泊的发小，是陆泊少有的愿意敞开心扉的人。自打搬进宜居苑，认识了于心后，他就没少跟陈南提起于心。

"你做了什么？"陈南嗅到八卦的气味，很感兴趣地追问，"你不是说你们家小物业很能装，对谁都笑眯眯的，看着是一副软性子，其实是只小野猫。你怎么逼得她露出原形，还挨了一脚？该不是你对人家动手动脚被修理了吧？"

“你以为我是你，会做那么没品的事？”陆泊讥讽他一句，却不忘他说的重点，“我们家小物业？”

“不是你们家，难道还能是我们家？”陈南乐了，“赶紧说，你做了什么？”

“我就是让她帮忙换个灯泡。”陆泊下意识回道，脑子里还在想着那句“你们家小物业”，他总觉得这句话不只是字面上的意思，可一时又想不出背后的深意。

“哈哈哈……”电话那头传来陈南的爆笑声，“陆泊，你就作吧你。让人家女孩子帮你换灯泡，你真是……不行不行，笑死我了，你怎么不干脆再幼稚点，揪人头发、扯人裙子呢？”

“我为什么要揪她头发扯她裙子，你是让我耍流氓？”陆泊很惊讶。

“我们单纯无知的陆小朋友，你现在的行为又能好到哪里去？”陈南叹了一口气，颇有些语重心长地教育道，“我青春期时也曾这么幼稚地吸引女孩注意力，以我过来人的经验，我必须郑重告诉你，你越恶劣、越作，女孩只会觉得你是讨厌她，从而对你敬而远之。”

“你在说什么？能直接说重点吗？”陆泊有点不耐烦。

“你的智商能回归一下吗？”陈南也很无语，“你的聪明劲儿怎么一点没用在这上面呢？”

“你再说一遍？”陆泊压低了声音威胁。

陈南嗅到了危险的气息，赶紧严肃道：“陆泊，我必须告诉你一个事实。”

“说。”

“你不是受虐狂，你是喜欢上于心了，而且是很喜欢。要不然你不会幼稚得跟个‘中二少年’似的想欺负她，看她跳脚发怒，又忍不住想哄着她、捧着她。”

“我喜欢她？”陆泊反问。

“是。其实要判断你是不是喜欢她的方法很简单，你只要问问自己，会不会跟其他女孩理直气壮地说让她来给你换灯泡，你就知道了。”

陈南的话，让陆泊一下醍醐灌顶。

他终于为自己种种不合理的行为找到了合理的解释。

起初见到她，他不过是临时起意让她帮忙，她眼里对他的理解和心疼，却叫他心头一暖。

住下来后，因为他是第一次独自生活，对许多事情都不懂，免不了要咨询她，一来二去两人就算相熟了。

似乎是在没什么要咨询的事之后，他就开始变得斤斤计较起来，一点儿小事就打投诉电话，非要于心亲自上门给他处理。

现在想想，他根本就是想见她，又不明白该怎么做，只是本能地像个小孩闹腾不休，想引人关注。

被陈南点破以后，陆泊确定了自己的心意，却拿不准于心的想法。他在家里窝了好几天，翻来覆去想于心对他的态度，生怕真像陈南说的那样，于心会讨厌他。

可自己琢磨了几天，一点儿头绪都没有，恰好听见猫叫，陆泊就只能又找了这么一个有点作的理由，让于心过来。

8

"你……"

"你……"

两人异口同声，又同时戛然而止。

"你先说。"陆泊还是不松手，故作镇定地盯着于心的眼睛。

于心小声说："你手机响了。"

"啊？"陆泊愣了一下，这才注意到放在外面客厅里的手机一直在响，"哦哦，我去看下。"

他说着，这才触电一般松开手，快步往外走去。走到客厅，陆泊才长长吐出一口气。

刚才他差点想告白的，谁知于心也同时开口，他还当她是和他有一样的心思。一想到要听她跟他告白，他激动得心脏都快爆掉了，谁知人家只是提醒他手机响了，真是丢人丢到家了。

陆泊拿起手机，看到是陈南发来的微信消息，一条消息是一长串的怒火中烧的表情，还有一条语音消息，他随手就点开了。随即传来陈南气急败坏的声音："陆泊，要不是我给你当情感咨询师，就你那缺根筋的脑子，你能想明白自己喜欢你们家心心？我不就嘲笑你两句吗？你转头就拖画稿，报复心忒强了吧！还说在你们家心心那儿是受虐狂，能不能不要这么双标，在兄弟这儿也表现下受虐性格……"

话说到这里，突然消了音，原来是陆泊反应过来，关了语音消息。

他慌忙扭头，看见于心不知什么时候走出了次卧。

"我不是受虐狂，不对，心心不是你。"陆泊有些语无伦次，他都还没告白，怎么能被陈南先说破，"心心是我们家二哈，它大名叫'二哈'，小名叫'心心'，你不知道而已。"

如果说最初于心只是觉得陆泊有些奇怪的话，那么方才，两人亲密地接触后，于心一下就知道他奇怪的原因了。

他喜欢她。

此时，看着陆泊傻气地掩耳盗铃，于心忽然起了坏心思，面上不动声色，只配合地"嗯"了一声。

"心心这个名字很常见的，"陆泊继续自欺欺人，"你可以叫，我们家二哈也可以叫，外面那只猫也能叫……"

"嗯。"于心还是一脸平静。

见她始终淡定自若，陆泊疑心她没听清陈南说的话，于是小心翼翼地试探道："你听见他说什么了吗？"

于心点头："听见了。"

陆泊一下就明白于心是故意的，涨红了脸："那我都变相告白了，你这是什么反应？"

于心眨巴着眼看他："你不是打算让你们家狗背锅了吗？我怕你尴尬。"

"我反悔了。"

"哦。"

9

这一场不算告白的告白，于心没有给出明确回复，也没有拒绝。

陆泊也没有再进一步的行动。

只是他的哈士奇开始频繁光顾物业办公室，今天给于心叼去一盒小蛋糕，明天衔来一幅于心的Q版画像……俨然成了小小快递员。

王姐自然看出了端倪，暧昧道："我说什么来着？欢喜冤家啊。"

于心涨红了脸："我还没答应他呢。"

"怎么着，还得经历九九八十一难啊？"王姐开玩笑。

"那倒也不用，可是他之前变着法折腾我的事，可不能就这么轻轻揭过去。"

于心一想到他之前的行为，就觉得不能惯着他，得让他长点记性。

"其实男孩子真的喜欢一个女孩儿的时候，都是这么幼稚的，什么成熟稳重到了喜欢的人面前，都统统被抛到了脑后，他们只会本能地胡闹。有时候作起来，根本没女孩儿什么事。我老公也是这样的。"王姐甜蜜地说，"况且你也说了，他每次打投诉电话，翻来覆去都是一样的内容，其实他压根就不是想说这些，也许是想说'你今天怎么不主动联系我'或'我想你了'之类的。"

"是这样吗？"

陆泊最后耐不住，亲自把于心堵在了物业办公室门口："于心心，你什么意思？"

"什么什么意思？"于心明知故问。

陆泊撇嘴，不说话。他那天都把话说明白了，她却还装缩头乌龟，气得他几天都不想理她，又忍不住让二哈去逗她开心。

"你说喜欢我，却不来见我，还隔一会儿就发一个'哼'的表情给我是什么意思？"于心开始算账。

"我都发'哼'了，还发了那么多，肯定是生气了，这个还要我说明白吗？"陆泊很委屈，"生气了当然不想见你了，你也不来见我，也不哄我，有没有点女朋友的样子了？"

"谁是你女朋友了？"

"你又没拒绝，那就是同意了。"

于心没有反驳，只问："那以后还会让我帮忙搬家具、换灯泡、捉猫吗？"

陆泊有些不好意思，却还是理直气壮地说："喜欢你才这样的。"

于心笑了，这样幼稚的陆泊，怕是别人受不了，还是自己收了算了。

后来，陆泊把于心介绍给陆妈妈，又正式告白："曾经很长一段时间里，我都纠结于我名字里的'泊'字，它究竟是停泊还是漂泊。停会停在哪里，漂又漂到何处。直到遇上你，我忽然觉得，如果我的名字是代表了陆地和海洋，抛去我恐高的事，整个海陆空，我只想停泊在你心上。"

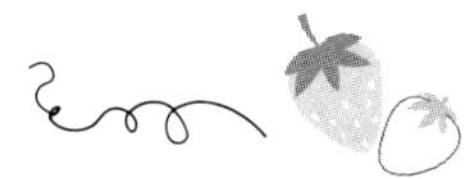

男友很能装

“你可以这么直勾勾地看我，但不准这么看别的男人。”

1

作为演员，姜妹有一张辨识度极高、叫人过目不忘的脸。

可这张脸美则美矣，却不符合当下主流审美。它既不像少女脸温驯乖巧，也不像厌世脸无欲无求，美得太具有攻击性，艳俗而不高级。

连她的经纪人都说：“你这张脸太强势，不讨喜，不容易有观众缘。”

姜妹却不在意：“我是演员，又不是明星，比起一张讨喜的面孔，演技才是我的资本。要我装柔弱扮无辜？可以，剧本怎么写，我怎么演。但出了戏，我只是姜妹。”

这话说得潇洒，可做自己向来都是要付出代价的。

出道七年，因为这一张熟女脸和不够低调圆滑的性子，纵是演技不错，姜妹也始终拿不下女一号的角色，只能给外表清纯无辜的流量小花们做陪衬，反落了个“万年恶毒女配”的称号。

往前进不了，往后不能退，姜妹的演艺生涯出现了瓶颈。

可直接将她推进死胡同里的，却是如今风头正盛的珠宝设计师霍盛在接受采访时说的一句话。

当时是霍盛担任著名导演冯远新戏《女帝传》的珠宝设计和美学督导的签约仪式。在此之前，《女帝传》里的其他大小角色都定下来了，女一号和女二号却迟迟未公布最终人选，在场记者免不了要追问一番。

大部分人猜测的人选是各当红小花，其中一个记者却提到姜姅，说她以往演的都是心机腹黑女的角色，之前“分手门”事件中果断独立的女性形象也深入人心，气场和演技都足以撑起这部大女主戏。

冯远打太极不肯正面回应，只说目前还在面试选角阶段，暂时保密。

霍盛倒是接了一句，说：“本色出演总是容易些。”

短短九个字，既抹杀了姜姅的演技，又否定了她的人品。

于是，当天各大媒体网站的头条内容就成了——“著名珠宝设计师霍盛批女演员姜姅是本色出演”。

2

姜姅看到报道后，气得牙痒痒。

入行多年，她没少被媒体和网友黑，黑长相、黑人品、黑性格……可黑她演技的，霍盛是第一人。

气不过，姜姅直接发微博@霍盛说：“我跟霍大设计师私下并无交集，连一面之缘都不曾有。可听你的语气，倒像是很了解我，难道是我的粉丝或暗恋者？爱到深处自然黑？”

这条微博一出，姜姅和霍盛的名字很快上了热搜榜，那条微博的评论区更是炸开了。

姜姅粉说：“可以，这很女王。”

黑粉说：“蹭热度，太卑鄙！”

霍盛“后宫团”说：“霍太太的位置是我的！”

路人说：“妖艳女演员 × 清冷设计师，预感微博年度言情大戏即将开幕，前排围观。”

姜姅发微博不过是一时头脑发热的举动，如果再删除的话反而显得欲盖弥彰。反正她在微博上向来以敢爱敢恨著称，亲自下场撕黑粉是常有的事。

现在亲自传一下自己的绯闻，也没什么大不了的。

可谁知霍盛一向官方正能量的微博，竟转发并回复道："自恋是病，得治。"

眼见他明摆着是要跟她杠上了，姜妌也不怕火上浇油，回了句："赌上女人的第六感，我有一种直觉——你喜欢我。"

霍盛再回："刚失恋就对别的男人表现出这么大兴趣，有失庄重。"

他说的失恋，就是之前记者提到的"分手门"事件。

一个月前，姜妌参加一位工作人员的婚礼，竟然在酒店撞上了男友陈澄跟当红新生代女演员夏林亲密拥吻的场景。

当下三人就被偷拍的记者们围了个水泄不通，更被接连追问："两位是恋人关系吗？陈先生跟夏小姐对刚才的行为作何解释？姜小姐又怎么看两人的行为？"

夏林和陈澄只顾着躲镜头。姜妌冷着脸，半晌后才开口说："我们已经分手了。"

"什么时候？在哪里？因为什么？"记者们继续问。

陈澄看向姜妌，姜妌却在他期待的眼神中，轻轻吐出两个字："刚才。"

两个字坐实了陈澄出轨，夏林也被人人喊打，分手事件闹得沸沸扬扬。舆论分化成两极：支持者说姜妌霸气，没有娱乐圈惯用的套路；反对者说姜妌落井下石，不念旧情，简直是最狠前女友。

此时，这件事被霍盛再度提起，姜妌却不在意。

她回复说："新欢总是忘记旧爱的最好方法。至于庄重，作为演员，'装'是首要技能，重倒是不够重，毕竟体重是女演员的命。可如果霍设计师喜欢，我愿意不要命。"

霍盛回："我对死人没兴趣。"

这下评论区又炸了，却是清一色的幸灾乐祸：

"我们女王是被教育和虐了吗？"

"姜妌是被嫌弃了吗？心疼她一秒。"

"感觉目睹了撩汉失败现场，好笑。"

……

3

别看两人在微博上闹翻了天，姜姅真正见到霍盛，却是在一周后《女帝传》的试戏现场。

此时，霍盛坐在评委席，一身正装，正襟危坐，只头微微偏向一侧，和旁边的人低声交谈。

从姜姅的角度，她看不清他的脸，倒是他放在桌上的双手更吸引她的注意。

那双手白净修长，骨节分明。不像其他珠宝设计师戴满珠宝尽显奢华，他左手中指只戴了一枚戒指：铂金戒托，刻万字符纹，上嵌一枚和田白玉。

佛系、君子、温润如玉，这是姜姅脑海里一瞬间闪过的几个词。

可当霍盛转过头看向她时，姜姅却觉得“斯文败类”这个词更适合他。

那是一张轮廓立体、五官俊朗的脸，鼻梁上架着一副复古金丝框眼镜，整个人亦正亦邪，散发着禁欲又勾人的气息。

“姜姅，姜姅。”

冯远叫了两次，姜姅才回过神来，“冯导好。”

“你跟温雅都去换一下戏服。”冯远指了指门口，姜姅扭头看见了当红小花温雅，“一会儿你们演一场对手戏，我看看。”

表现专业的时候到了，姜姅立刻收心，大步走进了更衣室。

等换了戏服出来，霍盛亲自给她们戴这部剧定制的珠宝首饰，看她们分别呈现出来的效果。

温雅一脸娇羞，柔声跟霍盛道谢。

姜姅却傲慢道：“劳烦霍设计师。”

她身上穿的是一套华贵宫服，是女主角即将走上权力之路时穿的，她脸上一副俾睨众生的气势，当真如同那尊贵无双的女子一样。

恍惚间，好似又看到当年那个倔强的身影，霍盛晃了晃神，片刻后才低头取了首饰盒，朝她走来。

那是一套镶嵌红宝石的黄金首饰，每一样都设计精巧，又不失古典韵味。姜姅看看首饰，又看看霍盛，有些难以想象这样清冷的人会喜欢这些珠光宝气之物。

“这么盯着男人看，有失……”霍盛说，声音低沉好听。

“霍设计师又要说我不够庄重了吗？”姜妺打断他的话。

霍盛没接话，俯身替她戴好项链，又拿起一只红宝石耳坠，看向她白嫩的耳垂，喉结似乎动了动，然后伸手轻轻捏住她的耳垂。

姜妺一向自诩是戏痴，常常人戏不分，陷进角色里就难以自拔。可是这一刻，她清楚地认识到，戏里的那个她根本不是她。若是戏里被男演员这般捏着耳垂，她只会顺着所演人物的心境往下走。娇羞也好，厌恶也罢，同她是没有半分关系，她只是戏中人的载体罢了。

但是此刻，因着耳朵上这只手，她清楚地感受到自己的心脏在失控乱跳。她下意识扭头去看，脸却正好贴在了霍盛手背上，从一侧看竟像是霍盛捧着她的脸。

他低头，她仰头，肌肤相亲，举止暧昧，姜妺忽然觉得被他捏住的耳垂烫得厉害。她想叫他松开，却未免露怯，可不叫他松开，凭什么他撩得人春心荡漾，自己却还是一副置身事外的清冷模样。

心有不甘，姜妺竟鬼使神差地将脸在霍盛手背上蹭了蹭。

霍盛一顿，眼里闪过一抹惊讶的神色，语气却一如往常，淡淡地说：“姜小姐这是做什么？”

姜妺一笑，语气坦坦荡荡：“霍设计师看不出来吗？我在勾引你呀。”

她原本就容貌艳丽，此时眼角眉梢更是刻意带着一股惑人的风情，任谁看了都不免心动。

可霍盛看了她一眼，又上上下下看了她两遍，最终偏过头继续手上的动作。

“你那眼神是什么意思？”姜妺不满。她刻意做出这副妩媚勾人状，一是为掩饰方才不妥的举动，二是为显摆演技，想骗得霍盛上当，可人家竟不为所动。

“没意思。”霍盛说。

“是眼神没意思，还是对我没意思？”姜妺不甘心地追问。

霍盛给她戴好耳坠，才慢慢说：“我只知姜小姐一向锋芒毕露，原来也狂而自知。”

“你是拐着弯说我要有自知之明？”姜妺有些恼。

霍盛一挑眉，不置可否。

4

与温雅那一场对手戏，姜姅几乎是取得了碾压式的胜利。

温雅才二十岁，不过是凭着一张清纯无害的面孔和乖巧软萌的性格获得众多拥趸，但她在表演上青涩稚嫩，对人物也没有做足功课，连基本的人物情感都拿捏不准。

姜姅却经验丰富，表演功底扎实，情绪饱满，有爆发力。每个表情都是戏，每个眼神都有故事，迅速将自己代入了角色里。

霍盛在一旁看着，视线自始至终只落在姜姅身上。

他知道她是个好演员，七年前第一次见她时，他就知道。那年她二十岁，是电视台临时招募的观众演员，而他是顶着天才设计师头衔参加节目录制的嘉宾。

那时她的面容还略显青涩稚嫩，眼神却有不输此时的凌厉，她对着骂她表演不够细腻、太浮夸的工作人员，发誓说："我一定会成为中国最好的女演员。"

霍盛为那双眼睛里流露出的倔强自信所震撼。那时他也才二十岁，因为外界的盛赞，几乎迷失自己，因为一点点成绩而洋洋得意。

是她让他明白了什么是目标，明白了自己想要成为什么样的人。所以后来他果断出国留学，抛开一切光环，独自在异国他乡进修学习，创立了自己的珠宝品牌。

那些艰难孤独的日子里，他总是会想起她，想起那样一双眼睛，想她是不是还在朝着她的梦想努力。但他并不刻意去关注她，他认为他只需要知道她在，知道有一个人和自己一样在为了梦想打拼，这就足够了。

可似乎命中注定，他要再次遇见她。

一个月前回国时，他暂住在酒店里，正好撞见了她的分手现场。她还是那般倔强骄傲，挺直了背，独自面对一众不怀好意、想要获取最新鲜的狗血八卦的记者们和出轨男友，却丝毫不见软弱之姿。

她干净利落地斩断与男友的关系，或许显得不够善良，却足够坦荡，一如他记忆里的那个女孩。

他当时所受到震撼，丝毫不亚于当年。他这才知道，她仍然是他心里独一无二的存在。

可她却一点都不记得他，甚至说与他连一面之缘都未曾有过。

回想着，霍盛垂下眼睑。

试戏结束后，冯远没有多说什么，只让温雅和姜姀回去等通知。

姜姀换下戏服出来，听见温雅提出请冯远和霍盛吃饭。冯远说有事要先走，她又转向霍盛，柔柔地叫了一声“霍先生”。

眼见霍盛要点头答应，姜姀快如闪电地凑过去，挽住霍盛的胳膊，笑眯眯地说：“小哥哥，你不是说要请我吃饭的吗？”

听到这甜得发腻的称呼，霍盛淡定地推了推眼镜：“我比你还小一个月。”

他毫不留情的拆穿，惹来温雅轻笑一声。

姜姀心里尴尬，面上却笑得得意：“连我的生日都记得这么清楚，一定是喜欢我喜欢得不得了了。”

霍盛斜睨了她一眼，伸出一根手指去推她的手，凉凉地道：“我还记得我们家狗的生日。”

姜姀无言以对。

不过最终，霍盛还是和姜姀一起去吃饭了，倒是温雅找借口先走了。

后来有人在网上上传了霍盛给姜姀戴耳坠时的照片：穿西服的温润男子捧着穿古装的娇媚女子的脸，深情款款地为她戴耳坠，颇有一种时空错乱、异世恋人重逢的唯美浪漫。

网友们再次沸腾了，纷纷去两人微博下刷这张照片，一改之前的态度：

“突然发现他们配一脸，有没有！”

“完了完了，少女心要炸了！”

“拍什么《女帝传》，只有我想看清冷禁欲设计师被妩媚妖艳女演员拿下的戏码吗？”

5

网上如何传，姜姀都不理会。

她现在最关心的是《女帝传》的选角结果，她和温雅各有所长，她演技好，温雅有人气，冯远究竟会如何选？

姜姅没等来冯远的电话，却先等来了陈澄的。他约她见面，说有事要谈。姜姅没有拒绝，他们是得谈一谈。

到了约定的餐厅，姜姅看见坐在角落位置的陈澄。他戴着帽子，口罩放在桌上，可见来之前一定捂得严严实实的，和原来恨不得万人瞩目的张扬性子比，他现在低调了不少。

可这不是重点，重点是霍盛居然坐在他对面！

“你怎么会在这儿？”姜姅问霍盛。

霍盛抬眼，漆黑的双眸看不出什么情绪，薄唇一开一合，吐出姜姅无论如何也想不到的两个字，他说：“你猜。”

姜姅怔在原地，这个幼稚鬼是谁？！

霍盛却不管她怎么想，垂眸敛目，继续思考着陈澄的问题。

刚才一落座，陈澄就问他是不是喜欢姜姅，他一时竟有些回答不上来。他承认她对他而言是特殊的，可他并没有深究自己对她究竟是怎样一种感情。

是单纯喜欢？难道是他七年前一见钟情，回国后再见倾心？那这喜欢未免肤浅。

可说不喜欢，说仅仅是拿她当同类欣赏，他又不知该如何解释自己异常的行为：他看着她会失神，又总想气得她跳脚；明明嫌弃她逢场作戏的亲密，心里又怪异地泛着一丝甜……尤其刚才见到陈澄时，他竟下意识地对他评头论足，觉得他不如自己，更配不上姜姅。这难道不是传说中的“吃醋”和“嫉妒”吗？

“人齐了，那咱们就开始谈吧。”陈澄出声，盯着姜姅说，“我希望你开记者会，澄清我们的关系。”

姜姅一笑，明知故问道：“澄清什么关系？”

“你别装傻！”陈澄很不耐烦，“今天我就当着霍设计师的面说清楚，我跟你只是名义上的关系，跟夏林才是正儿八经在谈恋爱，不存在‘出轨’一说。我帮你说话，你也帮我一把。”

“你在不在他面前说有什么关系？什么叫你帮我说话？”姜姅有点儿蒙。

“用不着在我面前装吧？”陈澄冷哼，“你不是喜欢霍设计师吗？你们不是都在微博上隔空秀恩爱了吗？我可是在帮你跟霍设计师证明，他其实是你的初恋。混娱乐圈这么久，连恋爱都没谈过，以前光看你这张脸，我都不信你是这么保守的人。”

“我是什么样的人轮不到你来说！”姜姅冷下脸，“你知道我为什么从来看不上你吗？你虽然装得人畜无害，却掩饰不了眼睛里的贪婪和算计。除了夏林，你还有几个暧昧对象，你自己清楚！”

“你姜姅又清高到哪里去？你敢说你当时不是故意说分手好落井下石？”

“我当然是故意的。当初是谁想卖‘小奶狗’人设上位，一再在媒体面前暗示对我有好感的？又是谁让公司施压，逼着我跟他假扮情侣捆绑宣传的？是你，陈澄！可你一边消费我的人气，一边跟新晋小花玩暧昧，还蠢到被狗仔逮个正着。我不踩你两脚，已经仁至义尽，你还指望我帮你洗白？”

两人吵得厉害，霍盛却一言不发。

过了半晌，他站起来，走到陈澄面前说：“谢谢你告诉我她没谈过恋爱这回事，但这并不能抵消你对她犯的错。”

他说完，忽然冲着陈澄的脸狠狠打了两下。然后揪着他的衣领，在他耳边说：“第一拳是因为你利用她又背叛她，第二拳是因为你刚才对她的侮辱。从今以后，你跟她半点关系也没有。”

6

那天，陈澄挨了霍盛两拳，撂下要让他们好看的狠话后就离开了。

姜姅原以为陈澄说的是气话，毕竟真的闹开了对他也没什么好处。

可没过两天，网上就有人匿名发长文爆料“分手门”事件的所谓真相。

文中说陈澄和姜姅从头到尾都没有实质性地在谈恋爱，不过是捆绑宣传，陈澄跟夏林才是情侣，根本不存在出轨一说。反而是姜姅没有澄清事实，还故意误导大众，落井下石。

文中还提到姜姅是个工作狂，偏偏那天会抽空参加工作人员的婚礼，出现在酒店。又说霍盛和姜姅在微博上看似互怼，实则根本就是秀恩爱。字里行间就差直说这一切其实是姜姅设计安排，好让陈澄背锅。

于是不明真相却又热衷阴谋论的网友，开始了一场关于“姜姅是不是心机女”的讨论，连霍盛也被牵连其中。

虽然有铁粉的维护，姜姅还是再次被全网黑。

“你打算怎么做？”经纪人问。

姜姅瘫在沙发上，不答反问：“你说冯导会不会因为这场风波，弃了我？”

“我的姑奶奶，所以你现在应该先想着该怎么挽救形象啊。”经纪人有些无奈，“你跟霍盛，你们俩是不是真有什么？”

姜姅摇头，不确定地问：“你说，一个男人会因为什么，替一个女人去打另一个男人？”

“你说绕口令呢？”经纪人翻了个白眼，“亏你还演了那么多烂俗偶像剧呢。还能因为什么，因为打人的男人喜欢这个女人呗。”

“你确定？”姜姅提高了声音。那天霍盛跟陈澄说了什么，她没听见，可他打陈澄绝对是为了她。听经纪人这么说，难道霍盛真的喜欢她？

经纪人还没说话，姜姅的手机响了。他看了一眼不知在想什么的姜姅，主动替她接了起来：“喂，你好……是，是姜姅的电话……霍设计师啊……在在在，我让她接电话。”

听见“霍设计师”四个字，姜姅下意识想躲开，可经纪人已经把手机塞给她了。顿了顿，她找了个话题：“是不是冯导让你来通知我结果？”

“不是。你在哪儿？”霍盛问。

“经纪人家里。”姜姅叹了一口气，“你可能没经验，这种时候自己家里也不能呆的，门口一定全是记者。你要不也找个地方避避？”

“地址。”霍盛问。

“什么地址？”姜姅疑惑，“你要来我这儿？”

“地址。”霍盛重复了一遍。

“水岸国际 A 座 2802。”

7

霍盛到的时候，经纪人已经很识趣地以工作为由离开了。

姜姅开了门，一扫之前邋遢颓废的样子，妆容精致、衣着干练地出现在霍盛眼前。

她笑着，自信明媚一如从前，眼底却有着一抹掩饰不住的疲惫。

霍盛还是穿着一身西服，规矩严谨、淡漠庄重如神佛。可他看向姜妌的眼神，三分心疼七分温柔，宠溺得要将人融化了，又实实在在像一个世俗男子。

姜妌忽然有些害怕和这双眼睛对视，故意调笑道："怎么？几天不见，霍设计师发现我更美了，为我着迷了？"

谁知霍盛竟点点头，大大方方承认："嗯，被你迷住了。"

明明是浪荡子一般轻佻的回答，他却答得严肃认真，好似那古代的呆子书生，其实根本不了解男女之情，不过顺着妖女的蛊惑，遵从本心而答。笨得很，又真得很，带着说不出的可爱正经。

可霍盛到底不是书呆子，眼底的笑意出卖了他，他比谁都清楚这回答是什么意思。

表面上端庄正经，内里却是个撩拨人心的个中高手，这男人根本就是个天生妖孽！姜妌在心里腹诽，面上却不露痕迹，只似笑非笑地看着霍盛，好叫他知道她不是容易被哄骗的小姑娘。

霍盛罕见地笑了笑，轻声问："吃饭了吗？我带了些吃的。"

姜妌这才注意到他手上拎着两个保温饭盒，很居家的款式，不像在酒店餐厅打包的。

"我自己做的。"霍盛像是知道她在想什么，"你过来尝尝，看合不合口味。"他说着，熟稔地推开门往里走。

"我准你进来了吗？"姜妌嗔怪一句，跟上去，"真的是你做的？霍设计师还是居家型男人啊，画得了设计稿，做得了饭菜。"

"那边是厨房？"霍盛反问，见姜妌点头，边走边说，"我做的，你这两天有好好吃东西吗？"

或许是太久没有被人这样温柔以待，又或许眼下本就是她脆弱不堪的时候，霍盛一再关心的话语，叫姜妌有些鼻头发酸。可她向来不会在人前示弱，很快调整了情绪，笑道："霍设计师这么关心我，莫不是喜欢我？"

霍盛仿佛没注意到她的异样，拿盘子把食盒里的饭菜盛出来，才应了一句："嗯，喜欢你。"

还是那般轻描淡写的语气，却让姜妌心里一动。

他本该在工作台上对着珠宝精雕细琢，此时却穿着一身西服俯身在厨台前为她准备饭菜。这样一种致命的反转魅力，叫她无力抵抗。可她也不敢放任自己沉溺其中，她见多了那些看似深情的套路。

“你在同情我还是出于愧疚？”姜姅突然问，“毕竟我眼下的遭遇，起因在你。”

“我以为你会说‘心疼’。”霍盛放下食盒，转身看她，“我不是一个同情心泛滥的人，也不会轻易对谁心怀愧疚，如果有，也只会对你。在我面前，你不必是‘女王’，不必这么强势警惕。你可以脆弱，可以无助，可以难过，可以流泪，都没关系。”

8

非科班出身，又没资历没背景，在娱乐圈这个巨大的名利场，姜姅这一路走得有多艰难，只有她自己知道。她必须强势、必须不好惹、必须张牙舞爪，唯有如此，她才能保全自己。连她自己都记不得上一次软弱哭泣是什么时候了，甚至现在被陈澄反咬，她也不过是觉得有些糟心罢了。

霍盛的话，却一下击中了她内心最脆弱的地方，让她忍不住想哭。

可她到底是忍住了，她对着霍盛惨淡一笑：“霍设计师真的觉得，我是只凭演技就走到今天的吗？比起演技，更重要的是我对自己够狠。我永远把自己放在孤立无援的境地，永远不对任何人心生依赖，每一次遭遇困境，除了破釜沉舟的决心外，什么都可以丢弃，所以才有今天的我。你却跟这样的我说让我软弱？我不会，也学不来。”

“不需要学，它是本能，而你只是把它藏起来了。”霍盛目光定定地看着她。

“不要说得很了解我的样子，”姜姅声音冰冷，“霍设计师如果没其他事，就请离开吧，还是谢谢你的饭菜，我怕是没有口福。”

她说完，转身往门口走，却冷不防被霍盛抓住了胳膊。她想叫他松开，他却缚住她的双手，把她按在墙上，兜头亲了下来。

霍盛的吻，明明带着怜惜，却又强势得不容姜姅拒绝。他不顾姜姅的捶打，耐心又霸道地攻城略地，吻得姜姅感觉快要窒息了才松开她。

终于获得自由，姜姅大口大口喘气，又羞又恼。她抬头看霍盛，他却一派神色清明，好像方才恨不得把人吃了的那个男人根本不是他。

姜姅忍不住嘲讽："我还以为霍设计师当真像外表一样清冷禁欲，无欲无求到可以立地成佛了，原来却是假正经、暗藏色心吗？"

"我在你面前，从来成不了佛。"霍盛说，"你的每个眼神、每个表情、每句话，都在示弱、都在挽留，口是心非得叫人心疼。我已经再三克制了。"

"谁示弱！谁口是心非！"姜姅才不会承认，"自己要流氓，还要怪在我头上吗！"

"要不然说出去，让别人评评理？"霍盛一脸认真，"人人都知道我洁身自好，这么多年连绯闻都没有传过，倒是姜小姐一直对我表现得很有兴趣。"

"霍盛，你这个伪君子！"

"嗯，我是。过来吃饭。"

9

姜姅在这一刻对"斯文败类"有了新的认识。

实在讨不到便宜，她干脆把他做的菜全吃了，末了，颐指气使道："霍大设计师手艺不错，不知道这一顿多少钱，我给你。"

"以身抵债吧。"霍盛说。

姜姅呛了一下，震惊地看向霍盛。这人是被拆穿了真面目，干脆破罐子破摔？还是天性无赖？

"你可以这么直勾勾地看我，但不准这么看别的男人。"霍盛用那双漆黑如墨的眼直直地看着姜姅。

那天陈澄的问题，他后来想明白了——他的确喜欢姜姅，是男人对女人、同类对同类的喜欢，所以才会有那一系列难以解释的怪异行为。

既然确定了对她的感情，他没道理还藏着掖着，自然是要说出来的，免得姜姅又被别的什么坏男人骗了去。

这么俗气的话，配上这样意味深长的眼神，姜姅居然有被撩到的感觉，脑海里一瞬间闪过经纪人说的这句"打人的男人喜欢这个女人"，不争气地心跳加速了。

"你打算怎么做？"霍盛忽然正色道。

知道他是在说陈澄的事，姜姅也严肃起来："霍设计师有什么指教？"

“你是真的要问我？”霍盛反问，“你心里一定有了打算，想好了要怎么做。我只是来告诉你，无论你做什么、怎么做，我都在你身后，你随时可以依靠。”

不得不说，霍盛很了解姜姅。对姜姅来说，她习惯了靠自己，别人与其帮她拿主意，不如尊重和支持她的决定。

听了他的话，姜姅发自内心地笑了。

“我不是第一次面对这样的情况了，你放心，其实这次也没多严重。捆绑宣传是很常用的手段，一般各取所需，然后好聚好散，我只是恰巧遇到了个不省心的。他以为爆出这个事实就能转移矛盾，洗白自己？如果我不出声，慢慢等这一场风波过去，他或许真有机会。可如果我站出来跟他撕到底，这他就是自掘坟墓，靠女人上位、卖人设、背信弃义这些事情一旦公之于众……他会彻底身败名裂，而我穷追猛打，未免姿态难看。你猜我会怎么选？”

“开撕。”霍盛肯定地说。

“不觉得我太狠、太不留余地了吗？”

“对人渣手下留情，是对善良的一种侮辱。”

两人说话时，自始至终都盯着对方的眼睛，从彼此的瞳孔中看见自己的小小影像。

片刻后，姜姅一笑，轻声说：“知我者，霍先生也。”

霍盛回：“姜小姐，也深得我心。”

送走霍盛后，姜姅打开电脑，亲自回答了知乎热门问题“如何看待姜姅和陈澄明明是假情侣，却能表现得像真情侣一样亲密”。

她回的是：我演技好。

没有一句多余的解释，没有一点妥协扮软弱的姿态，永远固执，永远骄傲，这就是姜姅。

接着她又发了一条微博，只有五个字：陈澄，你不配。

不配什么，她没有说。

可热心的网友们已经替她回答，有人说是陈澄不配她姜姅，有人说是陈澄不配她姜姅用心机耍手段。

霍盛转发了姜姅的微博，并配文：“嗯，他不配。”

粉丝们立刻闻风赶来刷评论表示支持，被顶上热门评论的是：“我们家设计师其实是说——‘嗯，他不配，我配’。”

霍盛点赞了这条评论，并点赞了姜姅团队随后发出的一条微博。

那条微博说：“捆绑宣传，本无可厚非。可既然对外公开为情侣关系，哪怕有名无实，双方也已经是利益共同体，需要对彼此的形象负责。陈先生在此期间，擅自与他人恋爱，并被曝光，对姜女士造成影响。姜女士当机立断，结束关系，已经仁至义尽。陈先生为洗白，转移矛盾，以小人之心揣测污蔑姜女士，对此姜女士只有一个态度——我做过的，从来敢认，没做过的，绝不吃哑巴亏。”

这段霸气的解释，很快就得到了众多网友的认同和支持，舆论彻底偏向了姜姅。

后来陈澄又出来装可怜姿态博同情，表示他并不知道那篇匿名爆料，网友却不买账，纷纷呼吁要让他滚出娱乐圈。

一场风波自此落幕。

10

隔天，霍盛在参加节目时，首次提到了自己的感情动向，说自己心里一直有个人。

主持人追问那个人是不是姜姅，霍盛没有直说，只是放出了七年前的一段节目视频。

视频里略显青涩稚嫩的霍盛坐在台上，视线却时不时落在观众席，好像那里有更吸引他的东西。等镜头切换到观众席时，有一张熟悉的脸一闪而过。

“那是姜小姐？”主持人眼尖地看出来了，“你们七年前就认识？”

霍盛摇头：“她那时只是在扮演一个认真动容的观众，并不是在关注我。”

“所以你一直暗恋着姜小姐？”主持人笑得暧昧。

霍盛大方承认，对着摄像机深情款款道：“她其实是一个很简单纯粹的人，做一个好演员是她的梦想。在追梦的路上，她吃过苦、受过伤，却始终不改初心，柔弱又勇敢，固执又倔强，叫人心疼。以后，我想护着她，一直到永远。希望你们也一直支持、喜欢她。”

好事成双，冯远也在当天宣布姜姅为《女帝传》的女一号。

姜姅一跃成为话题度最高的女演员，各种采访邀约不断，她却一概婉拒，收拾东西，提前进了剧组。

霍盛不用一直待在片场，可有姜姅戏份的时候，他基本都在。只是他在的时候，总是会干扰拍摄进度。

譬如有一场争斗戏，搭档演员没把握好分寸，不小心伤了姜姅，霍盛就一直黑着脸，吓得人家演员不敢用力，又拍了三四次才过。

又譬如有一场拥抱戏，姜姅和男演员才刚刚碰到手，霍盛就突然喊停，理由竟然是姜姅戴的项链出现在这一幕不合适。连工作人员都心照不宣地偷笑，姜姅又怎么会不知道霍盛是吃醋了，可她却一脸无辜，认真问道："霍设计师，那我应该戴哪条项链呢？"

霍盛看着她，忽然一声不吭地吻了下来，带了点怒气和宣誓主权的意味。

吻了好一会儿，直到助理在外面叫姜姅，霍盛才松开她，眼神危险："你这是吃定了我，就对我不上心了？"

自从他公开表白，被姜姅知道他一直暗恋她后，她对他的态度就来了个一百八十度大转变。在他面前扮起了端庄淑女不说，更是时刻跟他保持距离，连话都不多说，更别说肢体接触，好像先前逮着机会就撩拨他的那个人根本不是她。

对此，霍盛很有怨念。

"不行吗？"姜姅挑衅地看着他，"我这人很小心眼的。你之前说我是本色出演，说我自恋，还说我不庄重，啊，还有，说对我没兴趣，是不是？"

什么叫"傲娇一时爽，追妻火葬场"，霍盛算是有了深刻体会。

眼见姜姅秋后算账，他有些无奈，可他也不是毫无准备，清了清嗓子说："我数过，这七年里你拍过三十部戏，其中牵手四十二次，拥抱三十四次，接吻二十八次。可我除了你，从来没有对谁表现过亲密。"

他说这话时声音不喜不怒，姜姅有些吃不准他是不是真的在生气，正想服软，却又听他说："所以，你还不准我小小地生气一下？"

他说完，不知是不好意思还是傲娇，偏过头不看姜姅。

这样别扭的霍盛一下戳到了姜姅的萌点。她想笑，却眼睛一转，闷哼一声，捂着胸口朝霍盛倒过去。

霍盛吓了一跳，赶紧接住她："怎么了？胸口疼吗？是不是疼得厉害？我们现在就去医院。"

他说着就要抱起姜姅往外走，姜姅却狡黠一笑，攀着他肩膀，轻轻一跃，双腿夹住他的腰，挂在他身上。

"霍设计师。"姜姅捧住他的脸，委屈巴巴地看着他，"你难道不知道你吃飞醋、翻旧账的样子多有反差萌吗？你都没听见我少女心炸了一颗又一颗，比鞭炮还厉害的响声吗？！你是不是故意的？故意想让我的小心脏为你爆掉是不是？"

见她没事，霍盛松了一口气。又听她在跟他说情话，他心里很受用，面上却不显露，他用额头碰一碰她的额头，警告道："再敢这么吓我，小心我收拾你！"

姜姅可不怕他："霍设计师，我这么喜欢你，你舍得吗？"

她凑得近，光是气息呵在霍盛脸上，就已足够撩拨。偏偏她还柔情似水地看着他，眼角眉梢都带了勾人风情。刻意压低的声音，也像小猫的低唤，叫听的人心疼又心痒痒。

霍盛动了动喉结，试图压下某种激烈的欲望，可最终功亏一篑。

他仰头，狠狠吻住她，模糊不清地说："那要看怎么收拾。"

像这样就很舍得，而且会变本加厉、不加节制。

姜姅再次被吻得透不过气来的时候，在心里哀号：霍设计师，你这么容易被撩，不符合你的人设啊！

可霍盛听不见，心心念念了七年的姑娘就在他怀里，他只想对她做喜欢的事。就算听见了，也只会回她那一句："我在你面前，从来成不了佛。"

因为我爱你，俗气又深情地爱着你。

男友太心机

“请继续保持这种怕麻烦的精神，这辈子喜欢我一个就够了，我对你也是。”

1

沈立铭会注意钟楚宁，一开始只是受人所托，忠人之事。

是他以前的邻居陈奶奶打来电话，说替自家孙子相中一个姑娘，跟在他同一个公司工作，就想跟他打听打听。

这姑娘就是钟楚宁。

沈立铭想了半天，只想起来公司里是有这么一个人，至于其他的，他还真不清楚，只能先应下，说回头帮她注意一下。

等到了公司问过人事经理，沈立铭才知道钟楚宁是财务部一个小会计，应该是个没有性格、没有特点的“小透明”。

但人事经理又评价说：“她是那种看着一团和气，对谁都礼貌客气，说话轻声细语的人。乍一看可能会觉得这姑娘挺平易近人的，可接触多了以后，就会生出一种疏离感。这一点倒是跟你挺像，一切行为都藏在礼貌背后，轻易看不出情绪，也看不出喜恶。”

沈立铭听了，笑了笑，不置可否，心里却隐隐对钟楚宁有了一点兴趣。

而当他们家老太太也打来电话，让他问问钟楚宁有没有姐妹闺密之类的，最好跟她性格类似，然后介绍给他时，他对她的兴趣，就不光是一点儿了。

他忽然很想知道，钟楚宁到底哪儿好，叫两个老太太都上赶着来打听。

“我见过她，相貌也就算得上清秀，除了性子好些，也没什么特别的。你们两个老太太到底看上她什么了？”沈立铭忍不住问出口。

“我说你怎么这么多年都找不着女朋友，原来压根就没有看女人的眼光。”老太太在电话那头很嫌弃地说。

“奶奶，我必须严肃地告诉您，您孙子不是找不着，是不想找。”

“有区别吗？当了二十多年的单身汉，你很骄傲？”

沈立铭无奈地笑了笑：“那您说说钟楚宁有什么好，我尽量比照着她给您找个孙媳妇，您看如何？”

“你就哄我吧，每回都这么说，回头就忘得一干二净。”老太太数落了他两句，才接着说，“其实你陈奶奶看中人家，主要是觉得她性子温和，挺居家的，跟他们海风的闹腾劲儿正好互补。我去看过那丫头几次，你猜我看中她什么？我是看中她年纪轻轻的，口味却专一得很，一周七天有四天都会去你陈奶奶的店里吃面，吃的还是同一种口味。”

“她吃面的时候，也不玩手机，专心致志吃面。人少时，她会吃得慢一些，人多了，她就吃得快一些，然后给其他人让座，细心又体贴。现在的人太浮躁，心不静，太多人吃着碗里的看着锅里的。像她这样对食物专一的人，对人才更专一。她这种姑娘，要是跟你过日子，绝对会一心一意地对你。”

2

钟楚宁天生敏感，比一般人更能察觉别人细微的情绪变化，捕捉他们稍显异常的行为。

最近上了她观察名单的人，是公司研发部经理沈立铭。

沈立铭的名字，钟楚宁从入职第一天就听说了。据说上至高层女精英，下至前台女客服，没有一个不夸沈立铭的，说他温柔绅士，从不失礼，永远给人如沐春风的感觉。

而他之所以如此受欢迎，最主要的原因是，沈立铭是一个猫奴。他平时很少参加应酬，实在推不掉的，即便去了，只要到了晚上九点，也一定会起身告辞，说家里有猫要照顾，不好回去太晚。

而一众女职员就理所当然地认为，如果是他女朋友在家，他一定会更按时按点地回去，绝对是顾家型好男人。

对此，钟楚宁只能感叹她们的脑补能力太强大了，强大得让她们看不清事实，因为她很不巧地知道，沈立铭家里根本就没有猫。

至于他撒谎的原因，钟楚宁并不关心，反正成年人说的谎估计比实话还多。她只知道她最好离他远远的，别跟他扯上关系就行。

她不去招惹他，却没料到沈立铭会主动凑过来。

其实他做得并不明显，不过是在跟一众同事打招呼时，视线不着痕迹地在她身上停顿了几秒。

但钟楚宁立刻就感受到了，可能越是恨不得低调到透明的人，越对旁人的眼神格外敏感。但最主要的原因是，钟楚宁记得沈立铭看人总是如神佛普度众生一般，视线一扫而过，从来不在谁身上停顿，不对谁另眼相看。

所以尽管他只是停顿了短短几秒钟，就足以让钟楚宁感知到了。

钟楚宁也希望这只是自己敏感过度、自作多情，可很快沈立铭就验证了她的想法。

沈立铭亲自拿了一些单据过来报销，张主任明明已经迎上去了，他却往前走了两步，看似随意地把单据放在了钟楚宁桌上。

“麻烦钟会计帮忙处理下，如果有什么不合规矩的地方，你说出来，我拿回去改。”沈立铭说。

“小钟，那你帮沈经理看一下。”张主任跟着发话。

钟楚宁拿起桌上的单据，上面的发票贴得歪七扭八不说，金额也不按规定的写，明显不符合规矩。可她还是笑着说：“没有，挺好的，您放在这儿就行。”

要不然呢？她难道说“这个不行，麻烦沈经理拿回去重新整理下再过来”？

这并不符合她一贯温和的老好人人设。

3

“那谢谢钟会计了。”沈立铭笑了笑。

他这一笑，饶是钟楚宁这种对颜值无感的人，也不禁晃了晃神。

沈立铭天生一副好皮囊，不笑时看着温和稳重，一笑就露出两个浅浅的酒窝，有一种干净纯粹的少年感。

“应该的。”钟楚宁说。她此时有些庆幸自己假面具戴久了，无论心里怎样波涛汹涌，面上也可以丝毫不露。

沈立铭忍不住多看了钟楚宁一眼。

不是他自恋，他还真没见过对他的笑免疫的人，但很显然钟楚宁是一个。他起初不过是想亲自过来和她接触一下，可现在他改变主意了，他想知道究竟怎样才能打破她冷静温和的表象，让她露出他偷窥到的另一面来。

想了想，沈立铭对张主任说：“听说你们最近要组织聚餐？如果不介意的话，两个部门一起吧。”

他亲自邀约，张主任自然不会拒绝。

钟楚宁却皱了皱眉。她并不热衷这样的集体活动，甚至很讨厌下班时间被占用，这会让她觉得自己的节奏被打乱了。尤其眼下，她虽然不明白沈立铭突然关注她是因为什么，但她也并不想跟他有过多交集，能躲就躲才是最好的。

这样想着，钟楚宁忍不住抬头去看沈立铭。

沈立铭将她的一举一动看在眼里，勾了勾嘴角，笑容里难得多了些真诚，他又跟张主任客气了两句，才离开了。

到了聚餐这一天，钟楚宁想了好几个理由，例如来例假、感冒生病，又或者工作忙、得加班，就是想不去参加聚餐，可她最终还是乖乖跟众人去了餐厅。

她自认足够虚伪，对别人的缺点从来可以视而不见，甚至能违心地恭维两句，睁着眼说瞎话的本领算得上炉火纯青。可真到了编理由、找借口去推阻时，她却实诚得很，一句谎话也说不出来。

究其本因，不过是她不会拒绝罢了。

去餐厅的路上，钟楚宁一路都在祈祷，希望沈立铭这回也按时按点回家。可很显然，她的祈祷没有被听见，沈立铭不光陪着大家一块儿吃饭，还破例跟着众人又转战到了 KTV，一直坐到十一点散场。

眼看着其他人都陆续结伴离开了，钟楚宁正准备开溜，却听见沈立铭说：“钟会计，我送你。”

钟楚宁赶紧摇头：“不用麻烦了，我打个车就行。”

“顺路的事，我们不是住在一个小区吗？”沈立铭说。

“你怎么知道？”钟楚宁有些惊讶。

沈立铭眯了眯眼，立刻抓住了重点：“你一直都知道？”

4

钟楚宁的确一早就知道两人住在同一个小区，只是她在一期，沈立铭在三期。

她也是偶然发现的，同时知道了他家里根本没有养猫的事实。

那时钟楚宁刚搬过来，趁着周末在小区里闲逛，正好看见对面小路上站着的沈立铭，他旁边站了个小男孩，拽着他的衣角在说话。

小男孩的声音小，钟楚宁听不清，倒是听见沈立铭问他：“它是你的吗？”

小男孩点头，沈立铭又问：“那我抱着你，你上去把它抱下来行吗？但是下来的时候，要注意别让它碰到我，知道吗？”

钟楚宁顺着沈立铭手指的方向看去，看见了一只黑白相间的幼猫，它在一棵略低矮的花树上低低地哀叫着，显然是被困在上面了。

后来沈立铭把小男孩举了起来，小男孩把幼猫抱下来后似乎想跟他道谢，可他才靠近了一点儿，沈立铭就立刻往后退了好几步，不自在地说：“叔叔对猫过敏，你让它离我远点。”

一个对猫过敏的人，家里无论如何都不会养猫，又怎么可能是猫奴。

“你一直都知道我们住同一个小区？”沈立铭重复了一句。

钟楚宁回神，镇定地说：“之前在小区远远看见过一次。”

“一期还是三期？”沈立铭问。

“一期。”钟楚宁答。

沈立铭没再说话，只盯着钟楚宁。

他是看了钟楚宁的个人资料，才知道她和他住同一个小区的。说来也怪，以前不知道的时候，他压根没注意有这么个人，可自从知道后，他似乎经常能看见她。

虽然除了上下班，沈立铭其余时间大多是宅在家里的，可他偶然发现，自己卧室的窗户正好对着钟楚宁每天早上晨跑和晚上散步的必经之路。

第一次从窗户看见钟楚宁远远跑过来时，沈立铭没什么感觉，只是想着，原来她也有这样的一面，不同于在公司的端庄老成，整个人鲜活生动。

那之后他偶尔会站在窗前看她，慢慢发现，独处时的她，远比平时面对众人的样子有趣得多。比如今天她返程是跑着的，只是跑过去后，又折回来用手做了个镜框的模样对着远处比了比，不知道是看见了什么美景；前天她摘了一片叶子捏在手里走了一路，快要拐弯时，忽然踮起脚把手里的叶子放在了另一片叶子上，脸上带着促狭的笑……

越看，沈立铭越觉得钟楚宁有那种万里挑一的有趣灵魂，只是她的有趣对内不对外。她有自己丰富的内心世界，她的小快乐很多，可以是因为一片树叶、一米阳光，这样的快乐简单且纯粹。

他发现了她的有趣，并且上瘾一般关注她，对她好奇，这对他而言是一种多么新奇的体验。

可她对他呢？似乎是避之犹恐不及的态度。

沈立铭一时有些不知道该如何对待她了。

若按他以往的性子，他应该如她所愿，不再主动招惹她的。可他不想，一点儿也不想，生平第一次，他想抛开所谓的绅士风度，强人所难一回。

5

那天，钟楚宁最后还是坐上了沈立铭的车。

只是沈立铭全程都没再说一句话，以他礼数周全的性子，少有这种冷落他人的时候。钟楚宁也跟着保持沉默。

车厢内一时寂静无声。

过了半晌，钟楚宁想到什么，扭头看了一眼沈立铭，又很快收回视线。

她想沈立铭应该就是知道了她跟他住同一个小区，所以才会关注她。但他一定不是本着小区邻里情来表达友好的，或许纯粹是想提醒她无论看到什么，都别轻易往外传吧。

见沈立铭的第一面时，钟楚宁就知道，他和她是同一类人——空心人，把一切爱与厌都藏在礼貌背后，虚伪又凉薄。他们从不肯改变自己，只是不得不带着温和可亲的假面和这个世界和平相处。

对他们来说，孤独是深入骨髓的东西。

所以沈立铭才会撒谎吧？以猫为借口早点回家，是因为，关上门后，家里那个空荡无声的世界，远比外面这个喧嚣热闹的世界更吸引他。

她大概打扰到他了，钟楚宁想。反正她是不喜欢有同事住在自己家附近的，她对社交没有太大需求，在私人时间里，她并不想继续戴着假面生活。沈立铭应该也是一样的吧。

想清楚了，钟楚宁在心里叹了一口气。

这其实也是一开始她会躲着沈立铭的一个原因，她不想被他知道他们在公司以外有交集，也不想多么热络地凑上去，表达自己遇见同类的欢喜。但她是感谢他的，他让她知道她不是一个人，不是一个怪物。

可似乎，他不这么想，他这是在用沉默表达自己的不满吧。

那之后，钟楚宁更注意降低存在感了，尽量避免出现在沈立铭的视线里。

可这天中午，钟楚宁去面馆吃面时，她前脚才落座，沈立铭后脚就跟了过来，自然而然地坐在了她对面。

他一落座，就直接说："我只去过一期一次，那次还顺手乐于助人了一把。"

钟楚宁明显一顿，默不出声，心想：他这是要秋后算账吗？

她果然知道，沈立铭想。

那天回去的路上，他一直在想自己什么时候去过一期小区，后来他不只想起了具体时间，更想到了那天做的事、说的话，自然也明白了钟楚宁早就知道他在撒谎。

如果是被别的人知道，沈立铭或许会尽量想办法圆谎，维持他的完美人设，继续让他们对他只敢远观而不敢近前。可是被钟楚宁知道，他莫名松了一口气，觉得两人也算交换了秘密——他们都知道了彼此的另一面。

可他也同时觉得挫败，明明他才是个善于伪装的高手，却先在钟楚宁面前暴露了，偏偏他还没有撕下她的假面，让她在他面前露出本真的一面来。

"你没什么要对我说的吗？"沈立铭问。

钟楚宁还是沉默，她不习惯这样跟别人对质。

沈立铭看了她一会儿，忽然一笑，低声说：“你知道吗？你每天来吃面的这家店的店长，相中了你做她孙媳妇。”

他说完，眼睛一眨不眨地盯着她。果然看见钟楚宁愣了两秒钟后，露出难以掩饰的惊讶表情。

6

“你这话是什么意思？”钟楚宁终于开口。

沈立铭却不说话了，只好整以暇地看着她，她难得在他面前露出这样特别的表情，他当然得好好看看。

过了半晌，他才慢悠悠地说：“这家店是我以前的邻居陈奶奶开的，她之前跟我打听你，说觉得你挺好的，适合做孙媳妇。”

“我不好。”钟楚宁脱口而出，说完下意识往收银台看了一眼，发现之前总是站在那里的一个老太太今天不在，才又问，“你说的是真的？那你怎么说我的？”

“你猜。”沈立铭笑眯眯吐出两个字。

钟楚宁眨了眨眼，眼前这个幼稚鬼是谁？沈立铭不该是绅士体贴、老成持重的吗？

沈立铭似乎看出她在想什么，无所谓一笑，反正他在她面前早就不是那个完美的沈立铭了，又何必再端着，他也是会累的。

沉默了一会儿，钟楚宁看着沈立铭，轻声说：“我们有点儿像不是吗？只是你是费尽心思展现完美的一面，因为这样，看得清你本来面目的人，会因为你的凉薄自动远离你，而看不清的人，却会因为你的光环却步，这样你就不会被打扰。而我正好和你相反，我用的是低到尘埃里的方式。

“所以你比谁都更清楚我这样的人——我既不想被别人喜欢，也不想喜欢别人，因为觉得太麻烦，所以更喜欢自己一个人。她孙子肯定也是你的朋友，或许你们关系还不错，那么，为了他，你也知道该怎么说。”

沈立铭原本只是想逗一逗钟楚宁，想看她那张永远冷静的脸上出现惊讶不安的表情，却没料到会有这样的意外收获。

他当然知道她和他相像，所以他更知道她是那种打死也不会在谁面前吐露心声的人，她的心事藏得太深，能让她直白地说出自己心里最真实的想法，无异于上天揽月，下海摘星。

可她说了，就在刚才，在他面前。

她说她既不想被别人喜欢，也不想喜欢别人。

沈立铭理解她，可不打算让她这样继续下去。

因为她看穿了他，又那么了解他，他在她面前几乎无所遁形，却不会下意识想逃。难得能有叫他觉得相处自在的人，尤其她还有只有他才知道的那么有趣的一面，他怎么能、怎么舍得放她离开？

况且，他比她走过更漫长的孤独时光，他知道一个人可以过得很好，却也会在某时某刻被突然而至的孤独折磨得发疯，身心备受煎熬。

所以，如果可以，他们作为同类，为什么不能相互取暖，一起走过之后的时光呢？

7

“我的确没打算撮合你们。”沈立铭说，“因为我……”

他的话没说完就被打断了，因为钟楚宁突然说：“沈立铭，我喜欢你。”

她的声音不小，一字一句说得很清楚，沈立铭觉得自己的心跳瞬间就加速了。愣了两秒后，他才轻咳一声，难得有些不利索地说：“钟、钟楚宁，告、告白这种事应该……”

“立……立铭？”一道上了年纪的声音再次打断了他的话。

沈立铭扭过头，看见身后不远处站着一脸难以置信的陈奶奶。

陈奶奶刚才在后厨帮忙，听店员说钟楚宁这回是和一个男人一起过来吃面，她就出来看看，生怕自己相中的孙媳妇被别人抢走了。谁知道刚走过来，她就听见钟楚宁表白，而她表白的对象，竟然是沈立铭。

沈立铭在看见陈奶奶后，就明白钟楚宁是故意的了，她想彻底断了陈奶奶的心思。可是她就这么在人家的店里对他表白，无论真假，都是明摆着说他挖人墙脚，这真的合适吗？

沈立铭发誓，他这辈子都没这么狼狈过。

面对陈奶奶质问的眼神，他半天也说不出一句话来。说什么？说钟楚宁的表白是假的，可是他听了很高兴？还是说他的确存了心思，要把人家相中的孙媳妇拐到手？

沈立铭不知道自己是怎么带着钟楚宁从陈奶奶的店里走出来的。

“对不起，真的对不起。”钟楚宁出了店门就一个劲儿地道歉。

沈立铭不说话，一直往前走。

钟楚宁猜他这回肯定是真生气了，可她没办法。她的确可以以后都不再来这边吃饭，可是沈立铭跟她一个公司，如果人家再拜托他，他又要关注她，她并不想跟他纠缠不清。

但她也的确是脑子短路，才会突然说出告白的话，她这回是害惨沈立铭了。他也一定是气坏了，才会连电话铃声都听不见了吧。

钟楚宁小跑两步跟上沈立铭，提醒他电话响了。

沈立铭这才反应过来，取出手机看了一眼，又看看钟楚宁，直接开了免提。

电话那头立刻传来陈海风的骂声：“沈立铭，你够狠！我一直以为你就是虚伪了点、假了点，没想到你还会夺人所爱！你看你把我们家老太太给气的，刚跟我打电话的时候差点哭了。你等着，等我回国，我揍不死你！那姑娘是叫钟楚宁吧，我到时候一定从你手里把她抢过来，给我们家老太太报仇！”

钟楚宁听完，眉毛都快皱到一起了，哭丧着脸看着沈立铭。

沈立铭冷哼一声，直接挂断了电话。

“对不起，真的对不起。”钟楚宁说。

“对不起有用吗？”沈立铭冷着脸说，“这还是第一轮轰炸，我们家老太太要是知道我伤了她老姐妹的心，你看吧，她不剁了我，也得扒我一层皮。”

“那要不，我帮你解释？”钟楚宁小心翼翼地说。

“你以为一句解释就够了？”沈立铭挑眉。

“那你说我该怎么做？”

“假戏真做！”

“啊？”

8

钟楚宁不明白，怎么说着说着就转到“假戏真做”这个话题了。

可沈立铭说完就迈着大长腿往公司走了，压根不给她拒绝的机会。

这里离公司不远，钟楚宁也不敢追上去再问，怕被同事看到，再传出什么流言蜚语来。

忐忑地等到下班，钟楚宁准备去找沈立铭谈谈，却得知沈立铭下午没在公司。

他是气得不想理她，故意躲着她吧？钟楚宁有些无奈。

她是最怕麻烦别人的性子，除非到了逼不得已的地步，否则决不会开口向别人求助。就算受了帮助，事后她也一定会不着痕迹地还回去。

可这回，她何止是麻烦了沈立铭，她根本就是把他拖下了水，让他不明不白地背了黑锅，这人情她该怎么还？

钟楚宁不知道该怎么办了。

明明她是想离沈立铭远远的，可眼下却和他越来越纠缠不清了。尤其当她冷静下来，再回忆沈立铭说“假戏真做”的话时，心里竟隐隐有种期待。她已经很努力压制那种雀跃的感觉了，可它还是会不断地冒出来，叫她忍不住生出不切实际的幻想来。

她其实一直记得那天在小区里看见的沈立铭。

他当时只穿了一件白衬衣，西装外套搭在胳膊上，或许是没有了西装冷硬质感的加持，他看上去比平时更温和。他立在花树下，斑驳的光影打在他身上，恍惚间，让人在他身上看见小说里初恋少年的影子。

他对小男孩笑的时候，有着成熟男人的温柔；他说对猫过敏时，又有着大男孩的胆怯；他下意识往后退的动作，更显得拘谨可爱……

钟楚宁是不信一见钟情的，可她又不知该如何解释为何自己后来一次次梦见那时的他。

但她不会承认她是喜欢他的，她怎么能承认？她根本得不到他呀。既然得不到，那不如一开始就忽视自己的心意，控制自己想要亲近他的本能，离得远远的，这样多好。

可他们最终还是以这样戏剧的方式有了纠缠。

是命中注定吗？

是真的缘分吗？

钟楚宁无法回答这些问题，更不知道沈立铭的话究竟是玩笑还是真言。

你看，爱情在一开始就这么让人胡思乱想、疑神疑鬼，她果然还是不适合恋爱的吧。

9

沈立铭那天不在公司，其实是去负荆请罪了。

他拎着礼物，亲自上门去跟陈奶奶道歉，说自己的确喜欢上了钟楚宁。

陈奶奶最后也没说什么，只说自己当时是有点难受。可自家孙子还在国外，与其被别人发现钟楚宁的好，让别人拐跑，还不如是沈立铭呢。毕竟沈立铭也是自己看着长大的，算半个孙子。

跟陈奶奶解释清楚了，沈立铭准备乘胜追击，拿下钟楚宁。

等他第二天到了公司，却发现钟楚宁又恢复成了先前的冷漠样子，假笑着叫了他一声“沈经理”，就继续做自己的事。

沈立铭不明白她为什么突然转变态度，但他不会给她再退回去的机会。

等下了班，沈立铭拦住钟楚宁，说送她回去，顺便有话要说。

钟楚宁要拒绝，却听他说：“今儿我们家老太太要过来跟我算账，你不是说要替我解释吗？”

听他这样说，钟楚宁就没再拒绝。她想，她是欠了他的，这下一次还清了，从此以后就好继续做陌生人了。

到了小区，跟着沈立铭上楼，钟楚宁忽然有点心慌。

她不喜欢跟别人走得太近，自然也没怎么去过别人家里，更没去过异性的独居公寓。一想到待会儿要去沈立铭家里，进入他的专属领地，她就有些想逃。

沈立铭似乎看出了她的紧张，笑着说：“你该不会在想我会对你劫财劫色吧？”

钟楚宁摇头，一本正经地说：“我没你有钱，也没你好看。”

要不是这段日子接触下来，知道她其实也有促狭的一面，沈立铭几乎要被她骗了，以为她真的在陈述事实。

不过，能缓解她的紧张，沈立铭觉得被她调侃也值了。

可他叫她过来不过是临时起意，开门的一瞬间，他忽然有些紧张。怕她不喜欢自己家的装修风格，怕她不喜欢他的沙发，怕她嫌弃他没有品位……

沈立铭从来没有这么尿过，定了定神，他还是开门把自己的另一个世界展示给钟楚宁。

室内是以灰白色调为主的装修，简单利落，跟钟楚宁想的一样。只是屋里没有她想的那么整洁，沈立铭的书和健身器材就那么随意地散落着。

“你先坐。”沈立铭指了指沙发，正准备给钟楚宁拿水，门铃响了。

他先把水递给钟楚宁，才绕过去开了门，一开门就看见自家奶奶怒目站在门外。

10

“你个小兔崽子，我是怎么教你做人的，你居然敢给我学别人挖墙脚！挖的还是你陈奶奶家的，你这么伤你陈奶奶的心，叫我以后怎么面对她？”

沈老太太中气十足，上来就揪住沈立铭的耳朵一顿数落。

“奶奶，您先松手行不行？”沈立铭捂着耳朵小声哀求。钟楚宁还在后面坐着呢，他要面子的啊！

“松什么手？”老太太瞪他一眼，“做错了事，就得这么教训才能长记性。要是一直惯着你，你不更加无法无天了？”

“奶奶，有人！有人！”沈立铭笑得比哭还难看，小声又急切地暗示道。

“你还敢骗我！”沈老太太手下又用了点劲儿。

沈立铭痛得“嘶”了一声，艰难地扭头去看，却见沙发上空空荡荡的，压根没有钟楚宁的影子。

一想到她来之前还信誓旦旦地说要帮自己解释，现在却躲得不见影子，沈立铭不打算让她看戏。他叫她的名字：“钟楚宁，你出来，你再不出来，我就要被奶奶拧掉耳朵了。”

他都点名了，钟楚宁不好再躲，慢慢从沙发后面露出脑袋，红着脸小声叫了声“奶奶”。

她原本是真打算帮沈立铭的，可刚一坐下就听见门铃响，她第一反应就是躲。尤其老太太一上来就揪沈立铭的耳朵，吓得她压根不敢出声，本能一般藏了起来。

“丫头……真在啊。”沈老太太看着钟楚宁，愣了愣，一时竟忘了松手，还是沈立铭又出声，她才赶紧松开了。

“没吓着你吧？”沈老太太赶紧笑了笑，“奶奶平时不这样的，你别怕啊。奶奶知道你是好孩子，都怪这臭小子做事不妥当。不过说实话，小铭还是很不错的，你们俩好好的，你陈奶奶那儿，我会去说的，你们别有什么负担就行。那奶奶就不打扰你们了，我先走了。小铭，你好好招待钟丫头。”

沈老太太说完就走了。

沈立铭关上门，回头盯着钟楚宁，算账道：“这就是你说的帮我解释？”

钟楚宁咬了咬嘴唇，不说话。沈立铭在外人面前总是老成持重得像是活了好几辈子似的，在亲近的长辈面前居然是这个样子，她能说她很想笑吗？

沈立铭挑眉：“很好笑？”

钟楚宁赶紧摇头：“我发誓，我绝对不会说出去的。”

沈立铭冷笑，故作凶狠地说：“你知道什么人的嘴最严吗？”

他装恶人装得一点儿也不像，钟楚宁实在忍不住笑出了声，嘴上却配合说：“现在是法治社会。”

“所以不能杀人。”沈立铭用很遗憾的语气说。

“那你要收买我吗？咱们就用之前的账一笔勾销吧。”钟楚宁想到了自己来的目的。

沈立铭摇摇头，目光牢牢锁住她：“有些账是算不清的，只会越纠缠越深。为了防止你说出去，我觉得还是把你放在身边更好。”

钟楚宁心慌地偏过头，不敢和他对视。

“走吧，我带你去看一样东西。”沈立铭站起来往卧室走。

钟楚宁犹豫了一下，跟了过去。

到了卧室，沈立铭指着卧室的窗户说：“虽然一开始注意你，是受陈奶奶所托，可是后来偶然看着你一跑一跳出现在我的窗外时，再关注你就是出于我的私心了。

“我知道你每天会去晨跑和散步，知道你会经过这段路。有时候我会忍不住提前猜你今天会发现什么有趣的风景，会有什么可爱的行为，我甚至会在经过这条路时刻意站在你站过的位置，去看你看过的风景。有时我都觉得自己是疯了，像个偷窥狂一样。我从来没有喜欢过别人，也不知道什么是喜欢，但是对你的关注和感觉，除了喜欢，我想不到别的。”

钟楚宁不知道该怎样形容这样的感觉。在她不知道的时候，有人在用心关注她，对她的一切都感兴趣，想要和她看一样的风景，尤其那人还是沈立铭。他不觉得她面对别人时太假，他知晓她从不曾在人前显露的另一面，他居然觉得她有趣……

钟楚宁忽然很想哭。她比谁都更清楚，沈立铭是那种不会轻易对谁产生兴趣的人，可他却说自己大概是疯了，因为她。

“你别哭，你这样我会不知道你是被我吓到了还是感动了。”沈立铭半真半假道，走过去轻轻抱住她，“你很好，只是你不知道。我那天说的是真的，跟我在一起吧。”

钟楚宁没有抗拒，却也不敢回抱他：“可是我不会爱人，我怕我不会爱你。”

沈立铭笑了，看着她认真地说：“我从前不想、不会、不愿意喜欢和爱别人，因为觉得麻烦。可因为是你，我很想试一试、学一学。我们一起学着怎么爱人、怎么相处，好不好？”

钟楚宁看着他，沉默半晌后，伸出手轻轻回抱他。

沈立铭就知道她的意思了，更用力地抱紧了她，满心愉悦。

浑身是刺的刺猬都能找到合适的距离相互取暖，没道理他们要一直孤独。

后来，沈立铭告诉钟楚宁，其实那天在面店，他就打算告诉她，他喜欢她，他不会撮合她跟陈海风的，只是被她抢先了。

“那你还表现得跟背了锅似的，让我那么愧疚？”

“我当时是有点儿反应过度，后来却是想让你对我愧疚，这样你肯定会想办法弥补我，那我就能借机提在一起的事了。”

“你这人！你算计我！”

“我以为你早就知道我是什么样的人了，不过就算现在才知道，对不起，你已经上了贼船了，我这贼不好说话的，你别想下去。”

“那就不下吧。”

“好。”

11

跟沈立铭在一起后，钟楚宁觉得自己近墨者黑，睁着眼说瞎话的功夫更精进了。

表现之一便是，再有部门聚餐时，她已经可以脸不红心不跳地扯谎拒绝了。

推掉聚餐，溜到地下车库，沈立铭坐在车里等她一起回家。

一上车，沈立铭似笑非笑看着她：“听说你最近养了只小狗，离不了人照顾，所以既不能参加部门聚餐，也没办法陪同事逛街？”

钟楚宁点头：“这理由比我说自己感冒都管用，果然大家对动物比对人更有爱心。”

她说完，沈立铭忽然欺身过来，黑眸沉沉地望着她：“你是觉得我哪儿小？”

钟楚宁看着放大在自己眼前的俊脸，没出息地咽了咽口水，茫然道：“什么？”

“你说的小狗不是我吗？我以为怎么说我也是只大型犬。”沈立铭意有所指。

钟楚宁涨红了脸，咬着嘴唇不说话。她怎么会不明白沈立铭的意思，这人在人前端得一本正经，人后却是个典型的大色狼、臭流氓。

“不说话？”沈立铭挑眉。

钟楚宁赶紧摇头：“我就是随口一说，回头我就跟他们说小狗不好养，换了只大型犬。哈士奇？金毛？你喜欢哪个？”

沈立铭这才满意了，大方地让她自己选。

后来钟楚宁问沈立铭：“我再拒绝别人的时候，能不能说‘家有恶犬，出入艰难，若有晚归，必定很惨’。”

沈立铭一笑：“可以，毕竟我们同病相怜。我是家有黏人猫，脾气不大好，一晚不见人，就要闹翻天。”

好吧，一猫一狗，到底如何，只有他们自己知道了。

12

恋爱满一百天的时候，沈立铭又问钟楚宁什么时候可以公开他们的关系。

钟楚宁心虚地偏过头：“我们这样挺好的。”

其实一开始，沈立铭就说过公开关系的话，钟楚宁没敢同意。

开玩笑，她闷不吭声摘了沈立铭这朵高岭之花，绝对是犯众怒的行为，不藏着掖着，难道还说出来昭告天下？

“所以你是不肯了？”沈立铭语气不轻不重地问。

钟楚宁拿不准他有没有生气，只能先解释说：“也不是我不想说，关键是，这又不像结婚能发个请柬，大家一看就明白了，我总不能满部门吆喝说我跟你在谈恋爱吧。”

“你这是在暗示我该求婚了？”沈立铭笑道。

“谁、谁暗示你了！我一点儿也不恨嫁的好吗！”钟楚宁赶紧为自己正名。

“啊，那可能是我恨娶了吧。”

“那肯定是。”

他这么一打岔，话题跑偏了，钟楚宁也以为公开关系这事就这么过去了。

然而，隔天一上班，一个只打过几次照面的市场部男同事竟然抱着一束玫瑰朝她走过来，看那架势是要跟她表白的节奏，钟楚宁吓了一跳。她既怕其他同事跟着瞎起哄，又怕沈立铭误会，于是赶在对方开口前，慌忙澄清说自己有男朋友了。

“他是谁？”男同事问。

钟楚宁把心一横，实话实说：“沈立铭。”

旁边围观的人明显是被这一消息惊到了，交头接耳起来。那男同事倒是笑了，把玫瑰塞到钟楚宁怀里：“我说沈经理怎么托我带一束玫瑰给你，原来你们是男女朋友啊。”

钟楚宁一愣，看着后面姗姗来迟、一脸笑意的沈立铭，才反应过来，她这是又被他算计了吧。

沈立铭大大方方地承认：“这下大家都知道你在跟我谈恋爱了，亲爱的女朋友。”

“我能反悔吗？”钟楚宁噘着嘴，照这样下去，她怕自己会被他卖了还替他数钱。

“你试试。”沈立铭语气平静，眼神却透着满满的危险意味。

钟楚宁叹了一口气：“还是算了，太麻烦了。”

沈立铭赞许地点点头：“请继续保持这种怕麻烦的精神，这辈子喜欢我一个就够了，我对你也是。”

男友不好哄

"尹三月就是我的药，我这不赶着去吃药吗？"

1

为了避免一些不必要的追问，尹三月对外都说自己是写总裁文的，可其实她是写纯爱文的。原本写就写了，只是她一时抽风，开了一篇新文，主角是以许澜翻为原型的，于是直接惹恼了这位少年。

此时，他眯着眼看她："尹三月，你是在变相说分手？"

尹三月赶紧摇头："绝对不是。我错了，我愿意为你当牛做马，但你千万别让我停笔，我这可是签了合同的。"

"既然是拿我卖钱，那稿费就一人一半吧。"

许澜翻嘴巴一开一合，说得轻巧，尹三月心里滴血一般的疼。

可事实证明，遭受威胁这件事，有一就有二，有二就有三。尤其是被许澜翻这种脸皮厚、心肠黑的人拿住了七寸，尹三月觉得自己怕是熬不过这个冬天了。

他要钱还不够，又开始在别的地方折腾她：今天让她早起去买学校西门口的包子，明天让她早起陪他去英语角晨读，后天又让她早起陪他晨跑……

她向来是个超级懒人，恨不得像动物一样冬眠，早起对她来说简直就是酷刑。

可即便心里画了无数个圈圈诅咒许澜翻，尹三月还是不得不乖乖照做。没办法，谁让她惹了他呢，她大概是找了个假男友吧。

尹三月戴好耳暖、口罩、围巾、手套，又裹上厚厚的羽绒服，才出了门往C大走去。

没错，今天又早起了。

许澜翻昨晚发微信消息，让她今天去阶梯教室给他占座，说他喝多了，早上起不来。

尹三月已经懒得拆穿他了。他除非是有预谋的醉酒，否则滴酒不沾，去聚会也不过是跟别人坐着，他居然好意思说自己喝多了。撒谎都撒得这么没有诚意。

到了教室，尹三月选了居中的位置，摘下耳暖和口罩放在桌子上占着，自己准备补个觉。

“尹三月！”

听见有人叫她，尹三月抬头，瞧见门口站了两个化着浓妆的姑娘。

2

许澜翻提着早饭往教室走，室友方俊在旁边打了个哈欠：“你说你至于吗？从开学到现在，就昨晚在宿舍睡了一宿，怎么着，今天又是一大早就赶着去见尹学姐以慰相思之苦啊？”

许澜翻跟着打了个哈欠，懒懒地道：“一日不见如隔三秋，有问题吗？”

方俊“啧”了一声：“许老二你真是没救了。”

“尹三月就是我的药，我这不赶着去吃药吗？”许澜翻再接再厉。

方俊打了个冷战：“学霸不要脸，情话随口编，瞧见我这一胳膊的鸡皮疙瘩没？”

“鸡皮肤是相当常见的皮肤问题，你不用自卑。”

“许澜翻！”

“哎。”

两人闹着走到了教室，还没进门就听见了尹三月的声音。

她说："你们倒是浓妆艳抹，许澜翻看你们一眼没？在你们眼里，他是那种高冷傲娇、对谁都不屑一顾的人吧？那我告诉你们，他给我的备注是'我的小心心'，我都叫他'许小狗'，因为他最喜欢对我亲亲抱抱，黏人得很。我也就是有爱心，不晒出来虐你们，要不然……"

"我的小心心。"方俊重复了一句，夸张地捂住胸口，"许老二，你真是腻歪得让我不忍直视啊。"

"嗯，我这么光芒万丈，确实不是你这种凡人可以直视的。"

许澜翻十分平静地说完这句自恋的话，抬腿进了教室。

尹三月一看见他，立刻收了架势，半真半假地道："许澜翻，这两个人欺负我，说你不是喜欢我，只是拿我当保姆使呢。"

方才这两个女生确实轮番上阵数落她，趾高气扬的。

一个说："就你这清汤寡水的样子，丢在人堆里都找不着，也敢霸着许澜翻！"

一个说："你比许澜翻大三岁吧。年纪大是会照顾人，又是占座又是陪上课的，跟个保姆似的，其实是怕留不住许澜翻的心吧？"

许澜翻径直走到座位旁，把早饭递给尹三月，问道："周一的晚饭谁做的？"

尹三月想也不想就回答："你做的，是红烧排骨，手艺有进步。"

"周二呢？"许澜翻又问，手上很自然地拿起桌上的耳暖挂在自己脖子上。

"你。清蒸鲈鱼，味道有点儿淡，下次可以多放点儿盐。"尹三月说着，咬了一口包子。

"周三周四呢？"

"周三也是你做的，没有肉，全是素菜。昨晚你出去了，我自己在楼下吃了饺子。"

许澜翻斜着眼看她："谁是谁保姆？"

尹三月脑子转得飞快，笑眯眯道："你是我男朋友。"

许澜翻"哼"了一声，这才看向前面站着的两个女生："你们还杵在这儿，是要给狗粮费吗？来吧，独家秘制，价格公道，一人一百。"

那两人一愣，随即涨红了脸，恨恨地走开了。

方俊在一旁笑得直不起腰。

3

被她们这一闹，尹三月干脆也不走了，就坐在许澜翻旁边一块上课。

方俊挨着尹三月坐下，压低了声音："尹学姐，你认识许老二的时候，他就这么能怼人吗？"

尹三月点点头："一直是这样，从未被超越。"

"我猜也是，"方俊乐了，"许老二也就这张脸能看，浑身上下都是毛病，脾气臭、毒舌、面瘫、洁癖还懒……"

尹三月跟着补上："关键是太能招蜂引蝶了，大冬天都不消停。"

"哈哈哈，"方俊笑出声，"尹学姐你这是变相夸自己呢，这么会招蜂引蝶的许澜翻还不是只围着你转。我就好奇了，你到底是怎么把他收拾得服服帖帖的？这人在宿舍挑剔得很，瞧我们什么都不顺眼，要不是我们念着室友情，他都不知道挨多少回揍了。"

"谁挨揍谁知道。"许澜翻接了话，"你们仨加起来也打不过我。"

"尹学姐，你看你看，就这欠揍样。"方俊有点激动，"我琢磨着他应该是打小就这么欠揍，挨打挨得多了，才去练了跆拳道防身。"

"你就是嫉妒我。"许澜翻傲娇地抬了抬下巴。

方俊正准备再说话，前排有人叫他，他又看了两人一眼，丢下一句"先走了"，就挪了过去。

尹三月点了点头。

许澜翻眼皮都没抬，只继续手上的动作。他的右手绕过尹三月的背部，钻进她羽绒服的口袋里揽在她腰上，将她拉近了点："你跟他有很多话说？嗯？"

他的语气一如往常，可尹三月知道他这是吃醋了。

当初两人还没在一起时，有一次逛街，尹三月瞧见路边的猫可爱，就买了吃食来喂，又待在那儿摸了好半天。许澜翻就不乐意了，别别扭扭地说："你对猫都比对我好。"

尹三月没反应过来，许澜翻就抓着她的手在自己脑袋上揉了揉，说："是不是比猫好摸？以后就摸我吧。"

自那以后，尹三月就知道，他这人吃醋是不分对象的，幼稚得很。她当下也揉一揉他的脑袋，顺毛道："说得再多，内容都是你啊。你想说什么，咱们回家了继续说。"

"不，回家就不说了，回家只做。"许澜翻开始耍流氓。

尹三月呛了一下，低声说："许澜翻同学，请维持你的学霸人设，矜持点，一会儿还要上课呢。"

"你在我边上跟别的男人说话，我就矜持不了。"许澜翻理直气壮。

"人都走了……我不说了。"尹三月抿紧嘴。

"嗯，留着力气。"

4

上午就一节课，下课后许澜翻和尹三月回出租房，方俊回宿舍，三人在教学楼前分开。

大四的时候，尹三月就在离C大不远的小区租了房子住，到现在也一直没搬。房子还是许澜翻帮忙找的，新房，家电齐全，租金便宜，唯一美中不足的是许澜翻也非要赖在这儿，天天闹腾她。

在回去的路上，两人又顺道去了趟超市。

"以后不准再跟松鼠似的囤货。"许澜翻看着袋子里的五袋盐，语气不满。刚才在超市，他让尹三月去拿两袋盐，她一下就抱了五袋过来，说反正都要买，干脆囤着。

"你天天这么宅着，再不出门走几步锻炼锻炼，我怕以后咱们俩会体力相差太大，夫妻生活不和谐。"

"许澜翻，你怎么什么都能扯到这上面来？"尹三月拍了他一巴掌。

"你书里写的我就是这样吗？随时随地就想着那事儿。我跟你说，其实你写得不算夸张，我这种小青年，血气方刚，这还是憋着，没在大街上对你动手动脚。"

许澜翻秋后算账真是一把好手。

尹三月抽了抽嘴角：“我错了，我错了行吗？我以后再也不写你了。”

到家后，好友许澜清打电话来，尹三月接了，两人还跟当年高中时候似的叽叽喳喳说了半天。挂了电话，一扭头看见许澜翻盯着她，尹三月心里一虚，讨好道：“今儿我做饭，大爷您歇着。”

她说完转身想跑，许澜翻说了句“站住”，她就定在了原地。

“你跟她说咱们俩的事儿了吗？”许澜翻问道。

尹三月难得嘴上不利索：“还、还没有。”

许澜翻一下就恼了：“尹三月，你到底什么意思！你还要这样跟我偷偷摸摸到什么时候？”

“什么偷偷摸摸，许澜翻，我没……”

“没什么没！”许澜翻打断她的话，“我们从认识到现在，有七年了，正式在一起都一年多了！”

尹三月一怔，他们已经认识这么长时间了。

5

许澜翻是尹三月的高中好友许澜清的堂弟。

他们第一次见，是七年前的暑假，在许澜清家里。

那时尹三月自诩“女流氓”，喜欢调戏乖乖女许澜清。两人原本好好坐在沙发上看偶像剧，她忽然问：“你知道女生为什么被叫作‘小白兔’吗？”

“为什么？”许澜清追问。

尹三月轻咳两声，眼睛盯着许澜清的胸部，语气轻佻：“因为胸口揣着一对又软又白的小白兔啊。”

“你耍流氓啊。”许澜清嗔怪一句，伸手要打她。

尹三月从沙发上跳下来，轻巧地躲开了，低头拍一拍胸脯：“没办法，谁让我没有一对小白兔呢，只能装大尾巴狼，反过来调戏同类了。”

许澜清羞恼，拿起抱枕就要砸她，却忽然停住，叫了一声：“小翻，你醒了。”

尹三月扭过头，正对上许澜翻一双黑眸。少年斜靠着墙，姿势慵懒随意，长相秀气，五官精致。

她愣了愣，才反应过来，双手抱胸，哀号一声：“许澜清，你怎么不说你们家还有个小帅哥啊！我的形象啊。”

许澜翻倒是淡定，又看了她一眼，说：“流氓不需要形象。”

后来尹三月才知道，许澜翻平时都住在S市，不常回来。他很小的时候母亲就去世了，他父亲忙，暑假就会把他送到许澜清家里来。

因为给他的初次印象已经不佳，尹三月索性破罐子破摔，在许澜翻面前也不收敛，继续我行我素。

许澜清脾气好，人又单纯，有时甚至听不出来她的荤话，许澜翻却总是一本正经地嫌弃她：“尹三月，不要在我面前耍流氓。”

尹三月瞪他：“小孩子不要插嘴，我这是给你姐姐打预防针呢，免得她以后被像我这么会逗趣的人给骗走了。”

许澜翻斜眼看她：“你也知道我是小孩子啊，别带坏了我。”

尹三月跟听见什么好笑的笑话似的，笑个不停：“你是那种会被带坏的人吗？你带坏别人还差不多。”

许澜翻端正坐姿，装模作样地道：“我一看就是社会主义好少年。”

尹三月受不了，要打他，许澜清也加入，最后三人笑作了一团。

6

高二的时候，许澜翻跟尹三月已经熟了，平时总跟着她蹭吃蹭喝。

大热的天，两人坐在肯德基店里，虽然凉快，可一想到花的都是自己的钱，尹三月就觉得肉疼。

“你谈恋爱了吗？”看着不远处的一对举止亲密的小情侣，许澜翻突然问道。

尹三月一愣，随后一脸认真地说：“我还是个孩子呢。”

许澜翻看了她一眼，眼神复杂，低头吸了口饮料，又说：“你也赶紧喝一口，降降温，我看你是脑子热坏了，都开始在祖国的花朵面前装嫩了。”

尹三月笑出了声：“就你？祖国的花朵？有毒的吧？”

许澜翻挑了挑眉：“谢谢夸奖，花就是越毒才越美、越吸引人。”

“哎，许澜翻，”尹三月笑得肚子疼，“我说许澜清怎么那么容易害羞，原来你们家的厚脸皮都被你给承包了啊。你还别说，就你这么毒，一般小姑娘都招架不住，怕是得离你远远的。”

“就冲我这张脸，她们也舍不得。”许澜翻摸了摸下巴，自恋至极地说。

尹三月受不了他的嘚瑟样，抬手把他捏成了包子脸：“你吧，这样才帅。”

许澜翻任由她捏着，没有动作。好一会儿才像是反应过来了，飞快打掉了她的手。

尹三月看他脸发红，吃了一惊：“我没用多大劲儿啊，你的脸怎么红了？我再请你喝一杯可乐，一会儿你别跟许澜清告状啊。”

“我又不是小孩子，告什么状。”许澜翻恶声恶气道，又补了一句，“我向来都是自己讨回来。”

尹三月以为他是要捏回来，想了想，把脸凑过去：“那你捏回来吧。”

许澜翻一点儿也不客气，坏笑着伸出手，没捏她的脸，倒是把她的嘴给捏成了鸭子嘴，还笑话了她半天。

后来，尹三月高考时超常发挥，成绩比平时高出了一大截，许澜翻怂恿她报S市的C大，他说这样开学的时候，他们就可以一起去，他还能帮她拿行李，以后寒暑假也都能帮她。许澜翻难得这么有风度，尹三月也最怕带行李出远门，于是也不纠结，很干脆地同意了。

临开学的时候，三人又聚在一块，趁许澜清去洗手间的时候，许澜翻又问尹三月在大学里会不会谈恋爱。

尹三月想了想，说：“我才不谈呢，一个人多好啊。夏天那么热，冬天那么冷，还得出门约会。我这种人吧，还容易春困秋乏，算来算去没一个季节适合恋爱，还是自己玩算了。”

“那不行。”许澜翻说。

尹三月有点蒙：“我不谈恋爱还碍着你了？”

许澜翻看着她，半晌没说话，随后嘟囔了一句什么，尹三月没听清。看着眼前的少年，她觉得自己也跟喝了酒似的，晕得厉害。

再后来，许澜翻高中毕业，也报了C大。那时尹三月读大四了，不打算继续住宿舍了，正在外面找房子，他就把这件事揽了过来。找到房子后，搬家和升学搁一块儿庆祝，许澜翻就借着酒劲吻了尹三月。

他说：“我那时说的是‘我想谈，跟你’。可是我那么纯情地跟你表白，你没听见，我以前说过让你不要在我面前耍流氓的吧，因为你那是班门弄斧，现在我可得让你看看什么是真的流氓。”

7

别看尹三月平时大大咧咧的，什么话都能说出口，可她真没想好该怎么跟许澜清说：“我跟你弟弟在一起了，是你弟弟的女朋友了。”

烦恼归烦恼，许澜翻还是要先哄好的。

一哭二闹三上吊在许澜翻那里是行不通的，他这人好说话的时候，你给他一颗糖就能把他哄好；可要是不好说话起来，那就是软硬不吃，管你是撒娇卖萌还是撒泼耍赖，他看都不看你一眼。

不过平常尹三月很少能惹着他。他虽然脾气不好，也没什么耐心，可基本都是对外人，对她倒是很宽容。实在恼了他也就毒舌两句，或者好好折腾她一番，叫她知道他气不顺，要她哄。

可这回，他不言不语，用起了冷暴力。

尹三月觉得这事儿不太好办了，但还是决定先用女生哄男生的套路试试。

首先是撒娇。

尹三月给许澜翻打电话：“许澜翻，我睡不着，冷。”

“开空调。”许澜翻说。

“开空调容易上火，我想抱着你呀。”尹三月开始撒娇。

“那就想着吧。”许澜翻冷酷到底。

她又哼哼唧唧地缠了一会儿，许澜翻仍是理智得很：“尹三月，你当我不知道吗？你从来没有跟我完整地说过‘我想你’‘我爱你’这些话。要么缺了主语，只说‘想你’，要么加了形容词，说‘我喜欢嘴巴这么毒的你’。

“你总是投机取巧地表达感情，给自己留有退路，话不说死、不说绝，你对我没有非我不可，没有势在必得。可我对你，从来没有后退一步的可能。”

尹三月沉默了，那边也跟着沉默了一会儿，然后挂了电话。

不必说，第一步自然是失败了。尹三月也不气馁，很快开始了第二步——苦肉计。

“许澜翻，我生病了。”尹三月压着嗓子，听上去真有几分憔悴。

许澜翻顿了一下，然后说：“去看医生。”

“医生也治不好，我这是绝症，无论吃中药吃西药还是不吃药，都好难受呀。”

“你说的这绝症，是不是吃药七天好，不吃药一周好？”

“你真聪明。”

“尹三月，我在你跟前永远用不上‘聪明’两个字。我只知道你要是真得了绝症，一定会收拾好东西逃得远远的，压根不会跟我说。你说得最好的谎是‘我没事’，最开不了口的理由是‘我有事’。没人比我更了解你。”

尹三月再次沉默，于是第二步也失败了。

她这回消停了一段时间，再次出击时，干脆堵在了男生宿舍楼下。

“我们和好吧。”尹三月抓住许澜翻的手。

“你想好跟许澜清说了？”许澜翻问。

尹三月不说话，眨着眼睛看他，好一副委屈无辜的模样，小手也不安分地在他手心里挠着，势要勾得他破功。可当初一撩就着的小色狼，如今竟成了柳下惠，面对她的引诱，岿然不动。

许澜翻反握住她的手：“尹三月，我想睡你，是真想。可我要睡，是奔着一辈子去的，你要是没这个打算，就别撩我。以前的就算了，我当白给你睡了，以后我要守身如玉，只跟我媳妇睡。”

显而易见，色诱这一招，也败了个彻底。

8

那天以后，尹三月有好长时间都没有再出现过。

方俊眼瞅着许澜翻一日黑过一日的脸色，总觉得他就是颗不定时炸弹，说不准什么时候就会“嘭”的一声炸开，伤人伤己。

实在受不了这么提心吊胆地过着，方俊准备给尹三月打电话，她却先打过来了。

“方俊，我想请你帮个忙。”尹三月说。

“尹学姐，只要你们俩能和好，别说帮忙，上刀山下油锅我都万死不辞。”方俊习惯性贫嘴道。

尹三月笑了笑："没那么严重，就是你过两天让许澜翻……"

"嗯……嗯……好的，尹学姐放心。"

得了方俊的保证，尹三月挂了电话，坐在电脑前发呆。

以前许澜翻在的时候，连她一天看几个小时电脑都要管。一会儿让她站起来走走，说发胖了太丑，他摸着会腻；一会儿让她吃水果，说对着电脑时间长了皮肤不好，他会下不去嘴。

他也就是嘴巴毒，显得刻薄傲慢，可其实心思细腻，体贴得很。或许是因为很小就没有了母亲，他在很多方面都比同龄人成熟，独立生活的能力也更强。她虽然比他大，可很多时候反而是他照顾她多一些。

她记得她曾经问过许澜翻："你喜欢我什么？"

许澜翻抓了抓头发，说："我要知道喜欢你什么，我早就戒了。"

她想了想，换了个问法："那你为什么喜欢我？"

许澜翻沉默了好久，才开口说："尹三月，我知道地球为什么会公转，金属为什么会生锈，生物为什么不直接以 DNA 为模板合成蛋白质……那么多或浅显或深奥的知识，我就算不明白，也可以通过学习知道，可我翻来覆去也没弄明白为什么喜欢你。

"我问过自己，试图找到理由。是喜欢你笑？喜欢你闹？还是喜欢你跟我斗嘴……是这些，可也都不是，因为就算把它们都加起来，我也觉得不够表达我的喜欢。我真的喜欢你，很喜欢很喜欢的那种，喜欢到恨不能掌控你的思想、你的眼睛，让你只想我、只看我。我无可奈何、无能为力，却又甘之如饴，你能了解这种心情吗？"

回想着他的话，尹三月叹了口气。他对她从来如此，喜欢得不加掩饰，可她总是顾虑太多，思前想后，最终也只是被动接受。

那这一回，就让她来表达她的爱意，回应他的深情吧。

9

到了约定的日子，方俊凑到许澜翻床前扯了扯他的被子："许老二，我跟你说，等会儿五点二十一分的时候，微博上有一场语音直播。"

"别理我，烦着呢。"许澜翻往床里面挪了挪，"小心我揍你。"

方俊笑道："打赌吗？我赌两百块钱，你绝对不会揍我……等下，你这人真是！"

原来他话没说完，许澜翻就把枕头抽了朝他砸过来。

"我正没地儿撒气呢，你要再啰唆，咱们今天真得打一架。"许澜翻语气不善。

方俊"啧"了一声，摇摇头："我真是受够了你这半死不活的样子，我跟你说，等会那场直播，是闻凉要在微博上公开示爱男友，你有种就别……"

"你说谁？"许澜翻打断他的话，揪住了他的衣领把他往床前拽了拽，"你再说一遍！谁？"

"你谋杀啊，喀喀……"方俊去掰他的手，"闻凉，这名字熟吗？还是得说尹学姐，你才清醒啊！"

许澜翻愣了愣，一把松开他，翻身去找手机。

方俊乐了："瞧你那没出息的样儿，还没开始呢。说好了五点二十一分开始，'五二一'，你现在还能想明白这数字代表啥意思不？"

许澜翻没工夫理他，稳了稳情绪，才点开微博。

他当然知道"闻凉"是尹三月的笔名，她说过，这笔名是取自"听闻世态炎凉"。只是尹三月不喜欢把写作和现实生活扯到一块，尽管注册了微博，也从来不在上面发私人信息，只偶尔预告一下最近的写作进度或是宣传新小说而已，就没让他关注她。

许澜翻通过微博搜索找到了闻凉，点进了她的主页。

上面显示正在直播，许澜翻戴上耳机，点了进去。直播间里好一会儿都没人说话，只放着一首《告白气球》，是许澜翻曾经唱给尹三月听过的。

五点二十一分的时候，尹三月的声音终于响起了。

她说："现在是五点二十一分，谐音'我爱你'，我的男朋友也在，这句话说给他听。他这人很喜欢吃醋，又不好哄，你们不要跟他抢哦。"

听完这句话，许澜翻一下就觉得通体舒畅了，这几天的憋闷一扫而空。他咧着嘴，手指飞快地打了一句"明明我更爱你"发过去。

直播里，尹三月继续说道："今天做这一场直播的原因，之前就在微博上跟大家说了。因为我惹男朋友生气了，害他伤心了，所以我要当众示爱，希望他能原谅我。非常感谢各位小可爱来捧场。

“在跟他撒娇求原谅之前，我想先说点儿别的。很多人问我为什么写纯爱，明明言情的受众范围更广、收益更好。大概是因为我一直想写一种更完美的、更理想化的爱情，它无关性别、年龄，只是一个灵魂被另一个灵魂吸引，一个人爱上另一个人。

“少女言情大都逃不出女弱男强的设定。女生总是被娇宠的一方，感情上太过被动，要羞涩、要内敛、要纯情到一无所知，才显得可爱。又或者明明喜欢也不能开口、不能主动，要矜持、要自爱、要做作。可我觉得这样的感情是单向的、不公平的，一方依附另一方，感情因依附而存在。

“所以我写的主角，他们可以不受性别束缚，可以强势、勇敢、野心勃勃，他们对爱不加掩饰，对情欲不感到羞耻，他们坦坦荡荡，势均力敌……”

许澜翻听着，抬起右手枕在脑后。

曾经他也问过尹三月为什么写纯爱文，那时她就跟他解释过。她是个很矛盾的人，既有男生的洒脱，又有女生的拘谨，所以她是灵动多变的。很多时候他也不知道她下一秒会是什么性格会占上风，会做出什么让人惊讶的行为，就像现在，他从来没想过她会这样当众说出自己最真实的想法。

耳机里尹三月的声音在继续：“说完理由，你们可能会猜测我是什么样的人。其实我笔下的人物都很理想主义，也都是我内心想要表现出来的人格。尤其是在感情上，他们都坦率直接，爱就爱，恨就恨。说爱你就掏心掏肺，说不爱就头也不回。

“可在现实里，我也同很多人一样，会瞻前顾后，思虑太多，总是想着给自己留退路，所以在感情上总是克制，不肯全盘交付。但我的男朋友不同，他一直爱得热烈坦荡，让我每时每刻都能感受到他的爱意。

“他希望他的姐姐——也是我的好友知道我们在恋爱，可我却一直不肯说。就在前天，我打电话跟好友说了我们交往的事，她说她一直都知道，我男友早就跟她说了。那一刻我才知道，原来他早就小心地帮我解决了我可能面对的难题。所以今天这场直播，我来回应他的爱，以后我再也不会只是被动地接受他的爱了。

“我会像书里写的那样，像个男人一样去爱他，不吝表达，不加掩饰，和他相互扶持、共同成长；我也会做他的女人，被他爱着，被他亲亲抱抱举高高。许小狗，我爱你。”

听完最后一句，许澜翻兴奋得在床上打滚，差点掉下去。

方俊瞅了他一眼，想着如果现在跟他要两百块钱，他估计会眼都不带眨地给了。果然，恋爱使人智商下降。

10

直播结束后，尹三月觉得按照许澜翻的个性，他应该急吼吼地回来折腾她一番的。

可许澜翻竟然按兵不动，当晚还回自己家去了。尹三月只好找了过去。

“你为什么还不回去？”尹三月直接问。

许澜翻躺在沙发上，姿态慵懒：“我得再晾你一段时间，万一你是不习惯没人做饭洗衣服，想让我回去继续当保姆呢。”

尹三月摸摸鼻子，凑过去，扑到许澜翻身上：“许小狗，你拿乔够了啊，再不回去，我真要生气了。”

许澜翻不回答，拽了拽她：“下来。”

“不下，”尹三月摇头，“你要是不跟我回去，我就长你身上了。”

“啧，尹三月，你这么想我啊？”许澜翻露出贱兮兮的表情。

尹三月反手抓住他摸到她腰上的手：“究竟是谁想谁，你清楚得很。”

许澜翻轻笑一声：“我再问一遍，你下不下去？”

尹三月坚定地摇头：“你不跟我回去，我就不下去。”

许澜翻勾了勾嘴角，忽然叫了一声“爸”。

尹三月一惊，一扭头就瞧见了从楼梯上下来的许爸爸。

“小翻，这就是三月吧？”许爸爸笑着走过来。

尹三月赶紧叫了声“伯父”，又压低声音对许澜翻说：“快放开我。”

许澜翻闷笑一声，同样小声说：“不放，谁刚刚赖着不下来的。”

尹三月急了，狠狠捏了他一下。

许澜翻笑够了，牵着她站起来，正式介绍：“爸，这是我女朋友，尹三月。我很喜欢她。”

尹三月的脸顿时热得厉害。

后来尹三月才知道，这是许澜翻有预谋地让她见家长。

许爸爸说他原本是要去出差的，许澜翻突然给他打电话，说他要回家一趟。许爸爸还说谢谢她，因为他从来没有见过这样会笑会闹的许澜翻，谢谢她让他的儿子跟别人一样能够拥有幸福。

“以后不准这样，得亏我心脏好，要不早被吓坏了。”尹三月还是有些反应不过来，她就这样稀里糊涂地见家长了。

许澜翻揉了揉她的头发：“你这告白弄得跟求婚似的，我不得赶紧让你先见家长吗？反正早就想让你见了。还有一件事，趁着你心脏还好，也说了吧。”

尹三月立刻紧张起来了，问：“还有什么？”

许澜翻拉过她，把她圈在怀里，咬上她的耳垂：“咱们现在住的那房子，不是别人的，就是咱们的新房，所以咱们的第一次是正儿八经的洞房，现在家长也见过了，就差到了年龄补一张结婚证和一个婚礼了。”

尹三月愣了。难怪那时候许澜翻买的床单和被罩都是大红色的，还异常执着地要睡在主卧的大床上，她还当他是喜欢仪式感，原来是这么回事。

“许小狗，你够可以的。”尹三月掐了他一把，“你怎么知道我一定会追过来？”

许澜翻龇着牙：“你不来我也会想办法叫你来，我这辈子的小心思都用在你身上了。”

“我感觉我要是孙猴子，你就是如来佛，哪怕我会七十二变，也逃不出你的手心。”

“你知道就好，以后老老实实爱我吧。”

“我能不老实吗？”

“你可以试试。”

“别了，我感觉斗不过你。”

许澜翻一笑，低头吻住了尹三月。

男友是竹马

“你这是准备了一场漫长的复仇？”

“不是，是漫长而浪漫的复仇。”

1

下课铃声响过好一会儿了，乐心还趴在桌子上一动不动。

江沅踢了踢桌脚：“心姐，还不走？我霸哥肯定已经在等你了。”

乐心听见他这社会气的称呼，瞪了他一眼，偏过头继续发呆。过了好一会儿，她才闷闷地说道：“江沅，要不咱俩谈恋爱吧。”

江沅打了一个趔趄，差点把桌上的书给掀了：“心姐，这话要是让我霸哥听见了，我以后找谁划重点去？你别害我啊！”

乐心坐起来，翻了个白眼：“你能有点出息吗？”

“这个真不能，”江沅认屄认得忒快，“先不说没人划重点，我挂科了，我妈会把我揍得连我爸都认不出来。关键是，你比较一下我俩，无论体力、智力还是长相，你觉得我有赢过霸哥的可能？”

乐心打量了他一会儿，叹了一口气，转而问道：“那你觉得我跟周晟合适吗？”

“心姐，下回直接问，千万别委婉迂回，我不经吓。”江沅夸张地拍了拍胸口，“怎么不合适啊？一男一女，一学霸一学渣，又青梅竹马两小无猜，简直是现实里的偶像剧啊！你们要是不合适，‘双宋’都得黄。”

乐心无语，心想：我一定是脑子进了水，才会跟这么不正经的人咨询。

又磨蹭了一会儿，两人慢悠悠地出了教室。

等远远看见靠在自行车后座上身高腿长的周晟时，江沅又说道：“心姐，要我说，别想那么多，你是霸哥的初恋，就算以后分了，他也得一辈子对你念念不忘不是？”

乐心瞪他一眼：“说得跟他不是我初恋似的，你这是让我‘杀敌一千，自损八百’。”

江沅笑得猥琐：“心姐，咱俩什么交情，我肯定向着你啊。你看我霸哥那大长腿，那宽肩窄腰，那高级禁欲脸，简直是人间极品呀！得亏他现在还是个大学生，等出了学校，你就看吧，什么姐姐妹妹阿姨少妇的，绝对一个个如狼似虎地想生吞活剥了他。你说，眼下到嘴的鸭子你能让他就这么飞了？”

“滚蛋！跟我说这些个少儿不宜的荤话，小心我告诉周晟。”

“别别别，我霸哥会打死我的。”

乐心没理他，视线却不由自主地飘向周晟，沿着江沅说的顺序把周晟给看了个遍。作为一个颜控，她也觉得周晟无可挑剔，可她越看心里的烦躁越压制不住。

“霸哥好，心姐我给你安全送到了。”江沅对着周晟说道。

周晟点头，视线落在乐心身上。她却避开他的视线，推了江沅一把：“什么‘霸哥霸哥’的，俗不俗啊，你再叫快点，都成 bug（故障）了。”

2

“我霸哥怎么会是 bug 呢？”江沅跟说绕口令似的，“我这不是不愿意跟着别人一块儿叫‘学霸’吗？那多生分呀，显不出咱们的交情来。”

“咱们有交情吗？”乐心一脸嫌弃。

他们是从小玩到大的朋友，互损什么的根本就是家常便饭。江沅也不在意，嘿嘿一笑：“跟你当然不能有，就算是纯真的友情，我霸哥要是吃醋，我也立马给掐了。”

乐心已经懒得理这棵墙头草了，推着周晟走。

周晟看了她一眼，低头开锁，江沅也去取了车。

周晟和乐心一路，去离她宿舍最近的秀园餐厅，江沅直接回男生宿舍，三人就此分开。

“哎，霸哥！”江沅忽然叫了一声，周晟停下，听他说道，“你学习这么好，玩游戏也不在话下吧？啥时候你带我‘开黑’呗，我至今还在‘倔强青铜’过不去，都快被我们宿舍那几个给笑死了。”

周晟没说话，乐心幸灾乐祸道：“你就乖乖在‘倔强青铜’待着吧，你霸哥不玩游戏。”

见江沅一脸生无可恋，乐心笑了，催着周晟快走。

骑了一段路，周晟低声问道：“你怎么了？”

乐心知道自己的丁点情绪都逃不过他的法眼，可她不想说，于是扯开话题：“你为什么不玩游戏啊？”

“我不需要从游戏里获得快感。”周晟说道，“米切尔的棉花糖实验，说明人要学会自控和推迟享受，才更有机会成功。游戏里的奖惩机制正好相反，打个怪就会升级，是一种享受折现，这会刺激多巴胺分泌，带来快感，让人上瘾。我耐得住，等得起，所以我要的是现实里经过漫长积累后取得的成功。”

乐心盯着他的后背，暗自腹诽这学霸式的回答，又好奇地问道：“那现在什么能让你分泌多巴胺？”

“考研。”

乐心正想应一句“果然”，却又听他说道：“和你。”

3

乐心没多想，只随口道：“我这位置不低呀，都跟考研平起平坐了。”

周晟扭头看了她一眼，突然捏了刹车，长腿往地上一搁，稳稳停住车子。

乐心没有防备，一下撞在他背上。其实也没多疼，可她还是埋怨道：“你干什么？停车也不说一声。”

周晟转过身，盯着她的眼睛，一字一句地说道：“以后你要是再听不出来我的情话，就不是让你撞一下这么简单了。”

乐心最怕和他对视。

他的眼睛实在长得好，眼珠漆黑，睫毛纤长，眼神尤其深邃，把“波澜不惊”和“波涛汹涌”两种截然不同的情绪都藏于其中，仿佛能勾魂，让人忍不住想一探究竟，却最终沉溺其中。

看了好一会儿，她才清醒过来，愣愣问道：“什么意思？”

周晟的目光仍牢牢锁住她：“多巴胺，由脑内分泌，可以控制人的情绪。这种脑内分泌物和人的情欲、感觉有关，它只传递兴奋和开心的信息，明白了吗？”

听见他这么直白的表述，乐心赶紧点头应道：“明白了、明白了。”

“明白什么了？”周晟挑眉，明显不打算让她混过去。

乐心把心一横，实话实说：“你对我耍流氓。”

眼见周晟的脸色有变黑的趋势，乐心有种报复的快感，又抬着下巴说道：“你别用这种燃着两团小火苗的眼神看我，我怕你把我烤熟了。”

周晟看她装傻充愣，不肯正面回应，冷哼一声：“放心，真要烧成灰，就埋在我心里，不会让你死无葬身之地。”

“这算学霸的情话吗？”

“哼！”

“哦。”

4

乐心和周晟是青梅竹马。

周晟是在七岁的时候搬到乐心住的小区的，他父母工作忙，就送他和外公外婆一起住。

乐心当时是小区里的孩子王，别的小朋友都喜欢跟她玩，只周晟一个新来的总是对她爱答不理。于是她就跟他较上劲了，他越不跟她玩，她偏要满小区地追着跟他玩。

有一次，周晟拿了一把玩具枪，乐心眼巴巴地想玩，她拿了自己所有的好东西跟他换，可他愣是不肯让她摸一下。乐心急了，推了他一把，把他压倒在地上硬抢。

周晟被抢后不哭不闹，却一路跟着她回家，当着她的面跟她父母告状，害得她屁股上挨了一巴掌不说，还赔上了自己的新玩具。

那时乐心就知道他是个有心思的，不能惹，后来也都小心地避开他，不跟他玩了。可他却带着他外婆找上门，说想让她每天和自己一起上下学。乐心是想拒绝的，可人家外婆笑得慈祥可亲，又拿了许多好吃的给她，她就傻傻地应下了。

原本一起走也没什么，可只要哪回乐心贪玩了，让周晟自己先走。从学校到家里不过十分钟的路，还是每天都会走的，他愣是会迷路，在外面绕几个小时才能到家，害得乐心被父母唠叨。

乐心觉得他是故意的，他却一脸无辜。

后来乐心就再也没甩掉过周晟，小学和初中，两人一直是同班同学。也不知道周晟用了什么办法，反正总能跟乐心做同桌，是真正的“同桌的你”。

高中毕业后的暑假，乐心闲着没事，被朋友带着开始看言情小说，还没看两天，书就被周晟给没收了。

“那是我借的，要还给别人的！”乐心急道。

周晟身高腿长，随手举着书，乐心就完全够不着了。她跳起来去抢，落地的时候一个不稳，差点摔一跤，幸好周晟揽了她的腰，将她带进怀里。

他身上的气息扑鼻而来，乐心心跳如擂鼓，挣扎着想逃，却被他箍紧困在怀里。他迫使她仰头和他对视，眼神危险十足：“是我不够帅？学习不够好？还是零花钱没有都给你花？你居然想着别的男人，嗯？”

两人离得近，呼吸相接，乐心涨红了脸：“你胡说什么！你先放开我……”

两人虽然可以说是朝夕相处，可从来没有像现在这般亲密过，乐心有些不适应。周晟却不松手，沉声说：“你不知道你早就被我预定了吗？别想看别人，书上的也不行。”

自那以后，乐心看那些迷恋霸道总裁的女生都有点同情，总想告诉她们：你们的男主角在现实里就是周晟这样独占欲爆棚的变态。

不过乐心一直没有正面回应过周晟，开始是生气，气他连个正儿八经的追求过程都没有，好像自始至终拿她当所有物一般。后来听过、见过一些情侣在上了大学后就各奔东西的分手事件，心里忐忑不安，就更不愿意回应了。

虽说她因为高考超常发挥，现在跟他来了同一所大学，可她还是害怕，怕两人之间的差距会越来越大，如果她没办法一直追在他身后了，又该怎么办。

5

那天，后来两人也没再说什么，沉默了一路，就各自回了宿舍。

之后还是每天一起上课下课，可江沅这个人精一看，就知道这两个人之间有问题了。可他没胆子问周晟，又怕戳了乐心的痛处，急得左右为难。

一连几天都沉浸在低气压的氛围中，江沅憋不住了。

“心姐，你跟霸哥到底怎么了？咱内部矛盾内部解决，可千万别给外人可乘之机啊。”

江沅说着，拍一拍乐心的肩，示意她看对面楼上。

周晟正站在走廊上，旁边站着物理系专业成绩第二的乔烟。

“那乔烟，对我霸哥可是虎视眈眈。我知道霸哥眼里只有你，可他总被人这么明目张胆地惦记着，你不得去宣示下主权？”

江沅说这话是想激起乐心的斗志，可谁知她看了一眼，丢下一句“他们挺配的”，就转身回了教室。

正好此时打了上课铃，江沅也跟着进了教室。这节是选修课，老师还没来，江沅坐到乐心旁边，趴在桌子上继续说：“心姐，你别长他人志气，灭自己威风啊！”

乐心将头埋在书里，一言不发。

过了好一会儿，她才小声道：“江沅，你知道我的，我没什么大志向，以后有几个能一起吃喝玩乐的朋友、有一份简单的工作、有一个普通的爱人就够了。安于现状也好，不思进取也好，这就是我想要的。可是周晟不一样，他野心勃勃，目标明确。他要的远方，我陪不了他，也不想让他折了翅膀，跟我一块儿在地上扑腾。”

江沅低头摆弄了一下手机，宽慰道：“我霸哥还能不知道你？他肯定就是喜欢这样的你。”

乐心苦涩一笑，叹了一口气：“电视上不都那么演的吗？一个人越走越远，一个人原地踏步，迟早是要分道扬镳的。我可不愿意被他甩，也不愿意有一天说出决绝的话，还不如就这么着，继续当朋友。不管以后怎么样，还能相互道一句关心，你说是不是？”

“你们是不把选修课当回事是吧？都上课了还这么乱糟糟的，底下说话那俩学生，就是你们。”

突然传来的声音吓了两人一跳，抬头一看，才发现选修课的老师不知道什么时候进来了。

这老师是个老学究，性子古板，见两人靠得近，就当他们是小情侣，于是板着脸说道：“什么话下课不能说？女孩还是该有点儿女孩的样子，大庭广众的，注意点影响。”

这话有点过，乐心原本就憋了几天气，一下就被点燃了。

她直直地看着他，语气很冲：“什么叫‘女孩还是该有点儿女孩的样子’？难道男孩女孩就不能凑一起说话了？又或者男孩就该活泼，女孩就该文静，这才叫样子？那您不是为难人妖呢？人妖该是什么样子？”

她这一说，别说江沅没憋住，其他同学也跟着笑成了一团。

老师气得胸腔起伏，抬手指着外面：“你给我出去站着！”

乐心“哼”了一声，就那么昂首挺胸地走了出去。

6

周晟收到江沅的消息，慌忙跑过来时，乐心已经哭得上气不接下气了。

乐心在外面站着，想到之前看见的周晟和乔烟站在一起的画面，又想起他从来都是这样子，不肯哄她，总是等着她先服软。她越想越委屈，眼泪就止不住地往下掉，开始只是默默流泪，后来绷不住，干脆坐在地上哭了起来。

她不是爱哭的性子，长这么大，哭的次数两只手就数得过来。可她一旦哭起来就止不住。哭得狠了，还会脑袋发晕，手脚发麻，好半天都缓不过来。

周晟知道她这个毛病，直接抱起她就往医务室走。

江沅也赶紧跟了上去。

到了医务室，周晟抱着乐心在床上坐下，又示意江沅带校医先出去。那两人出了门，他才开始轻声哄着，帮她擦眼泪，又帮她揉着手臂放松。

乐心又靠着周晟哭了一会儿，才开始抽噎着骂他，可翻来覆去也不过是“浑蛋”“坏蛋”这两个词。又觉得这样不解气，她就抬手往他身上捶打。

周晟不躲不避，只引着她的手往肉多的地方打，免得她手疼。他第一次见她这样哭的时候，曾暗暗发誓，以后绝不让她再哭成这个样子，可是现在他却食言了。他宁愿她打得再狠些，好抵消他的心疼。

“浑蛋，你知不知道我因为你吃不好也睡不好，你却还跟别人站一起，你是存心气我！”乐心把头埋在周晟怀里，带着哭腔埋怨道，“江沅老说你对我好，眼里只有我，他根本就不知道，你霸道、不讲理、小心眼、毒舌……你哪儿好了！你一点也不好！你早晚是要抛弃我的……”

听着她语无伦次地数落他，周晟知道她这是平静下来了。

他轻轻拍着她后背，说道：“对我的总结，前面都很到位，希望乐同学能举一反三用到学习上。后面的就不算了。”

乐心抬头看着他，又想哭了，这人真是，这时候还扯什么学习！

见她噘嘴，周晟赶紧搂住她，下巴搁在她脑袋上蹭了蹭。过了好一会儿，他才无力道：“乐心，我比你害怕。”

7

周晟天生性子冷淡，对人对物都不热络，可一旦把什么划分到自己的范围内了，那就必须要拥有绝对的主权。

对乐心尤其是这样。

他对她已经一再克制，自以为把持了适当的度。可原来她还是觉得他霸道，好在她没有想要逃离他。

他一早就发现了她的反常，却故作不知，不是不想哄她，而是想要她自己说出来。他希望她在他面前是毫无保留的、无所顾忌的，好的、不好的、恐惧的、担心的想法统统说出来，只有这样，她对他才会形成更深的依赖和绝对的信任。

“你怕什么？你心思那么多，把我哄着卖了都不成问题，你怕什么？”乐心不相信地说道。

周晟深吸一口气，慢慢道：“阿心，你的世界里有太多别的东西，吃的、喝的、玩的、亲情、友情，它们都占据着一定的位置，会分走你的注意力，而我只有你。我不敢告诉你全部的我，告诉你我的占有欲、我的偏执，我怕你想逃，那将会是我最无能为力的事情。”

他的声音里带了战栗，他鲜少地露出了软弱的一面。他从来都觉得一切尽在掌握之中，唯独乐心，他拿不准。她像是他手里的风筝，线扯得太紧，他怕她不喜欢；线扯得太松，他怕她会飞走。她是他的小心翼翼，也是他的甘之如饴。

乐心第一次见到这样的周晟：不强势，不霸道，像个软弱的小男孩，惹人心疼。

“可是阿心，你怎么会认为我会抛弃你？”周晟是真没想过她心里会有这样的想法。

乐心此时也觉得自己有点矫情。他对她的心思，的确从来都不加掩饰，可她也真的提心吊胆了好久，于是蛮横道：“你什么都好，学习好，运动好，长得好。你那么耀眼，以后肯定会有更多人围着你。发现我胸无大志、好吃懒做后，你一定会想抛弃我的。”

周晟无奈地摇头，道：“你什么样，我打小就知道。你忘了你以前说过什么吗？你说你的梦想是‘三天打鱼两天晒网’，我努力是为了实现你的梦想。凭你自己的话，估计只能做‘啃老族’和‘月光族’，有我养着你，你就能开开心心一辈子了。因为你，我才是这样的我，我怎么会抛弃你？”

乐心没料到他会记得她随口说的梦想，更没想到他一直在考虑两人的以后，顿时心里感动得一塌糊涂，嘴上却故作恼怒道：“你嫌弃我。”

周晟揉了揉她的脑袋，认真道：“乐心，你要记住，你在我心里的位置永远无人可替代，所以你不要有我会抛弃你的蠢念头。如果下回再因为这个哭成这样，就别怪我罚你，嗯？”

又是危险十足的眼神，乐心却不害怕了，搂住他脖子，软软地道：“知道了。”

“那现在咱们来算算账吧，你宁可跟江沅说心里话也不跟我说，我有没有告诉过你，有什么事都要先跟我说？”

乐心在心里暗骂江沅“叛徒”，撒娇道：“你就不能让着点我吗？”

周晟看着她，闷闷道：“阿心，我吃醋了。”

他说完，低头吻住了她。

8

江沅推门而入时，正看见两人接吻，没什么诚意地捂住眼，憋笑道：“我什么也没看见，没看见啊……要不你们继续，我再去跟校医聊会儿？”

乐心害羞，嘟囔一句“讨厌”，把头埋在周晟怀里，做起了鸵鸟。

周晟冷冷地看了江沅一眼。

江沅立刻就感受到了来自学霸的不满，赶紧补救道：“为了庆祝你们和好，我决定把我下周的生日提前到这周来过，尽心尽力给你们办一个‘和好派对’，怎么样？”

“不怎么样！”周晟冷声道。

江沅想哭，转而向乐心求救：“心姐，你帮我说说话呗，我真不是故意的。你们和好，我就算没有功劳，也有苦劳对不对？”

不怪江沅如此，因为跟乐心走得近，偶尔说话时动作亲密了一点点，他都会被周晟折腾个半死。这回打断两人接吻，周晟心里指不定憋了多少火，怕是他之前把乐心说的话录下来发给周晟的功劳也不能抵消一点。

乐心听着江沅的可怜声，有点于心不忍。可她要真替江沅说话，又怕周晟吃醋，反倒火上浇油。她想了想，才支起脑袋说道：“谁让你这么喜欢贫嘴，这回的生日礼物我们可不送了。”

“没问题，不用送、不用送。”江沅满口应下，“我还管吃饭和唱歌，一条龙服务。”

见乐心点头，周晟又没有出声，江沅知道自己是惊险过关了。为了更高枕无忧，他又拍马屁道：“打小我就知道，我心姐跟我霸哥那是绝配，你看看，简直是男才女貌，天作之合。来采访采访，霸哥最喜欢心姐什么？”

乐心趴在周晟肩膀上，支着耳朵等着听。

周晟注意到了乐心的小动作，轻轻拍了她一下，才说道：“喜欢她眼光好。”

“眼光好？”江沅纳闷道。

乐心也不解，周晟平时可没少怼过她眼光差、品味差。

“嗯，眼光好。”周晟罕见地勾了嘴角，“比如，看上我，看不上你。”

“哈哈哈哈……”乐心没忍住，直接笑出了声。

江沅捂着胸口，“你们已经不满足于‘虐狗’了吗？”

“不，我们从来不虐待动物。”

江沅又嚷嚷了什么，乐心已经没工夫管他了，因为周晟在她耳边小声道：“你什么我都喜欢。”

9

乐心跟周晟说开了，就彻底雨过天晴了。

周晟又领着她去给老师道了歉，她也知道自己不对，因此态度十二分的诚恳，最终得到了老师的原谅。

为了进一步安抚乐心的情绪，两人周末回了趟家，回到熟悉的地方，乐心的心情好了不止一点。

一大早，她就起床去找周晟，准备跟他一起去逛街，顺便给江沅挑个礼物。虽然那天说不给江沅买礼物，可她也不好意思真的空着手去。

她到的时候，周晟还没起，他外公外婆正准备出门买菜。

周晟的父母还是经常忙得脚不沾地，周晟也不想跟乐心分开，干脆就一直住在这里。

乐心轻手轻脚地开门进了屋，没有吵醒周晟，而是安静地趴在床边看着他。他的作息一向规律，就是周末也都会早起看书，难得有这样赖床的时候，她想让他多睡一会儿。

周晟长得好看，平时是个高冷美少年，睡着了，又完美诠释了什么叫“安静的美男子”。

一想到这样的美少年只喜欢自己，乐心就觉得欢喜。她抬起手，隔空抚摸他的五官，眉毛、眼睛、鼻子、嘴巴、耳朵，哪儿都好看。

“阿心？”周晟眯着眼叫道。

乐心笑了，正准备说“你醒了”，却被他猛地压着后脑勺结结实实地吻住了嘴巴。

“大清早的，你就要流氓？”乐心瞪他。

周晟皱眉：“会说话？真的啊！”

“你以为是假的？”乐心没好气地说道，转而一想，惊讶道，“你该不会是在做梦，梦到我了吧？”

周晟看着她，没有说话，只咽了咽口水，身子轻微动了动。他的确梦见她了，梦见和她……结果一醒来，她就在身边，他有些分不清是梦还是现实。

他似乎还不清醒，迷迷糊糊的，眼睛也半睁半合，脸颊有点红，整个人散发着慵懒的气息。

她摸了摸他的头发：“你还是这样最可爱，乖乖的，像只小狗。”

“外公外婆呢？”周晟突然问道。

“出去买菜了，你有事？”

周晟没回答，略撑起身子看向门口，确认门是关着的。

乐心也跟着回头看，却冷不防被他拽着倒在了床上。他手上用力，揽着她的腰，让她正面压在他身上。

“嗯，有事，想对你耍流氓。”周晟的声音有点哑，“这样还觉得我可爱？嗯？”

乐心心里腹诽，这人真是，一逮着机会就对她动手动脚。她故意冷下脸，想站起来，却被他按着腰又贴近了些。

“你被子里有什么？你硌到我了。”

乐心动了动，想伸手去摸，却听周晟闷哼一声，还抓住她的手：“你乖一点，别动，我就抱一会儿。”

他的声音比之前更哑了，似在极力隐忍什么，乐心眨眨眼，有点蒙。等反应过来的时候，她羞恼地叫了一声他的名字，趴着不敢再动了。

心跳得很快，脸颊也发烫了，乐心觉得自己生病了。过了一会儿，她才结结巴巴说：“你……好好忍着，我还没有准备好。”

“那你什么时候准备好？”

乐心心里乱得很，急忙道：“反正就是没准备好，我妈说了，大学毕业前，都不准你对我那什么。”

周晟忍不住笑起来：“阿姨这是要考验我。”

乐心“哼”了一声，“我妈怕我被你骗了。”

虽然隔着被子，她还是明显感觉到了他的异样，她怕他忍不了，赶紧转移话题：“等会儿，咱们去给江沅买礼物吧。”

“不去，我跨专业帮他划期末考试的重点，就够他对我感恩戴德了。”周晟拒绝得很干脆，“这时候你还想着别的男人。”

他的语气似恼怒，又像撒娇，乐心想笑他“醋王”，又怕惹恼了他，只得顺毛道：“不买，不想，行不行？我喜欢的是你呀。”

周晟很受用地点点头，忽然想起什么，问道：“你还记得你小时候压着我抢我玩具吗？”

“记得呀，你那时个子比我小，被抢了也不哭不闹，我还当你好欺负呢。”乐心说道。

周晟闷笑一声：“天真的傻姑娘，你见我什么时候吃过亏？我那时候就在想，以后早晚也要把你压倒一回。可是后来，发现你不长记性，所以我在等你长大，在现在这种情况下压倒你，好让你记忆深刻。”

“你这是准备了一场漫长的复仇？”

“不是，是漫长而浪漫的复仇。”

多好，在这个过程里，我们相互喜欢，以后也会继续喜欢下去，喜欢很久很久，直到这辈子结束。